Rahasia Batu Hijau dan Buku Mantra Hitam

oleh

Mira Maruto

Rahasia Batu Hijau dan Buku Mantra Hitam

Ilustrator : Herlina Dwi Anisa

Penyunting : Kidung Ragnala

Cerita ini hanyalah fiktif belaka. Jika ada kesamaan nama, karakter, usaha, tempat, peristiwa, dan kejadian, itu adalah hasil dari imajinasi penulis atau rekayasa saja. Kesamaan pada orang baik yang masih hidup atau sudah meninggal, atau peristiwa yang pernah terjadi sesungguhnya murni kebetulan semata dan tidak ada unsur kesengajaan.

dari kegelapan malam

dari terangnya siang

tanpa batas waktu

tanpa batas ruang

jiwa raga terbang ke alam lain

Untuk Jiwandra dan Ravindra

Sinopsis

Di Dunia Tengah kami menyebutnya,
Seorang anak manusia yang bisa melihat huruf lari dan berlompatan
kebetulan menemukan Batu Hijau dan Buku Mantra Hitam.

Di Dunia Bawah Tanah kami menyebutnya,
Calon Arang—ratu sihir sakti penguasa ilmu hitam—memainkan jemari berkuku kuning panjangnya meliuk-liuk di udara, mulutnya sibuk berkomat-kamit merapal mantra kuno,
matanya menyala merah membara menyimpan dendam ratusan tahun.

Semesta terancam.
Dewa-dewi, raja-ratu, petapa, dan siluman sakti siap mengawal.
Seorang anak manusia dan teman-temannya pun memulai perjalanan mereka—mau tidak mau—di Dunia Bawah Tanah
di antara makhluk legenda
yang hanya mereka kenal melalui buku dan kini menjelma nyata.

Daftar Isi

Pengenalan Tokoh

Prolog

Jantungku berdebar kencang. Badanku terasa melayang. Tanpa kusadari, aku sudah berada dalam lorong remang-remang. Suasana aneh membuat bulu kudukku berdiri. Perasaanku waspada, dengan hati-hati aku melangkah maju menyusuri lorong dingin yang tampak tak berujung ini. Kiri dan kanan tembok lorong penuh ratusan stoples kaca buram kecokelatan yang berjejer rapi di atas rak kayu tinggi. Saking tingginya, aku tidak bisa melihat bagian atasnya berakhir di mana. Begitu banyak pertanyaan memenuhi benakku.

Stoples apa ini? Kenapa banyak sekali? Apa arti semua ini?

Aku mendekati dan mengamati salah satu stoples.

Ada sesuatu yang aneh.

Stoples-stoples itu tidak kosong. Sesuatu bergerak-gerak di dalamnya... Sesuatu yang berenang dengan bebas dalam cairan kecokelatan—atau merah gelap? Aku tak yakin. Seperti tersihir, aku terpesona pada kehidupan dalam stoples itu. Kedua kakiku menjadi lemas dan badanku tidak dapat bergerak.

BLAAARRR!

Tiba-tiba terdengar suara ledakan keras mengguncang lorong. Semua stoples bergetar keras. Bunyi benturan antara kaca dan rak kayu—

klik,

klik,

klik,

—terdengar semakin keras dan memecah sepi lorong yang saat ini berubah menjadi sangat berisik. Dari kejauhan, suara gelas-gelas pecah menyusul. Stoples-stoples kaca itu meledak pecah satu per satu. Dan suaranya semakin mendekat.

Sementara itu dari ujung lorong suara asing dan samar perlahan terdengar. Begitu sayup dan lirih, kemudian menyentak telingaku, memanggil namaku dengan tegas.

"Aydan lari! Aydan! Cepat lari!"

Seketika itu juga kakiku terlepas dari belengu sihir. Aku langsung berlari sekuat tenaga menghindari ledakan dan pecahan kaca stoples. Penciumanku terganggu dengan bau logam atau amis darah yang sangat kuat.

Aku panik.

Jantungku berdebar menggila.

Aku tidak dapat berpikir lagi, hanya lari dan lari yang ada dalam benakku. Aku pun terus berlari sekuat tenaga. Rasa takut mati mulai menyusupi hatiku.

Aku terus mengayunkan kaki sekuat tenaga sampai—akhirnya—melihat setitik cahaya terang, ujung dari lorong menakutkan ini. Kupikir mungkin aku dapat menarik napas lega setelah ini, namun teror ternyata belum berakhir. Sesosok makhluk besar yang sangat mengerikan menyambutku... Makhluk itu berambut panjang merah gelap berantakan dengan gigi-gigi runcing tajam berwarna kuning. Mukanya yang garang terlihat sangat marah dan terus meminta sesuatu yang berada dalam genggaman tanganku. Instingku mengatakan aku harus melindungi benda itu.

Namun dengan gerakan tiba-tiba, makhluk itu

terbang ke arahku dan mulai menyerang. Jilatan api keluar dari kedua belah mata dan telapak tangannya. Makhluk itu terus mencecarkan api ke arah tubuhku. Tubuhku melesat berusaha menghindari jilatan api yang disemburkan.

Udara di sekitarku panas dan semakin panas.

Rasa panik dan takut mulai kembali merasuki....

Dengan jantung yang masih berdebar kencang, aku pun terbangun. Napasku terengah-engah. Keringat membasahi seluruh tubuh hingga bantal dan sepraiku basah. Setiap kerutan di wajah makhluk menyeramkan itu masih tergambar sangat jelas di mataku.

Sebuah mimpi yang terasa sangat nyata.

Entah untuk keberapa kalinya mimpi yang sama itu terus berulang....

❖

BAGIAN I

Dunia Tengah

BAB 1

Rumah Menteng

Bulan Desember, seperti biasa hujan turun hampir setiap hari. Menyebalkan sekali karena artinya bocah laki-laki bernama Aydan itu harus lebih sering berada di dalam rumah. Udara yang menjadi lebih dingin dan lembap terasa begitu menyiksa, semakin memicu penyakit asmanya saja. Ditambah lagi musim hujan kali ini terasa sangat panjang. Bau tanah, rumput basah, dan kelembapan udara yang tinggi membuatnya jadi semakin sulit bernapas.

Aydan merogoh obat asma yang selalu ada di kantong celananya. Dua kali ia semprotkan *ventolin* ke dalam mulutnya. Perlahan rasa sesak itu mulai hilang.

Penyakit asma ini sudah ia derita sejak bayi. Mungkin hal itu juga yang membuat tubuhnya kurus dan kecil, tidak seperti kebanyakan anak laki-laki berusia 11 tahun lainnya. Ia selalu menutupi tubuh kurusnya dengan memakai kaus yang ukurannya jauh lebih besar.

Satu-satunya yang ia suka dari musim hujan hanya

berburu cacing tanah. Sejak kemarin ia sudah tidak sabar untuk berburu cacing. Ia sendiri seperti cacing kepanasan—mondar-mandir di dalam rumah. Hatinya gelisah, begitu banyak hal yang ingin ia lakukan, sampai-sampai ia bingung harus melakukan yang mana dulu. Ia membuka dan menutup stoples kaca yang ia pegang entah untuk yang keberapa puluh kalinya tanpa sadar. Akhirnya, Aydan menarik keluar sepatu bot hujan berwarna biru terang dari lemari sepatu yang berada di dekat pintu. Ia memakainya dengan terburu-buru—bahkan sebelum kakinya masuk sepenuhnya ke dalam bot, ia sudah jalan. Sebelum hujan turun lagi, ia harus bergerak cepat.

Warna biru terang bot tampak kontras dengan warna kulitnya yang putih pucat. Sebelum keluar pintu rumah, tangannya dengan cepat meraih topi bisbol biru tua yang memudar dengan bordiran merah huruf "B". Topi itu selalu digantung dekat pintu bersama topi-topi lain. Meskipun ia punya banyak topi baru, ia selalu memakai topi yang sama hingga lusuh dan pudar warnanya. Mungkin karena benda itu pemberian Papanya dari Amerika.

Aydan berlari-lari kecil ke tengah halaman rumput yang luas. Rumput masih basah karena hujan semalam. Beberapa cacing tanah terlihat keluar dari persembunyiannya. Dengan cekatan Aydan membetulkan letak topi di kepalanya, memastikan rambut hitamnya yang kaku seperti sapu ijuk dan alis hitam tebalnya tertutup.

Ia duduk jongkok. Perlahan mulai mencongkel-congkel tanah basah dengan ranting kayu kecil yang jatuh dari pohon akibat angin. Beberapa rumput bahkan tidak sengaja ikut tercabut olehnya. Ia tidak peduli, terlalu asik. Ia tarik keluar beberapa cacing yang menggeliat dan memasukkannya ke dalam stoples kaca. Stiker putih dengan tulisan tangan yang sangat buruk “cAciG ” tertempel asal di stoples itu. Walaupun tangannya sibuk menggali, pikiran bocah lelaki itu tak ada di sana.

Semalam, Mama dan Papa mengatakan bahwa mereka akan resmi berpisah. Untuk sementara waktu Aydan dan kakak serta adik perempuannya akan tinggal bersama Opa dan Oma hingga semua urusan selesai diputuskan. Lalu orangtua mereka pergi begitu saja ke pengadilan, tanpa menggubris protes keras dari kakak perempuannya, Santi. Sementara, Nasha, adiknya masih belum begitu mengerti arti dari kata “resmi berpisah”. Ia terus menanyakan artinya. Santi mengatakan pada Aydan dan Nasha bahwa orangtua mereka akan memotong anak-anaknya agar bisa dibagi rata. Mendengar itu, Nasha pun menangis.

“Aku *nggak* mau dipotong dibagi dua...!” lirih Nasha di antara jerit tangisnya.

Santi kesal mendengar tangisan Nasha lalu pergi sambil membanting pintu. Katanya dia tidak akan pulang malam ini dan akan menginap di rumah sahabatnya, Ida.

Kacau, untung semua engsel pintu di rumah ini kuat. Terlalu banyak pintu yang dibanting belakangan ini. Sementara itu, Aydan ditinggalkan bersama Nasha yang terus menangis bergulingan di lantai. Sebenarnya agak lucu melihat adik perempuannya yang bertubuh agak gemuk itu bergulingan di lantai mengenakan baju balet merah muda kesukaannya. Aydan hanya menatap tanpa ekspresi ke arah

Nasha hingga akhirnya ia memutuskan untuk memanggil pengasuh mereka, Bibi Narsih, untuk mengurus Nasha.

Tergopoh-gopoh perempuan paruh baya bertubuh kurus kecil itu berlari masuk dan segera merangkul Nasha seperti anaknya sendiri. Ia menyeka air mata dan ingus dari hidung pesek Nasha dengan tisu yang selalu tersedia di saku bajunya. Sambil mengelus lembut rambut Nasha yang panjang sepunggung dan bergelombang, ia mengatakan betapa sayangnya ia pada Nasha dan kami semua, "anak-anaknya". Bibi Narsih juga mengatakan tubuh Nasha yang agak gempal itu tidak akan dipotong menjadi dua. Ia lalu membujuk Nasha dengan boneka kesayangannya yang dibuat olehnya. Si Darling, begitu Nasha menamakannya. Darling adalah boneka perempuan dari kain perca batik. Rambutnya terbuat dari benang wol berwarna cokelat tua, badannya berwarna cokelat muda, matanya terbuat dari kancing berwarna hitam dengan benang putih sebagai pengikat, dan mulutnya yang tersenyum terbuat dari benang wol merah. Darling memakai baju batik dengan dominasi warna biru muda dan mengenakan sepatu kain flanel berwarna hitam. Nasha selalu membawa ke mana-mana si Darling, hingga busa di dalamnya sudah menjadi sangat empuk. Dibujuk dengan menggunakan Darling, Nasha pun langsung luluh, membuat Bibi Narsih tersenyum lega.

Bibi Narsih adalah pekerja rumah tangga. Tiga puluh tahun lamanya ia bekerja di rumah keluarga Oma dan Opa. Ia sudah seperti anggota keluarga, sahabat Mama, dan ibu kedua bagi anak-anak. Kata Mama, Bibi Narsih pernah kehilangan anaknya sebelum bekerja di keluarga mereka.

Anaknya meninggal karena demam tinggi dan tidak memiliki cukup uang untuk berobat. Sementara suaminya tidak pernah jelas keberadaannya. Ia hidup sebatang kara, dan baru sejak bekerja untuk Oma ia memiliki keluarga lagi. Tugas utamanya sekarang adalah mengasuh anak-anak. Meskipun, belakangan ini, ia lebih banyak mengurus Mama.

"Aydan, ayo masuk dulu!" seru Bibi Narsih memanggil dari depan pintu rumah.

Sejak kemarin rumah mereka penuh dengan orang-orang yang sibuk memindahkan barang. Semua pakaian, buku, mainan dan barang-barang mereka telah dikemas ke dalam koper dan kardus-kardus pindahan. Barang-barang itu kemudian dimasukkan ke mobil *Toyota Kijang Innova* biru untuk diantar ke Rumah Menteng, rumah Opa dan Oma.

Rumah Oma dan Opa terletak di daerah Menteng, Jakarta Pusat. Sudah puluhan tahun mereka tinggal di sana, bahkan Opa lahir di rumah itu. Rumah itu adalah rumah dari orangtua Opa yang terdiri dari dua bagian, yaitu rumah utama dan rumah pavillion. Rumah utama untuk dihuni, sedangkan rumah pavillion mereka jadikan sebagai tempat praktik medis. Kedua orangtua Opa adalah dokter. Setelah mereka tidak ada, Opa yang meneruskan praktik medis di sana sampai ia pensiun. Sekarang rumah pavillion itu difungsikan sebagai gudang oleh Oma. Ya, hari ini mereka pindah ke rumah Opa dan Oma atau lebih tepatnya "diungsikan".

Semalam, Aydan kembali memimpikan hal yang sama. Ia berada di sebuah lorong remang-remang penuh ratusan stoples kaca yang meledak satu per satu. Bau logam amis darah di mana-mana. Memaksanya berlari sekencangkencangnya keluar dari lorong dan bertemu sesosok makhluk menyeramkan yang menyerangnya dengan api yang memancar dari mata dan tangannya. Jantungnya berdebar kencang tiap kali ia memikirkannya. Mamanya mengatakan, mungkin karena perubahan besar dalam hidupnya maka ia sering bermimpi buruk. Meskipun tidak ada yang dapat menjelaskan mengapa mimpi yang sama persis terus berulang-ulang selama beberapa bulan terakhir ini.

Mama tak berhenti menangis, dan Bibi Narsih selalu setia berada di sisinya. Sepertinya satu kotak tisu tidak cukup untuk menyeka air matanya. Padahal sudah hampir tiga bulan Mama menangis setiap hari. Tubuh Mama yang semakin kurus dibalut baju terusan berwarna hitam berlengan panjang. Warna wajahnya yang putih pucat tampak sangat merah karena terlalu banyak menangis.

Papa berdiri agak jauh. Matanya menatap dingin semua drama pagi ini. Hari itu ia mengenakan kaus golf berwarna putih dan celana panjang cokelat muda. Dibandingkan dengan Mama, warna kulit Papa jauh lebih gelap. Tubuhnya tinggi, tegap, dan masih atletis. Di antara anak-anaknya, yang paling mirip Papa adalah Santi. Tubuh Santi tinggi semampai dengan warna kulit sawo matang, mungkin karena ia sering bermain tenis di lapangan. Di lapangan tenis, Santi sering disebut sebagai "*putri tercantik lapangan*" karena rupanya yang manis. Orang-orang sering mengatakan karena ayahnya ganteng, maka anaknya cantik. Banyak orang bilang Papa ganteng meskipun rambutnya sudah putih semua. Sementara Aydan dan Nasha lebih banyak ada di rumah sehingga kulit mereka terlihat putih pucat. Kemiripan mereka bertiga hanyalah di hidung yang pesek dengan cuping hidung agak lebar seperti Mama.

Sebuah *Mercedes Benz* hitam seri E 260 meluncur masuk pekarangan. Mobil jemputan mereka telah tiba. Drama pagi hari ini pun bertambah berat; semua perempuan di keluarga mereka berlinangan air mata. Mama memeluk anak-anaknya dengan erat dan di antara segugukan tangisnya ia berjanji bahwa mereka akan segera bertemu lagi, setelah semua keadaan lebih stabil.

"Perpisahan ini hanya untuk sementara," entah mengapa kata-kata ini begitu menusuk hati Aydan.

Papa hanya memberi pelukan singkat dan mereka semua diberi pesan bijak olehnya. Santi sebagai anak tertua harus menjaga adik-adiknya. Aydan, sebagai anak laki satu-satunya harus melindungi kakak dan adik perempuannya. Sementara, Nasha harus mendengar kata kakak-kakaknya. Demikian kata-kata bijak Papa kepada mereka. Santi hanya menanggapi dengan dingin. Bagaimanapun, dalam hati, mereka berharap bisa kembali bersama seperti dulu.

Di antara mereka, Santi yang paling dekat dengan Papa. Mungkin karena itu dialah yang paling keras menentang perpisahan ini. Apalagi, perhatian Papa sekarang lebih banyak untuk calon ibu mereka yang baru nanti. "Nasha lebih suka dengan Mama *original*," kata si bungsu ketika ditanya mengenai calon ibu tiri mereka. Mungkin karena usianya masih tujuh tahun, Nasha belum begitu paham dengan apa yang terjadi. Sementara bagi Aydan, kebahagiaan Mama lebih penting. Namun ia juga tidak tahu mana yang lebih baik untuk Mama, apakah berpisah atau bersama yang akan membuatnya lebih bahagia. Baik berpisah maupun bersama, sepertinya Mama tetap banyak menangis. Terlalu membingungkan buatnya.

Aydan dan saudari-saudarinya memasuki mobil *Mercedes Benz* hitam yang akan mengantar mereka ke Rumah Menteng. Suara tangis pun berhenti terdengar setelah pintu mobil ditutup. Aydan menurunkan kaca jendela dan tangan Mama menyelinap masuk—mengelus lembut kepala anak-anaknya satu per satu.

"Kalian yang baik dan sehat, ya. Telepon mama kalau sudah sampai. Kalau ada apa pun kalian telepon mama, oke?" ujarnya sambil berusaha menahan air mata yang terus mengalir.

Anak-anak hanya dapat menganggukkan kepala. Sedih melihat Mama begitu rapuh. Mama tidak ikut mengantar mereka karena ia merasa belum siap berhadapan dengan orangtuanya sendiri, Opa dan Oma. Oma mengatakan yang diperlukan oleh Mama adalah waktu. Untuk saat ini, hanya waktu yang bisa mereka berikan pada Mama. "*Let the time heals*—biar waktu yang menyembuhkan," begitu kata Oma pada mereka semua.

❖

Perjalanan menuju Rumah Menteng terasa lebih lama dari biasanya. Santi menyalakan radio. Tapi ia terus menerus mengganti frekuensi radio mengikuti hatinya yang galau. Aydan pun mulai merasa sangat terganggu dengan suara radio yang semakin tidak keruan.

"Jangan diganti-ganti kenapa, sih. Stop! Ini saja!" teriak Aydan kesal.

"Ah, diam saja kau, dasar anak *attention deficit*," sahut Santi tak acuh.

Tangan Aydan mengepal, tidak dapat menahan emosi yang meluap, dari kursi belakang ia menjambak rambut buntut kuda kakaknya yang pendek sekeras-kerasnya. Pertempuran dalam mobil pun tidak dapat dihindarkan. Pak sopir mencoba melerai mereka berdua, namun tak ada yang peduli. Ia hanya bisa menginjak gas sekencang mungkin dan berharap segera sampai di tempat tujuan.

Aydan paling benci ketika ada orang yang mengatakan bahwa ia mengidap kelainan ***Attention Deficit Disorder*** ataupun *Autism Spectrum Disorder*. Mamanya mengatakan bahwa setiap orang mempunyai kelebihan dan kekurangan, namun hal itu tidak membuat Aydan tenang. Menurut Mama kondisinya adalah sesuatu yang spesial, kelebihan yang sukar dimengerti oleh orang lain. Apa pun yang Mama ataupun ahli terapinya katakan, tidak dapat menghilangkan rasa kesalnya. Setiap kali Aydan membaca sebuah kata, huruf-huruf dalam kata itu seperti berpindah tempat. Terlalu banyak orang mengatakan ia salah baca atau tidak bisa membaca. Menyebalkan sekali! Seandainya huruf-huruf itu tidak sering berpindah-pindah, gerutunya dalam hati setiap kali. Lagipula apa salahnya apabila ia berhenti mengerjakan sesuatu yang membosankan.

Mobil mereka melesat memasuki halaman rumah tua yang terawat baik. Temboknya berwarna putih bersih dipadu batu alam hitam pada bagian bawah. Di sudut kanan rumah terdapat kebun yang dipenuhi berbagai macam bunga dan tanaman, seperti anyelir, mawar, hortensia, terong susu, dan banyak lagi. Rumah cantik yang asri dan nyaman. Rumah Menteng menurut Oma sudah ada sejak zaman kolonial Belanda. Orangtua Opa sudah tinggal di sana sejak dulu. Kata Oma, mereka harus melestarikan bangunan-bangunan lama untuk mengenal sejarah.

Itulah Oma yang sangat cinta pada bangunan kuno dan bersejarah. Pensiunan arsitek yang sekarang lebih giat menjadi aktivis pemugaran bangunan tua. Bahkan di usianya yang ke-65 tahun, dia sering jadi pembicara untuk isu pelestarian bangunan bersejarah.

Oma menyambut anak-anak di depan rumah. Perawakannya tinggi dan kurus dengan kulit kecokelatan karena sengatan sinar matahari. Hidungnya agak lebih mancung dari putrinya. Meskipun seluruh rambutnya berwarna putih, ia masih terlihat cantik. Panjang rambutnya sebahu dan selalu rapi. Bajunya yang bercorak bunga-bunga kecil berwarna merah jambu tampak sangat anggun. Ia terlihat jauh lebih muda dari umurnya. Tangan kanannya masih memegang gunting tanaman, sedangkan tangan yang satunya memegang keranjang rotan berisi beberapa tangkai bunga mawar putih. Biasanya bila ada sesuatu yang mengganggu pikiran, Oma selalu melampiaskannya di kebun bunganya.

Oma meletakkan keranjang dan guntingnya di atas rumput dengan hati-hati. Ia tersenyum lebar dan menghampiri mobil dengan tangan terentang. Anak-anak keluar dari mobil dan semua mendapat pelukan dan kecupan di kening dari

Oma.

"Loh, kenapa muka kalian sudah kusut begini?" serunya kaget.

Beliau memegang wajah Santi dengan kedua belah tangannya dan merapikan rambut Santi yang lurus sebahu. Kemudian ia melihat ke arah Aydan sambil menggelengkan kepalanya.

"Kalian bertengkar di mobil?" tanyanya dengan nada tegas. Matanya penuh selidik dan suaranya terdengar seperti sedang menginterogasi.

Nasha langsung mengadu, "Iya, Oma. Santi sama Aydan jambak-jambakan di mobil. Karena tadi Santi bilang ke Aydan..." Nasha menarik lengan Oma dan membisikkan sesuatu ke telinganya. Nasha tahu kalau sampai dia mengatakan kata-kata yang tidak disukai Aydan, kakak lelakinya bisa mengamuk saat itu juga. Oma langsung menatap Santi dan mulai menasihati.

Aydan pun menarik tas ranselnya yang berwarna hijau tua dari dalam mobil dengan kesal. Berlaga cuek dengan sekitarnya, tapi nyatanya, ia masih sangat peka. Napasnya masih tidak beraturan. Aydan menggigit bibir bawahnya. Ia berusaha keras untuk menahan rasa marah yang memenuhi hatinya.

"Hei, anak-anak! Kok, masih di luar? Masuk! Udaranya tidak begitu bagus. Sebentar lagi turun hujan," teriak seorang laki-laki berperawakan gemuk dengan kacamata baca tersangkut di kepalanya. Sangat jelas putri dan cucu-cucunya mewarisi hidungnya. Meskipun rambutnya telah sebagian besar hilang, beliau selalu menyisir sisa rambutnya yang tampak tipis ke samping. Pria itu adalah Opa.

Aydan dan saudara-saudaranya masuk ke rumah dan langsung merasakan suasana yang hangat. Salah seorang pekerja rumah tangga yang masih muda menanyakan di mana ia harus meletakkan barang anak-anak yang baru datang. Oma pun langsung sibuk mengatur dan memberi arahan pada mereka.

"Sebentar. Oma tunjukkan kamar kalian yang baru," ujarnya semangat.

Aydan, Santi, dan Nasha, masing-masing mendapatkan kamar sendiri. Kamar tamu di bagian depan telah diubah menjadi kamar Santi. Sementara itu kamar Aydan dan Nasha terletak di bagian belakang berdekatan dengan kamar Opa dan Oma. Kamar itu dulu sebuah ruangan yang besar, tapi Oma menyekat ruangan itu menjadi dua kamar tidur. Jadi kedua kamar itu ukurannya lebih kecil dibandingkan dengan kamar yang ditempati Santi. Isinya hanya *single bed*, meja belajar kecil, dan lemari pakaian dua pintu. Yang membedakan hanya nuansa kamar yang disesuaikan warna favorit masing-masing anak. Kamar Aydan bernuansa biru. Sedangkan kamar Nasha berwarna merah muda dan ungu.

"Wah, aku suka sekali kamarnya! Cantik!" seru Nasha kegirangan, sambil memberikan pelukan dan menciumi pipi Oma. Ia pun segera melompat ke atas tempat tidur kayu yang dicat ungu dengan *bed cover* merah muda. Oma langsung membantu Nasha merapikan barang-barang dan menata kamar. Aydan pun segera masuk ke kamar barunya. Ia melempar tas ransel di atas *bed cover* biru yang menutup tempat tidur kayu berwarna cokelat tua. Ia memandang kopernya yang sudah diletakkan dalam kamar, siap untuk dibongkar. Aydan sebenarnya merasa sangat malas, tapi ia juga tahu Omanya pasti akan berisik kalau ia tidak segera menata barang-barangnya. Ah, nanti sajalah, pikirnya dalam hati.

Aydan membiarkan hampir semua pakaiannya di dalam koper yang ia buka. Dalam keadaan lebih berantakan tentunya. Beberapa buku-buku pelajaran yang ia rasa perlu, ia letakkan di atas meja belajar antik yang terbuat dari kayu. Setelah merasa apa yang dilakukan sudah cukup, ia letakkan foto keluarganya di atas meja kecil di samping tempat tidur. Entah berapa lama ia menatap foto itu sampai akhirnya ia menarik napas panjang dan beranjak dari tempat tidur. Ia jalan seperti siput keluar dari kamar menuju ruang tamu.

Dekorasi Rumah Menteng penuh dengan barang-barang antik warisan dari keluarga Opa. Namun ada juga yang diperoleh Opa ketika ia bertugas di daerah terpencil. Ruang tamu adalah ruang yang paling banyak pajangan barang-barang antik. Dahulu salah satu pasien dari orangtua Opa meminta agar mereka menyimpan abu jenazahnya ketika ia meninggal. Abu jenazah pasien itu ditempatkan di dalam guci porselen berwarna biru dan putih berlukiskan huruf Cina dengan pola bunga krisan yang sangat indah. Sampai sekarang guci itu menempati salah satu rak bersama porselen-porselen antik lainnya. Aydan sering melihat hantu pemilik abu itu suka berjalan-jalan keliling rumah di malam hari, seperti satpam. Ternyata bukan Aydan saja yang pernah melihat hantu itu. Suatu hari salah seorang pekerja rumah tangga Oma melihat penampakan hantu itu yang terus-menerus menunjuk pipa gas. Ternyata ada pipa gas rumah yang bocor. Untung saja hantu dalam porselen itu memberi tahu bahwa ada masalah, kalau tidak, bencana pasti sudah tidak dapat dihindari lagi.

Sebagian besar benda-benda di ruang tamu adalah pemberian tanda ucapan terima kasih dari para pasien. Kedua orangtua Opa memang terkenal sebagai dokter tanpa pamrih, menolong dan mengobati siapa pun tanpa mengharapkan imbalan. Terkadang mereka hanya dibayar dengan hasil bumi seperti sayuran dan buah-buahan oleh penduduk kampung.

Tapi ada pula yang memberikan benda-benda, termasuk di antaranya senjata antik yang saat ini disimpan dalam lemari kaca terkunci. Mulai dari keris, rencong, badik, hingga pistol antik.

Santi paling takut dengan ruangan ini. Banyak hal aneh terjadi di ruangan ini apalagi saat malam menjelang subuh. Barang yang berpindah tempat ataupun alat musik tua yang suka berbunyi sendiri adalah hal biasa di ruangan ini. Sekitar tahun lalu, ada tambahan penghuni baru, pemberian salah satu kepala rumah sakit di tempat Opa dulu bekerja. Jam lemari antik buatan Jerman tahun 1928, terbuat dari kayu oak dengan tinggi dua meter. Bunyinya berat;

DING,

DONG,

DING,

DONG....

Hanya kadang-kadang, jam ini bisa berbunyi 13

kali. Biasanya tak lama setelah berbunyi 13 kali, Opa suka mendapat telepon yang mengabarkan bahwa pasien lamanya meninggal dunia. Mungkin buat yang tidak biasa, hal itu adalah suatu keanehan, tapi tidak ada yang aneh buat penghuni Rumah Menteng. Aydan dan Santi bahkan selalu bertaruh apakah jam itu akan berbunyi 13 kali atau tidak. Tentunya Aydan yang selalu memenangi taruhan itu. Karena sebenarnya ia selalu melihat arwah dari orang yang meninggal berada di dekat jam itu sebelum berbunyi 13 kali. Tapi ini hanya rahasia Aydan seorang diri tentunya.

Ya, Aydan dapat melihat apa yang tidak bisa dilihat oleh orang biasa.

Ia sudah terbiasa sejak kecil melihat hantu dan sejenisnya, jadi keanehan seperti ini tidak membuatnya takut. Penampakan hantu yang suka tiba-tiba, sering membuat Aydan kaget tapi tidak berarti ia takut pada mereka.

Di antara mereka bertiga hanya Aydan yang dapat melihat kegaiban. Santi sangat penakut dan ia akan langsung ketakutan kalau Aydan mengatakan ada hantu berdiri di dekatnya. Menakuti Santi adalah hal yang menyenangkan bagi Aydan, lumayan bisa menghilangkan kebosanannya di rumah. Tapi Mama selalu menasihati agar Aydan tidak menyalahgunakan kelebihannya. Apalagi menceritakannya ke orang lain, nanti bisa dianggap tidak waras. Aydan tidak pernah merasa kemampuannya itu adalah salah satu kelebihan. Ia merasa lebih baik bisa melakukan hal-hal yang normal, seperti membaca dan menulis dengan benar. Betapa menyebalkan baginya selalu dianggap murid bermasalah oleh guru di sekolah. Murid yang selalu melamun atau asyik sendiri di kelas. Seandainya gurunya tahu bahwa bukan kesalahannyalah bila hantu-hantu di kelas terus mengajaknya bermain atau ngobrol tanpa henti.

Sore hari, mereka semua berkumpul di ruang tamu untuk menikmati cemilan sore yang telah disiapkan Oma. Menu sore hari ini pisang goreng keju. Selagi menikmati sajian yang dihidangkan, hujan besar mulai turun lagi. Opa duduk di kursi kulit tua sambil menikmati teh hitam panasnya. Santi dan Nasha berduet memainkan lagu-lagu pendek pada piano buatan *Steinway*. Sementara Aydan sibuk melihat-lihat gambar di majalah tanaman milik Oma.

Ketika hujan mulai berhenti, Opa mengusulkan ide cemerlang. "Anak-anak, bagaimana kalau besok kita pergi ke pantai Anyer?" katanya sambil tersenyum.

Aydan dan Nasha langsung berteriak kegirangan, sementara Santi tampak tidak begitu gembira. Santi memang lebih memilih menghabiskan waktu bersama teman-temannya di lapangan tenis daripada bersama Aydan dan Nasha. Jarak umur mereka cukup jauh. Jarak umur antara Aydan dan Santi lima tahun, sedangkan Aydan dan Nasha berbeda tiga tahun.

"Di sana kita boleh pancing ikan, ya? Aku sudah punya banyak cacing untuk umpan nanti," ujar Aydan bersemangat.

"Aku bagi umpanmu, ya!" sahut Nasha tak kalah semangat.

Aydan menganggguk dan memberikan *high-five* pada Nasha, gadis kecil itu membalasnya sambil tertawa kecil.

"Kalau begitu besok kita berangkat pagi-pagi. Kalian siapkan saja pakaian untuk tiga hari, ya," ujar Opa.

"Ah, tiga hari lama banget," sahut Santi sepertinya kurang begitu suka.

Oma menepuk lembut pundak Santi, "Setelah apa yang kalian alami, mungkin bersantai di alam terbuka akan lebih menyegarkan untuk hati dan pikiran."

Setelah terdiam beberapa saat akhirnya Santi menjawab, "Oke. Tapi aku nggak mau ikutan memancing. Jangan paksa aku nanti di sana!" jawabnya ketus. Ia pun mulai sibuk dengan ponsel pintarnya, mengirimkan pesan ke teman-temannya.

❖❖❖

BAB 2

Batu Hijau

Pagi yang hiruk piruk. Aydan dan kakak-adiknya sibuk menyiapkan barang-barang yang perlu dibawa ke Pantai Anyer. Suara Opa jadi terdengar serak karena terus berulang kali mengingatkan setiap anak harus bertanggung jawab dengan barang bawaannya. Aydan berulang kali memastikan peralatan pancing sudah masuk ke mobil. *VW Caravel* berwarna putih parkir persis di depan pintu sehingga memudahkan mereka untuk memasukkan barang-barang. Santi bertanggung jawab untuk peralatan tenda. Sedangkan Nasha membantu Oma menyiapkan makanan dan minuman untuk perbekalan.

Jarak tempuh ke Anyer memakan waktu sekitar 3 jam dari Jakarta. Selama perjalanan Nasha memutar film favoritnya *the Wizard of Oz* di mobil. Bagi Aydan film itu terlalu menakutkan, sehingga ia tidak tertarik untuk menontonnya sama sekali. Tapi Nasha sangat suka, sudah lebih dari 10 kali ia menontonnya. Aydan pun akhirnya tertidur, mungkin karena ia lelah akibat sebelumnya terlalu sibuk memeriksa alat pancing berulang-ulang. Sementara itu Santi asyik sendiri mendengarkan musik dari *iPod* sambil *chatting* melalui ponsel pintarnya.

"Anak-anak, kita sudah sampai!" teriak Opa membuat Aydan terbangun.

Begitu pak sopir mematikan mesin mobil, anak-anak langsung menghambur keluar mobil. Kedatangan mereka disambut tiupan angin yang cukup kuat untuk mengacak-acak rambut. Tapi aroma khas air laut dan bunyi gesekan daun pohon kelapa bercampur debur ombak yang tak asing di telinga mereka menghipnotis pikiran untuk tenang. Ketiga anak itu menarik napas panjang dan menghirup dalam-dalam udara laut. Mereka sering dibawa ke tempat ini oleh Oma dan Opa dari kecil, menikmati suasana yang berbeda.

"Ayo, bantu turunkan barang dulu," seru Opa sambil membuka bagasi belakang mobil.

Mereka langsung menurunkan barang-barang. Tak lama kemudian beberapa staf dari tempat penginapan datang dengan sigap mengangkat barang ke kamar.

Santi membongkar peralatan berkemah dan memasang tenda di tempat biasa—di atas lapangan rumput hijau menghadap ke pantai. Aydan membantunya menancapkan pasak-pasak tenda ke tanah yang bercampur pasir hitam. Dalam tiga puluh menit, sebuah tenda besar berwarna cokelat muda dengan pinggiran merah akhirnya terpasang di atas rumput hijau. Aydan dan Santi menggelar alas karet di dalam tenda. Ketika mereka sudah menghamparkan *sleeping bag* di atasnya, Nasha masuk dan meletakkan lampu kamping di dalam tenda. Tanda bahwa pemasangan tenda telah selesai. Sudah waktunya mereka bergabung dengan Opa dan Oma yang sibuk menyiapkan makan siang.

Sudah beberapa tahun belakangan ini anak-anak itu tidak merasakan makan bersama tanpa diakhiri dengan pertengkaran di rumah. Bagi mereka, kalau bisa dihindari, lebih baik tidak usah makan bersama. Namun siang hari ini berbeda. Bahkan Aydan yang biasanya selalu memilih untuk makan sendiri memilih ikut bergabung.

Mereka makan di atas meja makan berbentuk gelondongan kayu kelapa yang dibelah dua dan duduk di bangku kayu panjang yang sederhana. Yang menyenangkan bagi Aydan adalah letak meja makan itu berada di luar menghadap laut. Sehingga mereka bisa makan sambil menikmati pemandangan. Mereka menyantap hidangan ikan, cumi, udang bakar, lalapan, dan air kelapa muda yang langsung dipetik dari pohon kelapa yang tumbuh di situ. Nikmatnya.

Pembicaraan di meja makan pun seputar kegiatan apa saja yang akan dilakukan; dari memancing, berenang, memetik jagung, hingga naik kapal. Aydan mengatakan ia ingin naik *jet ski*. Tapi Opa tidak mengizinkannya. Menurut Opa, angin, ombak, dan angin barat saat ini terlalu berbahaya untuk bermain *jet ski*. Aydan yang kurang begitu mengerti alasan Opa, masih terus dengan gigih meminta untuk naik *jet ski*. Untunglah, Opa cukup sabar menghadapi Aydan.

Laki-laki tua itu tetap tersenyum dan mengulang penjelasan yang sama. berulang-ulang. Santi tidak memiliki kesabaran yang sama seperti Opa, ia memilih sibuk dengan telepon genggamnya. Ia paham adiknya akan terus meminta hingga dituruti kemauannya.

Setelah makan siang, Aydan, Nasha, dan Opa pergi memancing. Sementara Oma dan Santi asyik menikmati pemandangan dan bersantai-santai di pantai.

Perhatian Aydan fokus pada kail pancingan. Matanya tak pernah lepas dari bulu-bulu yang terhubung dengan kail umpan. Bulu-bulu itu mengapung di atas air menanti untuk memberikan tanda apakah ada ikan yang memakan umpannya atau tidak. Aydan terus berdoa berharap ada ikan besar yang akan memakan umpan.

Di antara mereka bertiga, ikan hasil tangkapan Opa yang paling besar. Namun dari segi jumlah hasil ikan, tangkapan Aydan yang paling banyak. Sedangkan Nasha hanya berhasil menangkap ikan kecil. Itu pun akhirnya dikembalikan ke dalam air oleh Opa. Katanya ikannya masih terlalu kecil, "Tunggu sampai ikannya tambah besar, baru kita pancing lagi, oke?" Mereka pun melepaskan ikan-ikan hasil tangkapan yang masih kecil kembali ke air.

Ketiga anak itu menikmati hari-hari mereka di sana, meskipun tempat penginapannya tidak memiliki televisi. Setiap hari selalu ada saja kegiatan yang menyenangkan. Salah satu kegiatan favorit mereka adalah cerita menjelang tidur oleh Opa. Setiap malam Opa menceritakan pengalaman-pengalaman uniknya ketika masih menjadi dokter di daerah terpencil.

Aydan tersenyum-senyum membayangkan imajinasinya sendiri dimana mereka pergi bersama Opa menjadi dokter dan bertemu dengan suku-suku pedalaman. Pasti seru. Malamnya, ia bermimpi menjadi dokter cilik dan mengekori Opa mendatangi rumah-rumah adat di daerah terpencil untuk mengobati pasien. Namun mimpi itu perlahan berubah, Opa menghilang, rumah-rumah adat itu menghilang, dan tiba-tiba, ia kembali berada di lorong remang-remang dan diserang oleh sesosok makhluk menyeramkan.

❖

Selang sehari, Aydan kembali memimpikan hal yang sama. Entah mengapa semakin sering ia memimpikannya sehingga semakin sulit membedakan apakah itu mimpi atau kenyataan. Namun Aydan tidak terlalu memusingkannya—entah lupa atau terlalu banyak hal lain yang menarik perhatiannya.

Tidak terasa waktu berlalu begitu cepat, besok mereka sudah harus kembali ke Jakarta. Ketiga kakak-beradik itu menikmati malam terakhir di Anyer dengan berjalan menyusuri pantai. Kebiasaan ini sudah seperti ritual bagi mereka bertiga setiap berada di sana. Hanya mereka bertiga, sementara Opa dan Oma menunggu di penginapan. Santi memegang lampu senter kecil agar mereka bisa melihat jalan yang dilalui.

Pasir lembut dan buaian debur ombak memperlambat langkah mereka. Mereka sangat menikmati pemandangan malam yang tidak bisa mereka dapatkan di kota. Ribuan bintang di angkasa berkilauan di langit yang hitam pekat. Mereka berjalan di antara pijar kuning kehijauan yang dikeluarkan oleh kunang-kunang. Suasana yang menyenangkan. Nasha dan Aydan sibuk menangkap kunang-kunang yang beterbangan. Mereka lalu memasukkan kunang-kunang itu ke dalam kantong plastik transparan berukuran sedang. Setelah ujung plastik diikat, jadilah lampu lampion kreasi mereka. Jangan cemas. Sebelum kembali ke penginapan, mereka akan melepaskan kunang-kunang itu kembali ke alam lepas, kok.

Malam terasa begitu sejuk dan cerah, ketiga bersaudara itu asyik menikmati jalan-jalan malam di pantai. Tapi entah bagaimana, tiba-tiba terdengar suara gemuruh halilintar menyambar keras. Diikuti dengan kilatan petir berwarna putih menghantam semak-semak tak jauh dari mereka.

Seketika ketiganya terdiam seperti patung.

Terkejut.

"Tadi itu petir?" tanya Nasha berbisik. Ia memeluk erat si Darling dan memegang lengan Santi. Takut.

Santi memegang dadanya yang berdebar keras mencoba untuk tetap tenang, "Waduh, nyaris saja. Untung kita nggak kena. Mungkin mau ada badai malam ini. Yuk, kita balik, yuk." Santi segera mengarahkan senternya kembali ke jalan yang mereka lalui sebelumnya. Namun sebelum membalikkan tubuh untuk kembali ke penginapan, mata Aydan menangkap sesuatu yang memantulkan cahaya di antara semak-semak yang terkena petir.

Di sana... ada pancaran cahaya aneh berwarna kehijauan....

"Hei, tunggu sebentar! Lihat semak-semak itu, deh!"

ujar Aydan sambil menunjuk semak-semak yang baru saja yang tersambar petir. Anehnya meski tersambar petir, tak ada sehelai daun yang terbakar di semak-semak itu. Tanpa sadar, Aydan mulai berjalan mendekati cahaya kehijauan itu seolah ada yang menariknya ke sana seperti magnet.

"Aydan, mau ke mana? Kembali sini!" seru Santi panik melihat adik lelakinya berjalan ke arah semak-semak yang tampak mencurigakan itu.

Namun seperti tersihir, Aydan terus berjalan tanpa menggubris panggilan Santi.

"Hati-hati, Aydan!" sahut Nasha dengan lirih sambil memegang erat Darling.

Meski tidak setuju dengan tindakan adiknya, Santi mengarahkan lampu senter memberikan penerangan ke arah yang Aydan tuju.

Setelah berada cukup dekat dengan objek yang menyala itu, Aydan membungkukkan badan dan mencoba meraihnya. Tapi semak-semak itu sangat lebat sehingga membuatnya kesulitan untuk menjangkau benda bercahaya kehijauan itu.

"Ugh...."

Ia nyaris mengapainya.

Sedikit lagi.

Aydan memaksakan tubuhnya condong lebih jauh ke depan hingga jarinya menyentuh sesuatu yang dingin. Setelah berhasil menggenggam benda itu, Aydan menarik tangannya perlahan.

Srek!

Aduh. Lengan bajunya terkoyak karena tersangkut tumbuhan perdu. Tapi akhirnya ia berhasil mengambil sesuatu dari dalam semak-semak, meskipun dengan susah payah.

Santi segera menyorot apa yang digenggam Aydan dengan lampu senter. Nasha pun mendekatkan mukanya agar dapat melihat lebih jelas.

"Apa itu?" tanya mereka hampir bersamaan.

Sebuah batu berwarna hijau gelap.

Batu giok berbentuk bundar dengan diameter kurang lebih sepuluh sentimeter dengan lubang kecil di tengah. Ada ukiran naga berkaki lima pada salah satu sisi batu. Aydan berani bersumpah, ketika baru saja menyentuh batu itu, naganya bergerak. Tapi Santi dan Nasha tidak melihatnya.

Batu itu masih mengeluarkan cahaya kehijauan yang perlahan-lahan memadam. Tiba-tiba, angin dingin berembus membuat bulu kuduk anak-anak itu berdiri. Di antara embusan angin, terdengar suara perempuan berbisik lirih.

Rahasiakan batu itu dari siapa pun, bawa selalu bersamamu.

Sontak ketiga kakak beradik itu mematung.

Terkejut.

"Kalian juga dengar itu!?" ujar Aydan menoleh ke arah Santi dan Nasha.

Mulut Santi dan Nasha masih terbuka karena kaget. Setelah pulih dari rasa kaget meskipun dalam hati masih ketakutan setengah mati, dengan setengah berteriak Santi memberanikan diri bertanya, "Siapa di sana? Jangan bercanda, ya! Ini nggak lucu! Ayo tunjukkan dirimu!"

Sekali lagi terdengar suara petir menyambar. Tanpa

kilatan cahaya kali ini. Sontak ketiganya menjerit kaget. Santi melompat ke belakang Aydan dan memegang erat tangan Nasha. Jantungnya serasa mau copot. "Kita harus balik sekarang juga!" serunya gemetar.

Aydan dan Nasha mengangguk dengan tampang seperti orang bodoh.

Sambil bergegas kembali ke penginapan, dengan suara yang masih gemetar Santi berkata, "Kita harus ceritakan ini ke Opa dan Oma sekarang juga!" Di antara mereka bertiga Santi memang yang paling penakut. Batu yang jatuh tiba-tiba ditambah suara misterius, jelas cukup mengguncangnya.

"Jangan!" seru Aydan sambil melepaskan tangannya dari pegangan Santi. "Ingat, kan, tadi suara itu bilang apa!?" protesnya dengan nada meninggi.

"Berikan batu itu sekarang!" seru Santi pada Aydan.

"Suara itu bilang padaku: 'rahasiakan batu ini dari siapa pun', dan 'bawa selalu bersamamu'! Karena aku yang menemukan, berarti aku yang harus selalu membawa batu ini!" seru Aydan tidak mau kalah. Aydan dan Santi terus berdebat. Santi merasa kejadian ini harus dilaporkan pada Opa dan Oma, dan batu itu juga harus diserahkan pada mereka. Sementara Aydan merasa pesan gaib yang disampaikan sudah cukup jelas. Dan itu adalah pesan untuknya.

Selagi mereka masih berdebat seru, tiba-tiba yang Nasha berdiri di antara kedua kakaknya bersuara. "Um... kalau berantem terus, mungkin nggak petir itu akan datang lagi, lalu menyambar dan kita semua mati di sini...?" tanya Nasha polos sambil menatap mereka berdua.

"Masuk akal!" ujar kedua kakaknya hampir bersamaan

sambil mendongakkan kepala mereka ke arah langit.

"Kita masih belum tahu apa akibatnya kalau kita ceritakan temuan ini ke orang dewasa. Bisa-bisa kita malah dimarahi. Jadi untuk sementara ini, lebih baik Batu Hijau ini kita jadikan rahasia kita saja," kata Aydan berusaha keras mencari alasan yang dapat diterima Santi.

Aydan berharap Santi tidak membuat kehebohan atas peristiwa ini. Ia mengenal baik sifat kakak perempuannya, sang ratu drama yang senang jadi pusat perhatian. Dan apakah kehebohannya akan berdampak buruk, Aydan tidak bisa membayangkannya. Ia kembali mengamati batu dalam gengaman tangannya. Warna terang yang dipancarkan sudah hilang dan ukiran naga itu tidak bergerak lagi.

"Oke, Aydan, untuk sementara kita rahasiakan peristiwa dan batu ini," akhirnya Santi menyerah. Aydan menarik napas lega. Tapi Santi belum selesai, ia menatap tajam adik laki-lakinya dan dengan nada mengancam berkata, "Awas! Jangan sampai benda ini hilang! Simpan baik-baik karena kita belum tahu apa arti kejadian aneh ini. Awas kamu kalau sampai benda itu hilang dan kita bertiga mendapat masalah besar karena itu!"

Aydan mengangguk mengiyakan dan memasukkan Batu Hijau itu ke dalam saku celananya dengan hati-hati.

"Ayo balik sekarang. Aku sudah nggak nyaman di sini," Santi dengan tergesa-gesa menarik tangan Aydan dan Nasha.

Mereka segera berlari kembali ke penginapan. Seperti biasa Opa dan Oma menyambut ketiga cucunya di depan pintu penginapan. Mereka heran mengapa ketiganya kembali lebih cepat dari biasanya.

"Opa dan Oma tadi lihat kilatan petir, nggak?" tanya Santi.

Aydan dan Nasha langsung menoleh ke Santi. Mereka tidak percaya dia akan melanggar kesepakatan begitu cepatnya.

"Tidak," jawab Oma bingung, lalu melihat ke Opa. "Memangnya tadi ada suara petir?" Opa menggelengkan kepala, raut wajahnya terlihat bingung. Hebat! Sekarang Santi sudah berhasil membuat Oma cemas, pikir Aydan dalam hati.

"Kenapa? Kalian tadi lihat petir? Karena itu kalian cepat kembali?" tanya Oma dengan nada khawatir.

"Nggak ada petir, kok," Nasha menjawab dengan muka tidak bersalah.

Aydan pun menambahkan, "Kan, kita besok pulang ke Jakarta. Masih ada barang-barang yang harus dibereskan supaya besok tinggal naik mobil."

Opa pun tersenyum dan memuji, "Wah, bagus Aydan. Sekarang kamu tambah besar, tambah dewasa, dan tambah bertanggung jawab. Opa suka itu!" Opa mengacungkan jempolnya ke Aydan.

Aydan memeluk Opa, di sampingnya si kecil Nasha ikut-ikutan memeluk Opa sambil menanyakan, "Kalau aku bagaimana?" Opa tertawa kecil dan mengatakan bahwa Nasha pun sudah besar sekarang dan luar biasa hebat. Sementara Opa dan Nasha tertawa, Aydan mencuri pandang ke Santi yang sekarang terlihat super jengkel.

Malam ini, ketiga kakak beradik itu tidak bisa tidur. Kejadian malam ini terlalu aneh dan menegangkan untuk mereka. Dan masih sama seperti hari-hari yang lalu, Aydan pun terus terjaga beberapa kali karena mimpi yang sama kembali terulang dan wajah makhluk mengerikan itu kini tampak semakin jelas....

❖❖❖

BAB 3

Pindahan

Sekembalinya ke Rumah Menteng, ketiga kakak beradik itu tidak pernah mengungkit kejadian aneh yang terjadi di Pantai Anyer.

Si sulung Santi memberikan seutas tali hitam terbuat dari kulit pada Aydan. Aydan menggunakan tali itu untuk mengalungkan Batu Hijau di lehernya, dan menyembunyikannya di balik baju. Tapi kalung itu hanya bertahan sehari menggantung di lehernya. Setelah itu Aydan mulai mengeluh bahwa kalung itu terlalu berat. Meskipun sebal, Santi akhirnya memberikan sebuah kotak kayu kecil pada Aydan—setidaknya ukurannya pas untuk menyimpan Batu Hijau. Santi juga mengancam agar Aydan tidak menghilangkan kotak kayu itu. Santi sudah sangat mengenal Aydan yang terlalu sering kehilangan barangnya.

Kotak kayu ini sering Aydan taruh di bawah tempat

tidur. Sesekali ia pindahkan ke dalam laci meja belajarnya atau ke tas ranselnya. Tapi lama-kelamaan, ia lebih sering meninggalkan Batu Hijau itu di bawah bantalnya. Kata Santi, kalau sering dipindah, lama-kelamaan Aydan akan lupa di mana ia menyembunyikannya. Ucapan Santi memang benar, biasanya begitulah bagaimana Aydan kehilangan barang-barangnya.

Semua aktivitas berjalan seperti biasa. Pelan-pelan mereka pun mulai melupakan keberadaan Batu Hijau itu.

❖

Ketika hari mulai agak membosankan bagi anak-anak, suara kegaduhan dari rumah sebelah menarik perhatian mereka. Beberapa truk barang terlihat melewati depan rumah mereka. Hanya satu truk yang berhasil masuk ke pekarangan rumah sebelah. Sementara truk-truk barang lainnya terpaksa parkir di bahu jalan, mengakibatkan kemacetan di depan rumah. Suara klakson bertubi-tubi dari mobil-mobil yang kesal karena jalannya terganggu membuat bising lingkungan.

"Bagus dan Melati sepertinya tiba hari ini," gumam Opa sambil beranjak ke jendela melihat ke arah rumah sebelah. Merasa ada sesuatu yang lebih menarik, Aydan, Santi, dan Nasha segera menghentikan apa yang sedang mereka kerjakan di ruang keluarga. Mereka berjalan di belakang mengikuti Opa. "Akhirnya mereka ke Jakarta juga. Itu artinya...," ujar Opa sambil menatap cucu-cucunya. "Sebentar lagi kalian akan punya teman baru." Opa lalu mengedipkan mata dengan jenaka. Mata Aydan berbinar sambil memperhatikan rumah yang tampak ramai itu. Menarik.

Om Bagus dan Tante Melati—begitulah Aydan memanggilnya—sebenarnya tidak ada hubungan darah dengan keluarganya. Tapi ia dan kakak adiknya memanggil mereka "om dan tante" karena hubungan dekat antar generasi yang membuat mereka sudah seperti keluarga sendiri.

Kediaman tetangga sebelah merupakan *mansion* tingkat dua yang dibangun akhir tahun 30-an. Rumah besar itu berdiri di atas tanah seluas kurang lebih 800 meter. Pilar-pilar besar menopang bangunan pada bagian depan yang berbentuk setengah lingkaran. Langit-langit rumahnya yang tinggi merupakan ciri khas rumah zaman kependudukan Belanda. Jendela-jendelanya pun panjang dan besar, sehingga tidak perlu menyalakan lampu di siang hari. Semua berwarna putih, kecuali lantai tegel yang berwarna merah tua dan bercorak seperti permadani.

Aydan pernah diajak Oma ke sana karena beliau terlibat dalam pemugaran rumah warisan kolonial itu. Pemiliknya, Pak Sunaryo, adalah sahabat dekat Oma. Menurut Oma, Pak Sunaryo dan keluarga pindah ke Inggris pada tahun 70-an. Saat itu, istrinya yang menderita kanker sangat rindu pulang ke kampung halamannya. Istrinya sempat bertahan beberapa tahun sebelum akhirnya meninggal. Sekitar tiga tahun kemudian Pak Sunaryo pun meninggal menyusul istrinya. Setelah kedua orangtuanya meninggal, putri mereka satu-satunya, Melati, akhirnya kembali ke Indonesia. Melati menetap di pulau Bali karena suaminya mendapat pekerjaan di sana setelah puluhan tahun hidup di Inggris.

Sekitar tiga bulan yang lalu, Tante Melati mengabari Oma bahwa suaminya akan ditugaskan di Jakarta. Jadi mereka akan menetap di Jakarta. Begitulah cerita Oma pada cucu-cucunya.

Aydan ingat betul objek favoritnya di rumah megah itu adalah sebuah tangga klasik dari kayu jati yang berada di tengah ruangan. Lebar tangga kayu itu sekitar dua meter. Poros dan pegangan tangannya dihiasi ukiran-ukiran artistik. Pada bagian tengah meliuk kurva tangga yang bercabang menjadi dua, ke kiri dan ke kanan. Ia suka sekali naik turun tangga yang menurut Oma umur kayunya paling tidak sudah seratus tahun lebih.

Hal lain yang juga menarik bagi Aydan adalah tangga lipat yang dapat ditarik di lantai dua. Tangga itu menghubungkan lantai dua dengan loteng. Namun karena di loteng terdapat banyak barang-barang pemilik rumah, Oma tidak memperbolehkan Aydan naik ke loteng.

Suara hiruk pikuk orang-orang yang berusaha memarkirkan truk-truk pindahan itu semakin kencang terdengar. Aydan, Santi, dan Nasha bergeming dari jendela, asyik menonton keramaian pindahan tetangga baru.

Salah satu truk menabrak pohon yang berada di pinggir jalan. Oma ribut tidak karuan dan mengerahkan semua pekerja rumah tangga di rumah untuk ikut membantu. Kira-kira diperlukan delapan orang hanya untuk memarkirkan satu truk pindahan.

Ketiga anak itu hanya tertawa cekikikan melihat kehebohan yang terjadi dan Oma yang terlalu bersemangat. Setelah satu truk pindahan berhasil mengeluarkan semua barang, tak lama kemudian, sebuah mobil *SUV* dan *BMW* model *X3* berwarna *silver* metalik memasuki pekarangan rumah diikuti dengan deruman menggelegar dari sebuah motor hitam mengilat *Harley Davidson*.

"Wow, *Harley Davidson Screaming Eagle Road Glide*!" seru Aydan semangat.

"Wah, lucu juga!" seru Santi pada saat yang hampir bersamaan dengan adiknya.

Aydan dan Nasha sontak menenggok ke Santi.

Tentunya kakak mereka yang satu itu lebih suka mengomentari si penggendara motor daripada motor itu sendiri.

"Memangnya kenapa?!" Santi memberikan wajah tak berdosa.

Aydan memutar bola matanya, "Mulai, deh."

Suara gas yang menderu keras dari motor *Harley Davidson* sebelum mesinnya dimatikan kembali menarik fokus mereka untuk melihat keluar jendela.

Seorang pemuda melepaskan helm hitamnya yang bergambar tengkorak dan bertuliskan *Harley Davidson*. Ia mengenakan kaus putih dan celana jins lusuh dengan robekan pada dengkul kanannya. Gadis kecil yang diboncengnya juga melepaskan helm model *half skyline* berwarna *silver* dengan logo kecil bertuliskan *Harley Davidson* di tengahnya. Kaus gadis itu berwarna hijau tentara dengan celana jins yang robek pada kedua dengkulnya.

Remaja laki-laki itu turun terlebih dahulu dari motornya, kemudian ia menurunkan gadis kecil yang diboncengnya dengan mengangkatnya begitu saja—otot lengannya terlihat terbentuk. Kulit mereka berdua sawo matang dengan hidung mancung seperti pahatan arca Yunani zaman dahulu. Rambut mereka berwarna kecokelatan dan ikal. Model rambut si gadis kecil pendek menyerupai anak laki-laki.

"Wow, motornya keren banget...," ujar Aydan yang terpesona oleh deruman motor yang baru datang.

Sementara itu Santi lebih menikmati pemandangan yang lain, "Wow, super ganteng...."

Aydan dan Nasha kembali melihat Santi. Kali ini wajah Aydan lebih sarkastis memandang kakaknya itu.

"Apaan sih?" Santi kembali memberikan ekspresi muka tidak berdosa yang sama.

Si kecil Nasha menggelengkan kepala dengan gaya sok dewasa, "Jadi mau ganti *boyfriend* lagi?"

Telepon rumah berdering. Salah satu pekerja rumah tangga memberi tahu, "Mbak Santi, ada telepon dari Mas Adi."

Raut muka Santi pun berubah masam. Sementara Aydan dan Nasha mulai tertawa cekikikan dan meledek Santi. "Alarm pacar nyala tuut ... tuut!" ledek mereka. Dan melayanglah sebuah bantal tepat mengenai muka Aydan dan Nasha.

"Diam, deh. Nggak usah berisik. Dasar bawel!" ujar Santi ketus sambil berjalan menghampiri telepon.

Santi memiliki wajah yang manis. Meski usianya baru 16 tahun, ia memiliki postur tubuh yang ideal seperti model. Itu membuatnya memiliki banyak pilihan untuk urusan pacar. Karena terlalu sering ganti-ganti pacar, Aydan sampai sudah tidak bisa menghitungnya lagi. Pacarnya yang terbaru bernama Adi, tipe sangat cemburuan dan berasal dari SMA yang berbeda dengan Santi. Terakhir kabarnya, ia mau pindah sekolah agar bisa satu SMA dengan Santi. Tentunya, Santi menentang keras ide ini.

Masih tertawa cekikikan Aydan dan Nasha kembali mengintip dari jendela.

Seorang laki-laki berumur sekitar 45 tahun berambut hitam dengan potongan rambut pendek model *crew cut* keluar dari mobil *BMW X3*. Aydan berpikir tinggi pria itu hampir sama seperti Papa, namun perutnya jauh lebih besar. Ia mengenakan kacamata dengan bingkai berwarna platinum. Sedangkan bajunya kemeja Hawaii putih bermotif bunga-bunga merah besar dipadu dengan celana pendek berwarna cokelat muda khaki. Selang beberapa detik, keluar dari sisi lain mobil, seorang perempuan berusia sekitar 40 tahun dan masih terlihat sangat cantik. Tubuhnya ramping, rambutnya berwarna merah gelap dan bergelombang rapi seperti baru keluar dari salon. Ia mengenakan gaun tak berlengan dengan motif bunga-bunga merah senada dengan laki-laki di sebelahnya.

"Ida Ayu Danica Ario!" seru perempuan itu.

Gadis kecil itu terlihat berjalan ke arah mereka seperti tidak suka. Perempuan berambut rapi itu itu mengeluarkan sapu tangan berwarna merah muda dari dalam tas besarnya dan menyeka wajah gadis kecil yang kotor itu. Gadis kecil itu terlihat risih dan cemberut. Aydan dan Nasha bisa mendengar suara protesnya samar-samar.

Dari balik jendela, tampak Oma dan Opa menghampiri tetangga baru itu. Mereka saling berpelukkan. Setelah bercakap-cakap sebentar, Oma dan Opa pun kembali ke rumah. Sementara tetangga baru mereka memasuki rumah dan sibuk mengatur barang-barang pindahan mereka.

Aydan rasa tinggal di Rumah Menteng kali ini akan sangat menyenangkan. Terutama karena tetangga baru mereka memiliki motor ***Harley Davidson Eagle Screaming Road Glide*** yang sangat ia suka! Aydan memainkan miniatur ***diecast*** replika Harley yang ia miliki. Wah, malam ini ia bisa termimpi-mimpi naik motor. Bocah itu benar-benar sudah tak sabar untuk segera berkenalan dengan mereka. Ia ingin tahu seperti apa rasa naik motor itu.

❖❖❖

BAB 4

Tetangga Baru

Duk, duk, duk, suara pantulan bola basket mengenai lantai beton. Tak lama kemudian terdengar suara bola karet itu bertabrakan keras dengan ring besi.

"*Slam dunk*!" teriak suara seorang laki-laki.

"Curang!" jerit suara seorang anak perempuan.

Aydan terbangun dan melirik jam di samping tempat tidur, tepat pukul enam pagi. Rasanya malas sekali bangun pagi di hari liburan. Nasha pasti sudah di ruang makan. Santi biasanya baru bangun jam 10 pagi kalau tidak dibangunkan Oma. Aydan mencoba tidur lagi, tapi suara orang bermain basket benar-benar membuatnya tak bisa tidur. Bocah lelaki itu kemudian beranjak dari tempat tidurnya dan mencuci mukanya di kamar mandi. Ia berpikir mungkin pagi ini bisa menyapa tetangga baru itu. Ia langsung bergegas menuju teras.

Kedua rumah itu hanya dipisahkan oleh pagar tanaman

setinggi dada. Aydan bisa melihat kedua anak baru itu sedang bermain basket dari teras depan rumah. Ketika ia sedang asyik memperhatikan mereka bermain, tiba-tiba gadis kecil itu menoleh dan melambaikan tangan ke arahnya. Aydan menoleh ke belakangnya, tidak ada siapa-siapa.

"Hei, tetangga! Sini!" seru si gadis kecil memanggil.

Pemuda bertubuh tinggi di sampingnya terlihat menegur gadis kecil itu.

Dengan kikuk Aydan berjalan menghampiri pagar tanaman yang memisahkan rumah itu dengan rumahnya.

"Hai! Namaku Danica. Kamu bisa panggil aku Dani," kata gadis berambut pendek dan bermata cokelat itu seraya mengulurkan tangannya untuk bersalaman.

"Aydan Kusumo, panggil saja Aydan," jawab Aydan sambil menjabat tangannya.

"Ini kakakku, Faris," ujarnya riang sambil menarik lengan anak laki-laki yang tingginya sekitar 180 sentimeter. Aydan agak mendongakkan kepalanya sedikit untuk melihat wajah pemuda itu. Faris memiliki warna mata yang sama, cokelat.

"Hai, Aydan," sapanya sambil sedikit membungkukkan tubuhnya dan mengangkat tangannya untuk ber-*high-five*.

Aydan berusaha untuk jinjit dan memberikan tepukan *high-five* yang cukup keras.

"Mantap, *bro*," ujarnya sambil tersenyum ramah.

"Mau main bareng?" tanya Dani.

"Mmm... aku nggak bisa main basket," ujar Aydan malu-malu.

"Yang benar?" Dani menatap Aydan dengan pandangan tak percaya.

Aydan menjadi agak risih dan mulai menunduk ke bawah melihat sandal jepitnya.

"Aku nggak boleh terlalu lelah," sahut Aydan sambil tetap memandangi jemari-jemari kakinya yang sibuk bergerak tak beraturan.

Raut muka Dani berubah. Wajah anak perempuan itu tampak serius memandang Aydan. "Mmm... Hei, Faris, Aydan ternyata juga bisa melihat para hantu di rumah baru kita, loh," kata Dani perlahan sambil menyikut Faris.

"Hah?" Aydan melihat ke arah Dani, terkejut.

Dari mana dia bisa tahu? tanya Aydan dalam hati.

Faris yang mulutnya sempat ternganga karena ucapan adiknya kini tampak tersenyum-senyum melihat muka Aydan. "Sepertinya kalian memiliki kesamaan," ujar sang kakak sambil merangkul Dani.

"Kamu mau tahu aku tahu dari mana? Ada seorang nenek di sebelahmu yang memberitahuku. Kalau ada waktu kamu main ke rumah, ya! Biar seru! Akhirnya aku punya teman! Jadi aku nggak harus sendirian main sama hantu-hantu di rumah ini!" Dan itu adalah kalimat-kalimat yang menyembur keluar dari mulut gadis itu tanpa jeda.

Sambil melongo Aydan segera menoleh ke arah kanannya. Ia bisa melihat bayangan seorang nenek yang tersenyum ke arahnya dan kemudian menghilang....

Dani tidak berbohong.

"Maaf ya, Aydan. Dani agak-agak sedikit..." Faris memberikan tanda dengan gerakan telunjuk berputar-putar di samping pelipisnya. Bola basket segera melayang mengenai kepala Faris. "Dani!" teriak Faris.

Tapi yang dipanggil sudah keburu lari ke dalam rumah sambil tertawa keras dan mengejek Faris. Gadis kecil itu lalu berteriak dari depan pintu, "Hei, Aydan! Serius loh, nanti main ke rumahku, ya! Ada hal menarik yang mau kukasih lihat!"

"O-Oke!" sahut Aydan berusaha bersuara agak keras supaya Dani bisa mendengarnya.

Dalam hatinya Aydan penasaran dengan apa yang diucapkan Dani tadi, *"sesuatu yang menarik"? Apa maksudnya, ya?*

"Kamu nggak takut sama hantu?" tanya Faris membuyarkan lamunan Aydan.

"Nggak begitu. Sudah terbiasa, sih," ujar Aydan agak malu. Ia berharap Faris tidak menganggapnya terlalu aneh. "Apa dia... dia anak Indigo juga, ya?" tanyanya ragu.

Faris melempar bola dari tempat ia berdiri dan masuk ke dalam ring. "*Yes! Three points shot!"* katanya.

"Wah, keren!" Aydan bertepuk tangan. "Kekuatan super Dani bisa apa saja?"

Faris menatap Aydan, tampak kaget campur senang, "Wah, jarang ada yang tahu tentang kemampuan-kemapuan anak indigo. Kalau kalian punya *kesamaan*, aku yakin kalian pasti cocok, deh. Haha. Akhirnya, dia bisa punya teman juga." Faris men-*dribble* bola basket sebelum ia melemparnya ke dalam ring. "Dani kelebihannya... mmm... katanya dia bisa melihat hantu, yang pasti dan sebenarnya cukup keren adalah kemampuan dia untuk mengendalikan air."

"Mengendalikan air? Maksudnya?"

"Yah, seperti pagi ini misalnya. Seharusnya hujan merata, tapi hanya rumah di sisi sini saja yang nggak kena gerimis."

Aydan mengikuti arah pandang mata Faris.

Suatu pemandangan yang aneh tampak di luar pagar rumah mereka. Rumah-rumah di seberang jalan terguyur hujan kecil, sedangkan deretan sisi rumah mereka tidak terkena hujan sama sekali.

"Wow!"

"Benar, kan. Keren."

"Banget," ujar Aydan semangat. "Oh ya, itu motor *Screaming Eagle Road Glide,* bukan?" tanya Aydan sambil menunjuk motor *Harley Davidson* hitam yang terparkir di halaman depan.

"Wow, *bro*! Penggemar *Harley Davidson* juga rupanya ya," senyumnya melebar. "Gimana kalau nanti sore kita keliling daerah sini. Kamu familier sama jalan di sekitar sini, kan?" ujar Faris.

Aydan mengangguk dengan semangat berlebihan yang tak bisa dikontrol lagi. Ia menyebutkan semua rute jalan yang bisa dilalui untuk menghindari kemacetan. Tanpa jeda, mulut Aydan terus berbicara, dan tanpa ada yang bisa menghentikan. Faris hanya senyum-senyum, lagipula Aydan tidak membiarkannya berkomentar. Setelah kelelahan berbicara, akhirnya Aydan pamit pulang. Faris meneruskan permainan basketnya sendiri. "Sampai jumpa nanti!" katanya pada Aydan.

Ketika Aydan masuk ke rumah, Opa, Oma, Santi, dan Nasha sudah duduk mengelilingi meja makan. Opa menikmati teh paginya sambil membaca koran pagi. Sementara Oma sedang mengoleskan selai stroberi di atas roti untuk Nasha.

"Aydan, mau roti juga?" Oma menawarkan.

Aydan menarik kursi untuk duduk. "Boleh, terima kasih. Opa, aku diajak Faris—"

"Siapa Faris?" potong Nasha sambil mengunyah rotinya.

"Anak tetangga baru kita. Faris. Faris bilang aku boleh naik motor *Harley*-nya sore nanti. Boleh, ya, aku pergi? Boleh, ya? Boleh? Boleh, *please*?" Aydan memohon pada Opa.

"Boleh tapi hati-hati, ya," kata Opa dengan tenang.

"YEAH! Asik!" teriak Aydan girang.

Pagi ini, Oma banyak bercerita tentang keluarga Tante Melati yang baru saja pindah. Banyak kenangan yang diceritakannya, bahkan sampai masa kanak-kanak Tante Melati pun diceritakannya. Kata Oma, sebenarnya Aydan sudah pernah bertemu Faris dulu sekali. Saat itu, Aydan masih kecil. Sementara itu menantu Pak Sunaryo, Om Bagus, memang sudah bersekolah di Inggris sejak SMA. Ia kemudian bertemu Tante Melati dan akhirnya menikah di sana. Mereka sekeluarga baru datang ke Indonesia ketika Faris berusia sepuluh tahun dan Dani berusia tiga tahun.

Setelah puas bernostalgia, dengan muka serius Oma mengatakan ada sesuatu yang terjadi di luar rencana. Ia mengatakan Mama sebenarnya juga sudah tahu akan hal ini. Aydan dan Santi mulai menegang, "Jangan-jangan ada berita buruk lain?" pikir mereka berdua dalam hati.

Oma kemudian memberitahukan pada mereka bahwa Oma dan Opa sudah merencanakan liburan ke India. Bahkan sejak enam bulan yang lalu, mereka sudah membeli tiket pesawat dan hotel. Mereka berdua terdengar sangat menyesal dan khawatir pada cucu-cucunya.

"Maaf ya, sayang. Oma tidak menyangka kalian akan

pindah secepat ini. Perjalanan sudah direncanakan agak lama. Tapi kalau kalian merasa Oma dan Opa perlu di sini untuk kalian, tidak masalah. Oma bisa batalkan atau percepat kepulangannya."

Aydan dan Santi menarik napas lega.

"Kirain ada apa," kata Santi. "Nggak apa, Oma. *No worry, jangan khawatir*. Kami sudah biasa ditinggal, kok. Jadi nggak masalah kalau Opa dan Oma pergi," lanjutnya sambil mengedipkan mata ke arah adik lelakinya.

Aydan yang menangkap sinyal dari Santi dengan cepat menimpali, "Opa dan Oma santai saja. Relaks. Benar kata Santi, sesuai rencana saja. Lagipula kami sudah besar semua. Kapan berangkat dan berapa lama di India? Naik pesawat apa?"

"Haha... Ya, benar, kalian memang sudah *cukup* besar..." ujar Oma yang seperti baru sadar bahwa cucu-cucunya memang sudah besar. "Oma dan Opa berangkat empat hari lagi dan di sana sekitar dua minggu. Naik *Garuda Airlines*. Nanti Oma tinggalkan daftar hotel-hotel dan nomor telepon kami di sana. Ingat, ya, kalau ada apa-apa telepon. Kalian yakin kalian akan baik-baik saja?" tanya beliau sambil memegang tangan cucu-cucunya.

Ketiganya serempak menjawab, "Ya, Oma, kami akan baik-baik saja."

"Kan, ada Darling juga," kata Nasha sambil memamerkan dan memeluk Darling.

Opa pun tersenyum, kemudian memanggil Nasha untuk duduk di pangkuannya.

"Oma sudah kabari mama dan papa kalian juga," ia

menarik napas panjang. "Nanti malam jangan lupa telepon mama dan papa. Kami berharap kalian bisa mengerti keadaan orangtua kalian saat ini."

Santi merangkul pundak Oma. "Jangan khawatir Oma, kita akan baik-baik saja," kemudian memberikan kecupan di pipi Oma.

"Oke. Nanti sore Oma mau ke rumah Tante Melati dan Om Bagus. Siapa yang mau ikut?" ujarnya sambil melihat cucu-cucunya.

Aydan dan Nasha dengan semangat langsung mengangkat tangan mereka.

❖

Setelah agak sore, Oma dengan gaun bunga-bunga berwarna cerahnya pergi ke rumah Tante Melati sambil membawa pastel tutup andalannya. Aydan dan Nasha ikut dengan Oma. Sementara Santi sudah sejak siang dijemput temannya, Ida, untuk pergi jalan-jalan ke mal.

Pintu pagar putih rumah Tante Melati sudah terbuka lebar. Tampak seorang tukang kebun sedang menyirami taman depan. Oma bertanya apakah pemilik rumah ada di rumah, laki-laki itu mengiyakan. Pria berkulit gelap itu langsung meletakkan selang air di atas rumput—membiarkan air terus mengairi rumput yang baru ditanam—lalu menghilang ke dalam rumah melalui pintu samping. Kami dibiarkannya berdiri di depan teras sambil mengamati kebun yang baru jadi.

Tak lama kemudian pintu kayu hampir setinggi tiga meter

itu pun terbuka. Tampak seorang perempuan dengan rambut berwarna merah bergelombang dan kulit agak kecokelatan membukakan pintu. Senyumnya ramah menyambut mereka.

"Hai, Tante Nadya. Apa kabar?" sambutnya ramah sambil memberikan kecupan di kedua pipi Oma. Mata Aydan menatap warna lipstik Tante Melati yang merah menyala. "Dan ini pasti anaknya Mely. Aih, sudah besar sekali," ucapnya sambil mengelus kepala Aydan dan Nasha. "Si pemuda cilik tampan ini pasti Aydan, ya? Kamu tahu? Terakhir tante lihat waktu itu kamu masih balita," katanya. "Umur berapa sekarang?" tanyanya.

Oma tertawa mendengar Tante Melati yang berbicara tanpa henti. "Kamu ini masih seperti dulu. Iya ini Aydan, sudah 11 tahun. Dan yang paling kecil, Nasha, baru tujuh tahun. Ada satu lagi, Santi, tapi dia lagi jalan-jalan sama temannya. Maklum anak 16 tahun sudah punya acaranya sendiri," jelas Oma. Tante Melati menanggapinya dengan ceria, pasti akan ada waktu di mana mereka semua dapat bertemu, ujarnya. Ia lalu mengajak mereka masuk.

Tangga jati tua itu masih sama persis seperti yang diingat oleh Aydan. Bagian penting rumah yang memukau. Kokoh tapi elegan. Tangan tangga itu seolah mengajak Aydan untuk bermain. Mungkin kalau tidak ada Tante Melati, Aydan akan segera naik turun tangga itu. Kenangan dia bermain di tangga serasa seperti baru saja kemarin ia lakukan.

Mereka diantar ke ruang tamu di sayap kiri rumah. Dari lantai atas, terdengar suara tawa Dani yang berlari menuruni tangga. Tanpa disadari, gadis berambut cokelat itu sudah muncul di ruang tamu bersama mereka.

"Ini putri bungsu saya, Dani. Umurnya 10 tahun."

Dani memberi salam.

"Aduh mirip sekali sama Melati waktu kecil," kata Oma sambil mencubit kedua pipi Dani. Dani tersenyum dan memberikan Oma pelukan.

"Mami, aku boleh ajak Aydan main ke atas?" tanya Dani tiba-tiba pada ibunya.

Tante Melati menanyakan pada Aydan dan Nasha apakah mereka mau bermain dengan Dani di atas. Aydan mengiyakan, namun Nasha lebih senang berada dekat Oma sambil memainkan si Darling.

Dani menarik tangan Aydan dan mereka berdua menaiki tangga yang berusia seratus tahun itu dengan cepat. Aydan berusaha mengatur nafasnya. Saat yang bersamaan ia juga merasakan sesuatu yang aneh tiap melangkahkan kakinya di setiap anak tangga, seolah ada yang mengawasi mereka dari atas. Perasaannya tidak tenang.

"Dani kamu mau menunjukkan apa, sih? Memangnya ada apa di atas sana?" tanya Aydan berbisik.

Dani pun balas berbisik, "Lihat saja nanti, sepertinya kamu yang harus kasih tahu aku. Aku bisa melihat mereka, anehnya aku nggak bisa berkomunikasi sama mereka. Siapa tahu kamu bisa."

"Eh?" langkah Aydan berhenti di salah satu anak tangga. Ia menatap Dani, ternyata gadis ini lebih aneh dari yang ia pikirkan. "Apa maksudmu dengan 'mereka'?" tanya Aydan dengan suara yang terdengar sedikit panik.

Gadis itu menarik lengan Aydan sambil berbisik ke telinganya, "Jangan jadi penakut! Aku bakal kasih tahu apa yang harus kamu tanyakan ke mereka. Tenang saja."

Harga diri Aydan tertantang dibilang penakut sama gadis yang lebih muda.

"Siapa bilang aku takut?!" ujar Aydan sedikit menantang.

"Bagus! Kamu bukan penakut," ucap Dani acuh tak acuh dan terus menyeret bocah lelaki itu naik ke atas.

Aydan merasa terjebak. Sejak awal seharusnya ia tak mengiyakan ajakan main ke atas bersama anak perempuan ini. Harusnya Aydan tinggal bersama Nasha di bawah. Perasaannya semakin tak enak.

Ketika menginjak anak tangga terakhir, mata Aydan menangkap sekelebat bayangan putih melesat cepat di depannya. Samar-samar... terdengar tawa yang berasal dari seorang anak perempuan... Dari suaranya Aydan yakin ada lebih dari satu. Apakah itu 'mereka'?

"Dengar suara itu?" tanya Dani masih berbisik.

Aydan mengangguk. "Yang barusan lewat tadi itu apa?" tanyanya.

Dani hanya tersenyum dan menarik tangan Aydan lagi. "Ayo! Aku sudah mengejar hantu-hantu itu dari kemarin dan selalu berakhir di ujung sana!" ujarnya menyeret Aydan tanpa anak itu bisa memprotes.

Di atas semua lantai terbuat dari *parquet* kayu.

Menimbulkan suara reyot kriet...

krieet...

krieeet...

...setiap kali mereka melangkah. Membuat suasana jadi menegangkan... Aydan pun menjadi peka pada suasana sekelilingnya. Mereka berjalan mengikuti jejak bayangan putih tadi dan berhenti di depan pintu kayu yang posisinya agak tersembunyi. Pintu itu berukuran lebih kecil dan berwarna hitam, berbeda dengan pintu-pintu lain di rumah itu yang umumnya dipelitur cokelat tua.

Tiba-tiba... dua bayangan putih seperti asap keluar menembus pintu. Suara tawa yang tadi samar sekarang terdengar lebih jelas. Dan bayangan putih tadi mulai membentuk sesuatu.

Dalam sekejap dua makhluk perempuan dengan tinggi sekitar satu meter, berdiri di depan mereka. Wajah makhluk itu pucat sekali, seputih gaun panjang yang mereka pakai. Rambut mereka panjang terurai sepinggang berwana merah gelap. Mereka menyeringai memperlihatkan giginya yang kecil-kecil dan hitam.

Akhirnya kau datang... ujar makhluk di sebelah kiri.

Penantian kami berakhir sudah... ucap makhluk yang berada di sebelah kanan.

Suara mereka terdengar seperti musik. Sangat merdu, namun asing di telinga kedua anak manusia ini.

Dani menyikut Aydan dan berbisik, "Coba tanya sudah berapa lama mereka menunggu dan apa yang mereka tunggu!?"

"Kenapa kamu nggak tanya langsung saja!?" Aydan balas berbisik.

"Kalau mereka bisa mendengarku, aku sudah tanya langsung. Nggak perlu melalui kamu!" bisik Dani sewot dan menendang kaki Aydan cukup keras.

"Uh... Sudah berapa lama kalian menunggu?" tanya Aydan ragu-ragu pada makhluk aneh itu.

Kali ini mereka berdua menjawab bersamaan dengan suara merdu dan senyum yang aneh.

Ratusan tahun kami menunggu kedatanganmu....

"Apa yang kalian tunggu?" tanya Aydan semakin penasaran.

Bu... k...... lah ... ma... di... tung... gu .... Kem... li... kan...... rus...... bali... kan....

Jari telunjuk mereka yang kurus dan panjang menunjuk ke atas, seakan menunjuk ke arah loteng. Suara makhluk itu seperti terkena gelombang statik, terputus-putus, hanya beberapa kata yang terdengar jelas. Sebelum kedua makhluk itu menyelesaikan kalimat, badan mereka kembali menjadi samar, sampai akhirnya mereka kembali menghilang....

Aydan dilanda rasa penasaran. Dengan suara keras ia bertanya, "Kembalikan apa? Apaan sih? Ke mana? Kembalikan ke siapa?" Aydan terus melemparkan pertanyaan, sambil berharap akan ada jawaban.

Hening....

Tak ada jawaban, tentunya. Mereka telah hilang dari pandangan kedua anak itu.

BRAAAK.

Salah satu pintu kamar—tak jauh dari tempat mereka berdiri—tiba-tiba terbuka dan menghantam sisi tembok dengan keras. Jantung Aydan serasa mau copot. Aydan dan Dani terlonjak kaget hingga kepala mereka saling terbentur. Mereka berdua merintih kesakitan, mengusap-usap sisi kepala yang terbentur. Wajah Faris muncul dari balik pintu tampak tegang campur cemas.

"Ada apa, sih? Kalian nggak apa-apa?" tanyanya langsung

menghampiri Dani, memeriksa apakah adiknya tidak terluka.

"FARIS!!!" Dani langsung menarik tangan Aydan dan Faris masuk ke kamar kakaknya, lantas menutup pintu kamar dengan tendangan satu kaki tapi sudah dihitung dengan baik sehingga pintu tertutup dengan lembut. Gadis itu dengan cekatan menarik sebuah kursi ergonomis dan hanya dengan pandangan matanya menyuruh Aydan untuk duduk di situ. Aydan pun langsung duduk. Begitu kedua kakak beradik itu duduk di atas tempat tidur, Dani langsung menceritakan apa yang terjadi pada kakaknya. Tentang bayangan putih yang sudah dilihatnya sejak hari pertama menginjakkan kaki di rumah itu sampai hari ini; ketika ia dan Aydan mengejar bayangan yang kemudian berubah menjadi dua hantu anak perempuan.

Sementara Dani serius cerita, Aydan terkecoh dengan kamar Faris yang dipenuhi banyak piala dan penghargaan yang memenuhi dinding kamar. Di setiap piala dan penghargaan tertulis nama "Ida Bagus Faris Ario" untuk Juara I bidang olahraga basket, renang, dan tenis.

"Wah. Pialanya banyak sekali," ujar Aydan mengangkat salah satu piala.

Namun seperti biasa, Aydan yang ceroboh menjatuhkan piala itu hingga mengenai piala di sebelahnya. Seperti efek domino, piala yang terpanjang di meja mulai jatuh mengenai piala yang lain—satu per satu—sampai piala terakhir di ujung jatuh dengan suksesnya ke lantai.

KRAKKK.

Suara piala patah terdengar.

"Ops... maaf..." Aydan segera bangkit dari kursi dan

mengangkat piala yang terjatuh di lantai. Ia berusaha membetulkan ujung piala tenis yang patah.

Faris mengambil piala yang ada di tangan Aydan dan patahan miniatur orang sedang memegang raket tenis dari tangannya yang lain.

"*No worry*, jangan khawatir" jawabnya sambil merapikan piala-piala yang berantakan. Faris meletakkan kembali piala yang patah di tempat semula.

"Sori, Faris," Aydan tertunduk merasa bersalah.

Faris tersenyum dan menepuk pundaknya.

"Tidak apa, santai saja," ujarnya lagi.

Belum juga hilang rasa kaget Aydan karena berbuat kecerobohan, tiba-tiba suara Dani berubah menjadi aneh. Kedua matanya terpejam. Faris segera mengambilkan selembar kertas putih dan pensil dari mejanya lalu meletakkan kertas itu di depan Dani. Dani menggumankan sesuatu dan tangannya mulai mencoret-coret di atas kertas.

"Kenapa dia?" bisik Aydan heran menatap teman barunya.

"Kalau Dani tiba-tiba begini biasanya dia sedang 'melihat sesuatu' atau mendapatkan penampakan," jawab Faris kembali berbisik.

Aydan ingin bertanya lagi, tapi Faris memberi sinyal untuk diam. Melihat hantu orang yang sudah meninggal mungkin sudah tidak asing bagi Aydan. Tapi melihat makhluk selain itu atau orang yang sedang berkomunikasi dengan entah apa adalah hal yang baru baginya.

Faris dan Aydan memperhatikan gambar yang dibuat Dani. Awalnya Aydan tidak bisa menebak apa yang sedang digambar Dani, tapi lama-lama ia bisa melihat gambarnya; seperti buku dengan coretan bahasa dan simbol-simbol kuno.

"Apa ini, Dani?" tanya Faris.

"Buku?" tebak Aydan. "Apa ini yang tadi dimaksud 'mereka'?"

"Entahlah. Mungkin saja," ujar Dani yang telah kembali sadar sambil memperhatikan gambarnya dengan serius. "Kayaknya ada sesuatu yang berusaha berkomunikasi denganku, deh, tapi sepertinya terhalang."

"*Okay*... Kalian lagi ngomongin apa, sih?" ucap Faris kebingungan, mencoba mengikuti pembicaraan yang tidak masuk akal untuk manusia biasa.

"Aku sepertinya pernah melihat simbol seperti ini. Di mana, ya?" gumam Dani lebih pada dirinya sendiri.

"Hei, ingat, nggak? Tadi pas kedua makhluk itu muncul, tangannya seperti..." Perkataan Aydan langsung mengalihkan perhatian Dani. Mereka saling berpandang dan hampir bersamaan keduanya pun berkata, "Menunjuk ke loteng atas!"

"Kalau barang itu ada di kamar loteng. Hmmm, pasti akan membutuhkan waktu berhari-hari, mungkin berminggu-minggu, atau berbulan-bulan untuk mencarinya!" ujar Dani yang kembali berbicara lebih pada dirinya sendiri.

"Apa segitu banyaknya barang di atas sana?" tanya Aydan.

"Tunggu sebentar. Kamar loteng? *No. No. No*, Dani!" potong Faris.

"Aku sudah pernah naik ke atas sana, kok!" kata Dani menantang.

"Nggak mungkin! Kapan kamu naik ke sana? Kita, kan, sudah dikasih tahu nggak boleh ke situ!" ujar Faris menatap Dani seolah tak percaya bahwa adiknya ini memang tukang pembangkang nomor satu.

Dani hanya bisa meringis usil. "Opsss... lupa," ucapnya cengengesan sambil garuk-garuk kepala.

"Emmm... kami akan ditinggal Opa dan Oma selama dua minggu. Katanya kami bakal dititipkan ke orangtua kalian. Jadi harusnya, aku, kakak, dan adikku bisa bantu mencarikan buku itu di loteng. Kalau memang perlu, sih," terang Aydan memecah perdebatan antara Faris dan Dani.

Mata Dani pun berbinar. "*Great* - Luar biasa! Ini baru solusi namanya. Ada lima orang untuk mencari. Harusnya kita bisa melakukannya dengan lebih cepat, kan. Ya, kan?" ujar Dani sambil melihat Faris dengan mata memohon.

Faris terlihat masih ragu.

"Tunggu Dani. Aku nggak yakin sama ide ini. Aku rasa Mami nggak akan memberikan kunci kamar loteng. Lagipula peringatannya jelas: *nggak-boleh-masuk-ke-kamar-loteng!*" tegas Faris dengan muka serius.

"Kenapa nggak boleh masuk ke sana?" tanya Aydan bingung.

Mereka berdua memandang bocah lelaki itu.

"Ehmm, oke, begini ceritanya. Almarhum kakek kami punya banyak sekali koleksi barang antik. Dulu ia pernah berpesan kalau di antara barangnya ada barang-barang yang 'berbahaya' buat kami. Dia nggak pernah sempat kasih tahu seberapa berbahayanya, dan Mami takut terjadi hal buruk pada kami. Gara-gara itulah dia melarang kami naik tanpa pengawasan orang dewasa," ujar Faris menerangkan.

Aydan menganggukkan kepala. "Kalau begitu lupakan saja buku itu."

Dani terperanjat menatap Aydan, seolah tak percaya dengan apa yang baru saja dia dengar. "Wow, dari mana ide itu datang? 'Lupakan saja?' Ah, kalian nggak seru! Nggak ada keinginan tertantang sama sekali, apa? *Adventure* - petualangan seru, nggak ingin?! Kalian laki-laki apa bukan, sih!" protes Dani.

Pernyataannya membuat Aydan sedikit tak nyaman. Sementara Faris tetap pada pendiriannya, bahwa mencari buku karena suruhan "suara gaib" adalah ide yang sangat buruk. Tapi Dani bukan anak yang mudah menyerah. Ia terus melemparkan alasan-alasan yang masuk akal. Di antaranya: kalau kata Tante Melati mereka boleh ke atas selama ada supervisi orang dewasa, berarti mereka bisa. Karena menurut versi Dani, Faris sudah masuk kategori orang dewasa, karena usianya sudah 17 tahun. Dia menambahkan, "Lagipula seberapa berbahayanya, sih? Cuma buku. Kalau buku itu mengandung sesuatu yang jahat, tinggal bakar saja. Kenapa harus ketakutan?"

Akhirnya Faris menyerah. Sementara Aydan, hanya ikut arus saja, sebenarnya ia juga penasaran dengan loteng atas.

Dari bawah, terdengar suara Tante Melati memanggil nama Aydan. "Kayaknya Oma sudah mau pulang. Jadi misi kita selama liburan sekolah mencari buku kuno yang kemungkinan ada di atas loteng?" ujar Aydan mengkonfirmasi.

Dani mengangguk sepakat diikuti Faris yang tampak berat hati.

"Tenang. Aku akan memikirkan bagaimana cara kita bisa masuk ke kamar loteng dengan aman," ucap Dani perlahan. Aydan dan Faris hanya saling pandang.

"Oh ya, Dani. Sebelum aku lupa. Kamu selalu menyebut yang tadi kita kejar dan lihat itu 'hantu', tapi makhluk tadi sepertinya bukan hantu. Maksudku, uhm... gimana, ya, menjelaskannya..." Aydan menggaruk-garuk kepala.

"Apa maksudmu bukan hantu?" kata Dani tertarik.

"Aku sering melihat hantu. Biasanya mereka manusia yang meninggal dan menjadi hantu. Tapi yang tadi kita lihat, agak berbeda jenis. Mereka nggak pernah jadi manusia sejak awal," jelas Aydan.

"Jadi... mereka benar-benar makhluk halus dari dunia lain? Ah, pantas aku nggak bisa berkomunikasi sama mereka," ujar Dani.

"Apa lagi itu, Dani?" tanya Faris kebingungan.

"Aduh, coba *google*, deh, '*parallel universe*' - alam semesta selain dunia kita," sahut Dani. "Aydan! Ini jadi makin menarik," lanjut Dani dengan mata berbinar antusias. "Aku rasa liburan kali ini akan jadi sangat seru!"

Sebelum sempat menjawab lagi, kali ini Aydan mendengar suara Oma memanggil namanya dari lantai bawah dengan nada tegas. Tak berani mengambil risiko, mereka pun bergegas menuruni tangga.

Di depan pintu sebelum pulang, Faris mengingatkan Aydan tentang rencana jalan-jalan dengan motor *Harley*. Mana mungkin Aydan lupa! Bocah lelaki itu lantas langsung merengek ke Oma agar diizinkan pergi dengan Faris naik motor. "Cuma ke sekitar sini saja! Lagipula tadi Opa sudah bilang boleh," yakin Aydan. Oma akhirnya menyerah dan mengizinkannya. Tapi dengan syarat, sebelum jam enam sore Aydan sudah harus kembali ke rumah. Faris menyanggupi dan melemparkan helm milik Dani ke Aydan.

"Dani, aku pinjam dulu, ya! Terima kasih banyak!" ujar Aydan kegirangan dan langsung melompat duduk di belakang Faris sambil mengenakan helm milik Dani. Deruman motor langsung menggelegar. Tangan Aydan melambai ke kanan—menunjukkan arah—dan motor melesat sesuai dengan arahan bocah lelaki itu.

Sore yang menyenangkan. Aydan menikmati sapuan angin di wajahnya ketika mengendarai motor. Berhubung Faris tidak begitu paham daerah Menteng, Aydan menjadi penunjuk jalan. Untuk menghindari kemacetan sore, Aydan mengarahkan Faris ke jalan-jalan yang tidak begitu ramai. Mereka melewati anak-anak yang bermain bola di tengah jalan. Tentunya permainan bola menjadi terhenti ketika mereka melintasi jalan itu. Ini bukan hal yang aneh, karena memang tidak ada lapangan bola untuk bermain di daerah ini.

Setelah puas berkeliling, akhirnya motor Faris membelok kembali ke jalan rumah mereka. Aydan melihat sebuah mobil Toyota Yaris berwarna merah parkir di depan Rumah Menteng. Pasti Adi sedang ada di rumah.

Motor masuk ke dalam garasi rumah dengan dentuman terakhir dan mesin pun berhenti.

"Terima kasih, Faris. Super menyenangkan!," kata Aydan antusias sambil memberikan helm padanya.

"Hei, *no problem, bro*!" jawabnya sambil memberikan

jabat tangan khusus pada Aydan.

"Sampai besok," Aydan berlari ke Rumah Menteng dengan hati senang. Sesampainya di beranda depan, ia mendengar Santi dan Adi sedang bertengkar.

"Apa!? Ini konyol! Cukup sudah! Adi... kamu dan aku, END - tamat! Aku nggak mau lihat kamu lagi!" Secepat kilat Santi segera berjalan ke pintu. Dalam upaya perjuangan terakhirnya, Adi berusaha memegang tangan Santi, tapi gadis itu menampik tangannya dengan kasar.

"Santi, dengar dulu dong..." ia memohon.

"Nggak perlu penjelasan! Silahkan pulang sekarang, selagi aku masih baik!" jawab Santi ketus sebelum ia membanting pintu di depan Adi.

"Ck, ck... Dasar perempuan..." ujar Aydan sambil menggeleng-gelengkan kepala, pura-pura bersimpati. Ia menepuk bahu Adi, lalu berkata, "Tapi kalau boleh kasih saran, lebih baik kamu dengar apa kata kakakku, deh. Cepat-cepat pergi kalau nggak mau..." jari telunjuk Aydan menunjukkan gerakan seolah sedang memotong lehernya, lalu ia segera masuk rumah dan mengunci pintu sambil menyengir kuda.

Adi terlihat jengkel pada Aydan. Pemuda itu kembali menggedor pintu dari luar. Tapi tak lama kemudian salah satu penjaga rumah mempersilakan Adi meninggalkan rumah dengan sopan.

Aydan tertawa geli lalu berjalan ke kamarnya.

"Aydan!" seru Santi.

Aydan menoleh ke arahnya. Ia tahu kakaknya itu memang sudah jenuh dengan pacarnya dan ingin cepat-cepat putus. "*Give me high-five,*" kata Santi sambil mengangkat tinggi tangannya untuk tos.

"Salam rahasia," kata Aydan, dan keduanya saling memberikan kode tangan yang hanya mereka pahami lalu tertawa. Keduanya pun masuk ke kamar masing-masing. Dasar perempuan kejam, Aydan menggelengkan kepalanya.

Sementara di rumah sebelah, Dani masih belum bisa tidur. Ia masih penasaran dengan simbol kuno itu. Ia yakin pernah melihatnya di antara buku-buku koleksinya.

Dani membongkar boks keempat; menambah buku-buku yang semakin berserakan di lantai. Maminya pasti ribut kalau melihat betapa berantakan ruang perpustakaan dibuatnya.

Ketika ia sedang sibuk membalikkan halaman satu per satu, sebuah gambar menangkap perhatiannya. Ia memperhatikan dengan saksama foto arca Dewi Durga pada halaman buku itu. Salah satu tangan kanan arca itu memegang cakram. Dani segera mengeluarkan secarik kertas dari sakunya. Ia membandingkan gambar yang ada di kertas dengan foto arca Dewi Durga.

Ya, benar. Mirip sekali. Mirip sekali.

Kata Dani dalam hati.

❖❖❖

BAB 5

Loteng Terlarang

Hari ini Opa dan Oma berangkat ke India. Beberapa hari sebelum mereka berangkat Santi, Aydan, dan Nasha diingatkan berulang kali mengenai hal-hal yang harus mereka lakukan selama Opa dan Oma tidak ada. Berhubung Papa sedang berada di luar negeri dan Mama sedang tugas di luar kota, mereka hanya bisa mengandalkan Tante Melati dan Om Bagus yang tinggal di rumah sebelah.

Opa dan Oma berangkat pagi-pagi sekali, sebelum subuh, matahari bahkan belum kelihatan. Keduanya naik taksi ke bandara karena merasa terlalu merepotkan kalau anak-anak itu turut mengantar. Ketiga anak itu hanya bangun untuk berpamitan lalu kembali melanjutkan tidur.

Selama Opa dan Oma tidak ada, mereka dititipkan ke keluarga Om Bagus dan harus selalu makan pagi, siang, dan malam bersama di sana untuk menunjukkan bahwa mereka baik-baik saja setiap harinya. Setelah itu kakak beradik itu baru bebas, asalkan ketiganya memberitahukan ke mana mereka akan pergi kepada Tante Melati.

"Oh iya, aku hampir lupa kasih tahu kalian sesuatu," kata Aydan pada Santi dan Nasha. Santi dan Nasha yang sudah berada di depan pintu, siap untuk berjalan ke rumah sebelah, menghentikan langkahnya. "Emangnya nggak bisa dibicarakan di rumah Tante Melati, saja?" tanya Santi yang sudah ingin keluar rumah.

Aydan menggelengkan kepalanya. "Sebentar saja, *please*?" Ia lalu menggiring Santi dan Nasha ke ruang tamu. Bocah lelaki itu mulai menceritakan apa yang ia alami di rumah sebelah belum lama ini. Awalnya, Santi tidak setuju dengan ide mencari buku kuno.

"Kita nggak tahu apa yang bakal terjadi nanti! Gimana kalau buku itu ternyata sesuatu yang jahat? Lagipula, si Dani ini anaknya aneh banget. Kadang aku seram kalau lagi dekat-dekat dia," ujar Santi sambil bergidik. Aydan menggunakan alasan sama yang digunakan Dani untuk meyakinkan Faris. Hanya sebuah buku, mencarinya bukan hal yang membahayakan. Kalaupun buku itu ternyata sesuatu yang buruk, tinggal dibuang saja dan habis perkara.

Setelah lama berdebat, akhirnya Aydan berhasil meyakinkan Santi. Kakak perempuannya itu akhirnya setuju untuk ikut membantu mencari buku kuno. Mengajak Nasha jauh lebih mudah. Aydan meyakinkan Nasha bahwa mencari buku kuno sama saja seperti sedang melakukan permainan berburu harta karun.

"Oke. Aku nggak tahu buku apa yang harus kita cari.

Tapi, aku suka *treasure hunting*," ucap Nasha yang kemudian mengajak Darling bicara, "Darling, kita mau main *treasure hunting*! Yeay!"

Mendengar itu Aydan langsung nyengir senang bukan kepalang!

"*Guys, thank you.* Aku rasa liburan kali ini akan sangat seru!" ujar Aydan antusias sambil memeluk mereka berdua.

❖

Saat sarapan pagi bersama, Aydan duduk berhadapan dengan Dani. Dani tampak tersenyum-senyum.

Mencurigakan.

Aydan mengerutkan alisnya dan memberinya pandangan bertanya. Dani cuma memberikan sinyal untuk tetap diam. Ketika Om Bagus asyik membaca koran sambil menyeruput tehnya, tiba-tiba ia menyemburkan minumannya. Hal yang sama terjadi pada Faris.

"Kenapa tehku jadi susu!?" ujar Om Bagus setengah berteriak. Dia sangat tidak menyukai susu. Sementara di sisi lain Faris berteriak, "Susuku, kok, jadi teh pahit!?"

Untuk sejenak mereka saling berpandangan dan langsung melotot ke arah Dani yang terbahak-bahak. Anehnya, mereka duduk cukup jauh dari tempat Dani duduk. Dan Aydan tidak melihat gerakan tangan Dani menukar gelas minum Om Bagus dan Faris. Jadi gimana bisa Dani melakukannya?

Selagi kericuhan yang dibuat Dani di pagi hari berlangsung, telepon rumah berdering. Tante Melati segera bangkit dari kursinya dan mengangkat telepon yang terletak tak jauh dari meja makan.

"Halo? Ya, saya sendiri," ujar tante Melati.

Kemudian ia terlibat dalam pembicaraan serius. Tangannya sibuk mencatat di atas *notepad* yang selalu ada di samping telepon. Kemudian, Tante Melati menutup gagang telepon dan memandang mereka dengan serius.

"Ada apa?" tanya Om Bagus dengan wajah cemas.

Kemudian Tante Melati melompat-lompat dan tertawa kegirangan. "*YES!!!* Aku dapat pesanan besar untuk kue!" serunya bersemangat.

Mereka menarik napas lega dan memberikan selamat padanya.

"Waduh. Aku harus belanja banyak bahan, nih. Hei, anak-anak," kata Tante Melati heboh. "Aku harus ke supermarket untuk belanja kebutuhan. Kalian mau ikut? Nanti kita bisa makan siang di luar. Gimana?" tanya Tante Melati ke mereka semua.

"Jam berapa, Tante?" tanya Santi.

"Mungkin sekitar jam 11?" katanya.

Om Bagus menambahkan, "Ide bagus. Ada restoran di ujung jalan yang selalu ramai. Kita bisa coba makan siang di sana."

Mereka semua menganggguk setuju dengan ide itu.

"Baiklah, kalau begitu kalian kembali ke rumah dulu, nanti kalau sudah siap kami jemput? Oke?" kata Tante Melati.

Ketiganya menjawab dengan semangat, "Oke!" Tentunya suara Nasha yang paling nyaring dan membuat semua orang tertawa.

Selesai sarapan, mereka kembali ke rumah dan bersiap-siap pergi. Tante Melati sibuk mencatat bahan-bahan yang harus dibeli, sekaligus memeriksa peralatan untuk membuat kue yang ia miliki, sedangkan Dani sibuk melakukan sesuatu di kamarnya. Sementara itu Om Bagus dan Faris melakukan rutinitas ayah dan anak—Om Bagus mencuci mobil, dan Faris mencuci motornya. Meskipun mereka memiliki beberapa pekerja rumah tangga, keduanya lebih suka membersihkan "mainan" kesayangan mereka sendiri. Sesekali Om Bagus menyeka keringat yang mengalir, begitupun Faris.

Jarum jam mendekati angka 11, Tante Melati dan Dani sudah siap untuk pergi. Tante Melati selalu mengenakan baju berwarna cerah. Kali ini warna dominan yang dikenakan adalah fusia dan kuning. Sementara Dani hanya memakai kaus hitam dan celana *jeans* pendek. Sambil menunggu Om Bagus dan Faris mandi, Tante Melati berjalan ke arah pintu.

"Dani, lihat rambut Mami, deh. Gimana, bagus, nggak?"

Dani yang lagi asyik menonton video musik di iPodnya, dengan tak acuh menjawab, "*Oke*, Mami."

"Ah, seandainya ada kaca di sini; jadi sebelum keluar rumah, kan, bisa *ngaca* dulu," katanya seraya menyisir rambut yang sebenarnya sudah rapi.

"Ada kaca nganggur, kok, di atas di kamar loteng," jawab Dani enteng dengan mata tetap terpaku pada iPod-nya. Kemudian... "Ooops," ia tiba-tiba tersadar lalu melempar senyum pada ibunya yang sekarang sedang menatapnya dengan penuh selidik.

"Kamu tahu dari mana?"

"Hehehe... Aku penasaran, Mami... Aku tahu nggak boleh

naik ke loteng, karena mungkin ada barang yang berbahaya, kan, tapi..." jawab Dani dengan wajah tak bersalah. "Aku *beneran* penasaran...."

"Kamu tahu, kan, Mami larang kamu ke sana karena nggak mau ada kejadian buruk menimpa kamu."

"Aku tau, Mami... *I love you*," ucap Dani sambil memeluk ibunya dan memasang muka memelas.

"Dasar kamu ini," ujar Tante Melati gemas sambil mencubit kedua pipi Dani. "Coba tunjukkan ke Mami kacanya seperti apa. Mungkin bisa kita gantung di dekat pintu," ucapnya seraya menarik tangan Dani naik ke atas.

Setibanya di kamar loteng, Dani menunjukkan di mana kaca itu berada. Kaca itu ditutup kain putih yang dipenuhi debu. Begitu kain putih itu tersingkap, terlihat kaca berbentuk oval dengan tinggi sekitar 60 sentimeter. Kerangka pinggirannya terbuat dari kayu jati polos berwarna gelap dengan lebar sekitar lima sentimeter. Kondisinya sangat baik.

"Wow, *perfect*! Antik tapi sangat simpel, cocok sama dekorasi modern di ruang bawah," ujar Tante Melati sambil mengagumi temuan mereka di kamar loteng.

Mereka pun akhirnya memboyong turun kaca itu dan meminta salah seorang pekerja rumah tangga untuk membantu menggantungkannya di dekat pintu.

Sementara Om Bagus sudah menunggu di luar, Faris menjemput Santi, Aydan, dan Nasha. Begitu kaca telah terpasang sempurna, Tante Melati pun segera menyuruh Dani untuk masuk ke mobil. Dan siang itu mereka menghabiskan waktu bersama, mulai dari belanja, makan siang, hingga nonton di bioskop. Mereka terlihat seperti keluarga besar yang sedang menikmati kebersamaan.

Tapi di balik semua itu, Dani berusaha meredakan antusiasmenya karena ia sama sekali tak bisa melupakan misinya: mencari buku hitam di kamar loteng nanti. Rencananya begitu sampai di rumah, ketika para orang dewasa telah sibuk dengan dunianya masing-masing, ia akan "meminjam" diam-diam kunci loteng dari tempat penyimpanan kunci rahasia. Letaknya memang agak tersembunyi, tapi bukan Dani namanya kalau tidak bisa menemukannya. Ia sudah tidak sabar, dan tahu kalau ibunya akan terlalu sibuk di dapur membuat kue-kue bersama asistennya. Sementara ayahnya akan terlalu sibuk memantau pekerjaan kantornya. Ia sudah memperhitungkan kemungkinannya sangat kecil bagi orangtuanya untuk memeriksa apa yang sedang anak-anaknya lakukan di atas, di kamar loteng.

❖

"Okay, boys and girls. Mari kita mulai bekerja*!"* ujar Dani penuh semangat.

"Kita mau ke mana?" tanya Nasha.

"Oh, ke kamar loteng. Kita jadi pemburu harta karun. Misinya mencari buku hitam," jawab Aydan tenang.

"Dengan tanda ini," tambah Dani sambil menunjukkan kertas dengan gambar cakram.

Nasha mengangguk sambil mengajak si Darling.

Faris menarik tali yang terhubung dengan tangga lipat, dan tangga kayu pun meluncur ke bawah. Satu per satu, tanpa suara anak-anak itu menaiki tangga ke atas.

Ternyata kamar loteng cukup luas, mungkin sekitar 10 x 10 meter. Bagian atas dinding kamar dikelilingi oleh *glass block,* sehingga ruangan sudah cukup terang walau tanpa menyalakan lampu. Seisi kamar penuh dengan barang yang ditutupi oleh kain putih yang sudah menguning dan penuh debu. Di tengah ruangan, terdapat meja kayu dengan berbagai macam barang di atasnya. Seperti lampu, jam meja antik, kotak perhiasan, dan berbagai tumpukan pecah belah.

Nasha memperhatikan barang-barang yang ada di atas meja. Ia menemukan sebuah kotak musik yang bila dibuka muncul seorang balerina kecil menari-nari dan berputar-putar mengikuti irama musik. Dengan asyik gadis kecil itu terus memutar-mutar kotak musik itu, lalu ikut menari-nari bersama si Darling. Sementara itu, Santi memperhatikan sebuah lemari kaca besar yang berisi banyak buku-buku tua dan membukanya.

"Aduh, buku warna hitam di sini ada banyak banget," ujarnya sambil memperhatikan buku yang sebagian besar judulnya berbahasa Belanda.

"Begini saja, deh. Aku akan bereskan meja ini, terus semua buku yang berwarna hitam yang kita temukan ditumpuk di sini saja. Lalu Dani bisa memeriksa bukunya satu per satu untuk mencari petunjuk. Gimana?" usul Faris.

Yang lain menganggukkan kepala tanda setuju.

Faris membersihkan meja. Debu yang cukup tebal sempat membuat anak-anak itu terbatuk-batuk. Santi mengeluarkan buku-buku berwarna hitam dari lemari dan Aydan mengeluarkan buku-buku hitam dari dalam peti-peti di bawah meja. Sedangkan Dani memeriksa buku-buku itu dan memberikannya ke Faris untuk dikembalikan ke tempat semula. Sementara itu Nasha, gadis kecil itu asyik membuka berbagai macam kotak dan menemukan barang-barang "berharga" menurutnya.

Tak terasa waktu bergulir dan perut mereka mulai terasa lapar. Kelima anak itu lantas turun ke bawah hampir bersamaan ketika Tante Melati memanggil mereka untuk makan malam. Tante Melati yang selalu terlihat bersih dan rapi, kali ini terlihat berantakan dengan sisa-sisa tepung yang menempel di celemeknya. Selesai makan malam, Santi, Aydan dan Nasha kembali ke rumah dan berjanji akan meneruskan perburuan mereka esok harinya.

Kegiatan itu hampir menjadi seperti rutinitas; setelah sarapan pagi mereka ke atas loteng dan berburu sampai waktu makan siang, lalu dilanjutkan kembali sampai waktu makan malam. Tak terasa aktivitas *treasure hunting* itu sudah seminggu berjalan.

Hingga pada suatu hari, Nasha menemukan sebuah kotak berukuran sedang dalam keadaan tergembok. Ia penasaran karena tak bisa melihat apa isinya dan meminta Faris untuk membukanya. Melihat Nasha yang memelas, Faris akhirnya meletakkan kotak kayu antik itu di atas meja dan menghancurkan gembok kecil yang sudah berkarat dengan palu yang ia temukan di loteng.

Ketika kotak itu terbuka, ternyata ada kotak lagi di dalamnya yang terbuat dari semacam tembaga berwarna keperakan dalam keadaan tergembok juga. Faris menghancurkan gembok kedua. Begitu kotak itu terbuka, ternyata ada lagi kotak di dalamnya, terbuat dari kayu yang sepertinya pernah terbakar. Tidak seperti kotak-kotak sebelumnya, kotak ini tidak terkunci. Perlahan Faris membuka kotak kayu itu dan matanya terkejut dengan apa yang ia lihat di dalamnya.

Dengan hati-hati ia mengeluarkan barang yang ada di dalam kotak itu dan berkata, "*Guys*, ini bukan yang kalian cari?" serunya.

Anak-anak yang lain perlahan beranjak dari tempat masing-masing dan berdiri mengelilingi Faris. Faris memegang kotak yang terbungkus dari kain sutra berwarna kuning. Ia membuka dengan hati-hati sutera kuning yang digunakan sebagai pembukus dan memperlihatkan sebuah buku kuno tebal dengan sampul terbuat dari kulit binatang berwarna hitam....

"Ini dia!"

Dengan hati-hati, ia pun meletakkan buku itu di atas meja.

❖❖❖

BAB 6

Buku Mantra Hitam

Dani mendekati buku tua tebal bersampul hitam itu, yang lain mengikuti dengan penuh rasa ingin tahu. Perlahan ia pun membukanya....

Halaman buku itu sudah terlihat menguning, kertasnya terbuat dari daun-daun lontar yang dijilid ikat dengan akar pohon. Setiap halaman daun lontar itu penuh dengan huruf-huruf Sansekerta kuno. Selain itu, terdapat banyak gambar makhluk dan benda aneh yang belum pernah anak-anak itu lihat seumur hidup mereka. Ketika mereka mengamati tiap lembaran dengan hati-hati, tiba-tiba Santi menunjuk salah satu gambar yang tak asing.

"Coba lihat ini!" seru Santi seraya menunjuk gambar Batu Hijau berukir seekor naga berkaki lima. "Sama persis seperti batu itu, Aydan!"

Faris dan Dani sontak menatap Aydan dengan penuh pertanyaan. Dan tak sampai sedetik kemudian mereka langsung bertubi-tubi melemparkan pertanyaan. "Apa!? Kamu punya apa!? Kok bisa!? Dapat dari mana!? Sejak kapan!?"

Santi pun menceritakan apa yang terjadi di Pantai Anyer, hanya "oooh" dan "aaah" saja yang keluar dari mulut mereka.

"Coba tunjukkan batu itu," kata Santi.

Aydan tertegun.

Sudah cukup lama ia tidak memikirkan Batu Hijau. Tiba-tiba diingatkan Santi begini membuat bocah lelaki itu panik sesaat. Berusaha tetap tenang, Aydan berpikir keras mencoba mengingat di mana terakhir kali ia menyembunyikan batu itu.

"Mmm... kayaknya terakhir aku sembunyikan di bawah bantal di kamarku, deh..." ujarnya dengan penuh ketidakyakinan.

"Kamu nggak lupa, kan?" tanya Santi mendelik. "Kalau memang nggak lupa coba bawa ke sini dan jangan lama-lama!" lanjutnya tak sabar.

Aydan segera berlari pulang. Ia masuk ke kamarnya dengan tergesa-gesa dan langsung lompat ke tempat tidur. Tangannya meraba-raba mencari kotak kayu di bawah bantal, tapi tidak ada. Aydan mengangkat tumpukkan bantal di kasurnya dan semakin panik karena tidak menemukan benda apa pun di bawah bantal.

Mati aku! pikir Aydan.

Tangannya meraba-raba kolong tempat tidurnya. Mungkin saja ia menyembunyikannya di bawah tempat tidur. Sial, umpatnya. Tidak ada pula! Aydan melihat sekeliling kamarnya dengan cepat.

Aha!

Barang yang ia cari ternyata terletak di atas meja belajar. Segera Aydan buka kotak kayu itu dan Batu Hijau masih ada di dalamnya dengan aman. Ia menarik napas lega dan segera melesat kembali keluar menuju rumah Dani. Aydan terus berlari menaiki tangga hingga tiba di kamar loteng. Didorongnya pintu kamar loteng dengan terlalu bersemangat sehingga membuat keempat orang di dalamnya terlonjak kaget.

"Ada, nih!" seru Aydan dengan napas terengah-engah sambil mengangkat tinggi Batu Hijau di tangan kanannya. Ia letakkan batu itu tepat di halaman buku yang terbuka, mereka lantas membandingkannya dengan gambar yang ada di buku.

Semua detail sama persis.

"Kalungkan dulu batu itu di lehermu! Nanti lupa lagi taruh di mana!" ujar Santi memperingatinya. Kali ini Aydan menuruti perkataannya.

"Lihat, sepertinya ada mantranya juga," ujar Dani dengan penuh semangat sambil menunjuk tulisan yang melingkar-lingkar di samping gambar Batu Hijau. "Sayang aku nggak bisa baca ini."

Dengan saksama Aydan memperhatikan gambar batu dan tulisan kuno yang seperti cacing melingkar-lingkar di samping gambar itu. Ia mengernyitkan dahinya; kok ia merasa bisa membaca simbol-simbol tulisan itu? Aydan lantas mengusap-usap matanya, dan tulisan itu benar-benar berubah bentuk menjadi tulisan yang bisa ia kenali dan baca! Aydan heran sendiri dan ragu, tapi akhirnya ia semakin yakin.

"Hei ... kayaknya aku bisa baca tulisan itu, deh..." ujarnya perlahan tampak tak percaya pada dirinya sendiri.

Semua mata langsung tertuju pada Aydan.

"Kamu bisa baca?" ujar Santi terdengar *shock*.

"Coba baca!" perintah Dani langsung menunjuk acak sederetan tulisan yang tertera pada halaman daun lontar itu dengan ujung jarinya.

"Yang ini?" tanya Aydan menegaskan.

"YA!" semua menjawab bersamaan.

"*Uh,* ini sungguh menarik!" ujar Dani menikmati suasana tegang.

"Buruan dong, Aydan!" Nasha penasaran.

Aydan memperhatikan lagi dengan saksama, merangkai huruf menjadi kata-kata, dan semuanya menjadi sangat jelas. Dengan suara terbata-bata ia membaca tulisan itu sambil menunjuk huruf-huruf yang dibacanya. Perlahan, Aydan pun membaca kata-kata itu satu per satu.

Dari kegelapan malam
Dari terangnya siang
Tanpa batas waktu
Tanpa batas ruang

Jiwa raga terbang ke alam lain

Suasana mendadak senyap.

"A-apa maksud terbang ke alam lain?" tanya Nasha tiba-tiba memecah keheningan.

Sebelum pertanyaan Nasha terjawab, angin puting beliung mendadak bertiup kencang di loteng. Semua barang beterbangan, berputar-putar, dan halaman buku hitam terbuka sendiri dengan cepat. Kelima anak-anak itu menahan napas karena panik dan takut.

"Lihat!" Telunjuk Dani menunjuk buku hitam yang mengeluarkan cahaya kehijauan.

Aydan memalingkan wajahnya dan mencoba menutup mata karena silaunya cahaya yang dikeluarkan. Ia mulai merasa menyesal karena membaca tulisan itu. Sambil memicingkan mata, Aydan melihat Dani berusaha menutup buku hitam itu, namun pandangannya semakin tak jelas. Tubuhnya terasa ringan terangkat angin kencang, dan ia masuk ke dalam pusaran angin yang sangat kuat.

Memasuki lorong yang panjang.

Melayang-layang.

Dan samar-samar, ia mendengar jeritan ketakutan Santi dan Nasha.

❖❖❖

BAGIAN II

Dunia Bawah

TARA
Istana Calon Arang
B
T
S
Kerajaan Tengah
AH
AH
WILAYAH TIMUR
AH SELATAN
ajaan Laut Selatan
AMUDRA

BAB 7

Istana Calon Arang

Sementara itu di alam Dunia Bawah Tanah, dunia yang asing bagi anak-anak manusia, mereka tak kalah sibuk mempersiapkan segala sesuatu untuk menyambut tamu yang telah lama dinantikan....

Batu-batu andesit menjulang tinggi. Ular-ular berwarna cerah—oranye bergaris hitam dan putih—tampak bermalas-malasan di puncak-puncak bebatuan. Di jantung istana Calon Arang tampak seorang perempuan tua dengan rambut gimbal berwarna kemerahan. Tetes-tetesan darah menitik dari rambut gimbalnya. Rupanya dia baru saja mencuci rambutnya dengan darah hewan yang masih menggelepar-gelepar. Binatang seperti rusa itu mengeluarkan lenguhan terakhirnya, kemudian mati kehabisan darah. Dua makhluk jin berkepala lonjong mengangkat bangkai hewan itu dari atas meja batu andesit. Meja batu bulat berbentuk seperti cakram dengan lubang pada bagian tengah yang terhubung dengan empat saluran seperti garis lurus dan menggambarkan arah mata angin. Sisa-sisa darah masih terlihat mengalir di guratan yang terpahat di meja batu. Darah menetes di setiap ujung saluran pada ujung meja yang tersambung dengan mangkuk-mangkuk tembaga. Empat perempuan paruh baya terlihat sibuk membasuh rambut gimbal mereka dengan darah yang tertampung dalam mangkuk tembaga itu.

Calon Arang adalah ratu sihir sangat sakti dan penguasa ilmu hitam yang dahulu kala ditakuti di Dunia Tengah selama beratus-ratus tahun. Kini ia sedang menggalang kembali kekuatannya di Dunia Bawah Tanah. Ia hampir saja menguasai Dunia Tengah waktu itu, kalau saja ia tidak ditipu oleh Empu Bahula, murid Empu Baradah.

Menantu kurang ajar!

Hatinya memanas bila ia teringat kejadian itu. Berani benar lelaki itu mencuri Buku Mantra Hitam pemberian Batari Durga ketika kekuasaan itu sudah hampir berada dalam genggamannya.

Sejak hilangnya Buku Mantra Hitam dari tangannya, kesaktiannya dapat dikalahkan oleh Empu Baradah. Ia pun terbuang ke Dunia Bawah Tanah. Terpisah dengan putri satu-satunya, Ratna Manggali.

Dasar manusia-manusia jahat dan penipu!

Saat menginjakkan kakinya di Dunia Bawah Tanah, ia bersumpah akan bangkit kembali suatu saat nanti dan membinasakan semua manusia-manusia di Dunia Tengah.

Mereka semua harus membayar penghinaan mereka terhadap dirinya dan putrinya!

Matanya yang bulat besar menyala merah ibarat kobaran api neraka, memancarkan panas yang membara di hatinya—kebencian yang sudah tumbuh dengan suburnya selama beratus-ratus tahun.

Calon Arang berjalan ke arah meja bundar yang lebih kecil tak jauh dari tempat di mana para muridnya sedang mencuci rambut mereka dengan darah. Jubahnya yang hitam panjang terseret-seret menyentuh alas yang terbuat dari batu andesit. Sesekali jubahnya tersangkut di antara batu-batuan yang tajam. Tiga ekor tuyul, makhluk bertubuh seperti anak kecil berkepala botak dan berperut buncit, berlari dan mengurai jubah yang tersangkut di bebatuan. Terkadang terlalu sulit bagi mereka untuk melepaskan baju yang tersangkut, sehingga mereka merobek saja kain dari baju yang tersangkut. Tak heran ujung-ujung bagian bawah jubah Calon Arang tampak robek-robek.

Calon Arang tidak begitu peduli, dan membiarkan tuyul-tuyul sibuk sendiri membetulkan jubah hitam yang ia kenakan. Bahkan terkadang ia menendang seekor tuyul yang menghalangi langkahnya. Meskipun terpental terkena tendangan sang Ratu, sang tuyul kembali merangkak menghampiri teman-temannya dan kembali sibuk mengatur jubah ratunya.

Calon Arang menggerakkan tangannya, memainkan kukunya yang tajam, runcing, dan melengkung panjang berwarna kekuningan seakan menari di udara. Mulutnya berkomat-kamit mengucapkan mantra. Darah segar mewarnai giginya yang runcing-runcing—bahkan gigi taring atas dan bawah yang mencuat keluar seperti babi hutan masih meneteskan darah segar. Perlahan di atas meja kecil itu muncul sebuah mangkuk besar terbuat dari tembaga. Ia masih berkomat-kamit, dan perlahan mangkuk itu pun terisi oleh air.

Tiba-tiba di hadapan Calon Arang muncul dua makhluk perempuan dengan tinggi sekitar satu meter. Wajah mereka pucat sekali, seputih gaun panjang yang mereka pakai. Rambut panjang keduanya yang terurai sepinggang berwana merah gelap, dan mereka menyeringai memperlihatkan giginya yang kecil-kecil dan hitam. Perlahan, gigi taring atas dan bawah mereka mencuat keluar sama seperti gigi-gigi taring Calon Arang.

Mereka telah pergi selama 300 tahun. Kembalinya dua makhluk perempuan ini menarik perhatian para Leak yang berada di Istana Calon Arang. Empat murid Calon Arang, Nyi Larung, Nyi Lenda, Nyi Lendi, dan Nyi Sedaksa, segera menyelesaikan ritual cuci rambut mereka dengan darah dan berjalan tergesa-gesa menghampiri dua makhluk yang baru muncul ini. Darah segar berceceran menetes dari rambut gimbal mereka. Bola mata mereka merah menyala; tak sabar mereka ingin mengetahui cerita si kembar yang sudah lama pergi ke Dunia Tengah.

Berhasilkah si kembar? Apakah Buku Mantra Hitam akan kembali? Apakah kejayaan Calon Arang dapat dipulihkan kembali? Setelah menunggu begitu lama, inikah akhir penantian mereka? Terlalu banyak yang mereka ingin ketahui. Dan tidak hanya mereka, bahkan Rangda, pemimpin pasukan di Istana Calon Arang, yang tadinya sedang asyik mencabik-cabik perut seekor binatang dengan kukunya yang panjang-panjang menghentikan aksinya. Ia akhirnya menggigit leher binatang yang menjerit kesakitan dengan taringnya yang panjang. Menghisap darahnya, hingga tak setetes pun tersisa, lalu merogoh sesuatu dari dada binatang itu—hati—dan melahapnya dengan rakus. Kemudian dengan cepat ia mencampakkan begitu saja binatang malang itu lalu melompat terbang ke atas dan tahu-tahu sudah berdiri di belakang Calon Arang.

"Akhirnya... selamat datang kembali," kata Calon Arang sambil terkekeh.

"Kami datang menghadap Ratu kami satu-satunya, Calon Arang yang Agung," jawab mereka bersamaan dengan suara yang merdu.

"Kalian semakin pandai berbicara rupanya. Bagus... Bagaimana? Apakah tugas kalian berhasil diselesaikan?" tanya Calon Arang terkekeh senang dengan mata menyala-nyala yang tampak tak bisa menahan keingintahuannya. Penantiannya akan berakhir segera....

Pembalasan....

Pembalasan yang manis....

Si kembar pun berbicara saling bergantian pada Calon Arang dengan suara yang indah dan begitu menghipnotis. "Sejak Batara Kala berhasil mengirim kami ke Dunia Tengah menyebrangi waktu dan dimensi, kami terus berkeliling mencari tempat yang sesuai dengan apa yang digambarkan oleh Ratu. Akhirnya setelah 300 tahun berkelana dan menunggu, kami berhasil menemukan keberadaaan Buku Mantra Hitam. Dan tak lama kemudian, seperti hasil terawangan Ratu, manusia yang terpilih akan muncul. Tapi sayangnya pesan kami terganggu... jadi tidak sepenuhnya pesan tersampaikan...."

Belum selesai mereka berbicara, emosi Calon Arang meledak.

"Kurang ajar! Pasti Ulah Empu Baradah! Mengapa dia terus menjadi penghalangku!" teriaknya gusar.

Serta-merta ia mengibaskan tangannya dan muncullah petir menghatam pohon yang berada di dekatnya, membuat pohon itu hangus dan terbelah menjadi dua. Dua makhluk Leak yang tadinya sedang bermalas-malasan di atas pohon pun terjatuh ke bawah, mencium lantai batu yang dingin.

"Maafkan kami, Ratu..." suara makhluk kembar itu bergetar.

Ratu mereka bukanlah makhluk yang pemaaf.

"Siapa nama manusia yang terpilih itu?" tanyanya dengan galak.

"Kalau tidak salah...."

"Manusia perempuan kecil memanggilnya...."

"Aydan," jawab mereka bersamaan.

"Heeem, Aydan... Bagus." Ia kemudian memanggil nama murid-muridnya.

Keempat perempuan itu mendekat ke mangkuk tembaga yang berada di atas meja batu. Mereka menyingsingkan lengan baju hitam mereka, lalu dengan kuku-kuku yang panjang dan runcing, keempatnya mengiris lengan masing-masing. Darah mengucur ke dalam air yang tertampung dalam mangkuk tembaga. Mulut mereka komat-kamit membacakan mantera, dan Calon Arang menyebutkan nama "Aydan" empat kali. Semua mata dengan haus tertuju pada air dalam mangkuk tembaga itu.

Samar-samar terlihat bayangan....

Lama-lama semakin jelas....

Sebuah ruangan penuh dengan barang-barang. Empat anak manusia. Tidak. Ada satu lagi anak manusia yang lebih kecil dan hampir tak terlihat. Mereka sedang mencari-cari barang. Ah, yang kecil akhirnya menemukan Buku Mantra Hitam!

"Hahaha! Akhirnya penantian dan penderitaan kalian semua akan berakhir!" teriak Calon Arang. Ia segera memerintahkan Rangda untuk menyiapkan pasukan Leak dan para penyihir.

"Waktunya telah tiba," ujar Calon Arang mendesis sambil menyeringai, memamerkan giginya yang runcing-runcing. Dengan suara melengking yang hanya dapat didengar oleh para kelelawar, ia pun memanggil pasukan Ahool.

Suara kepakan sayap tak lama terdengar. Makhluk-makhluk bersayap kelelawar dengan ekor panjang seperti kera meluncur dan mendarat di hadapan Calon Arang.

"Ratuku... kami para Ahool siap melakukan perintah Ratu yang agung," jawab makhluk yang bertubuh paling besar, pemimpin pasukan Ahool.

"Sambut kedatangan tamu kita! Aydan dan kawan-kawannya sebentar lagi akan tiba di Lapangan Hijau Barat Daya. Bawa Buku Mantra Hitam padaku! Ingat hanya Buku

Mantra Hitam. Kita belum ingin membangunkan yang lain. Nanti bila waktunya tiba, kalian boleh menyantap sepuasnya anak-anak manusia itu," perintah Calon Arang.

"Baik, Ratuku. Kami segera berangkat." Pemimpin pasukan Ahool memberikan kode pada pasukkannya dan mereka terbang melesat ke udara.

Calon Arang menoleh ke arah makhluk besar dari bangsa Raksasa yang berdiri mengamati dari kejauhan. Rambutnya tergerai panjang bergelombang sepinggang. Ia adalah dewa penguasa waktu di Dunia Bawah Tanah.

"Batara Kala, dewa penguasa waktu di Dunia Bawah Tanah, dengarkanlah permintaanku. Pastikan para Ahool mampu mengambil Buku Mantra Hitam," kata Calon Arang pada Batara Kala.

"Pasti. Asalkan kau ingat janjimu. Ketika kau kembali mendapatkan Buku Mantra Hitam. Akulah yang akan menjadi penguasa Dunia Bawah Tanah," sautnya dengan suara yang sangat berat.

"Ya, ya, ya. Pasti. Aku dan seisi istanaku akan membangun kerajaan besar di Dunia Tengah. Jangan khawatir, Batara Kala. Tempat ini bisa menjadi milikmu!" serunya diikuti dengan suara tawa mengerikan dari Calon Arang dan murid-muridnya.

Batara Kala pun terdiam. Mulutnya komat-kamit merapal mantra-mantra yang menggiring pasukan Ahool terbang melewati dimensi waktu. Dalam sekejap pasukan Ahool pun hilang dari pandangan mata.

"Rangda!" teriak Calon Arang.

"Ya, Ratuku," jawab perempuan bermata besar dengan

gigi taring yang sangat panjang. Di antara giginya, masih tersisa darah dari hewan malang yang ia santap tadi.

"Galang kekuatan dan amankan wilayah Barat dan Timur. Ajak kerajaan-kerajaan Jin bergabung bersama Istana Calon Arang untuk membangun Kerajaan Calon Arang di Dunia Tengah! Tawarkan apa yang tak bisa mereka tolak. Darah segar manusia! Hahaha! Mereka pasti sudah lama mendambakan darah manusia. Jika Calon Arang berhasil menguasai Dunia Tengah, mereka yang setia pada Calon Arang boleh menyantap manusia sepuasnya!" Ia pun terkekeh-kekeh dengan puas, membayangkan kemenangan yang akan segera ia dapatkan.

"Ratuku, jika mereka tidak ingin bergabung dengan kita apa yang harus kita lakukan?"

"Binasakan semua yang tidak mengikuti kita!" dengan nada marah Calon Arang berteriak.

"Bagaimana dengan Kerajaan Tengah dan Kerajaan Selatan, Ratuku?"

"Hmmm..." Calon Arang berpikir keras, sambil mendekatkan wajahnya pada Rangda, ia lantas menjawab. "Makhluk-makhluk kuno Kerajaan Tengah tidak akan peduli dengan apa yang terjadi di Dunia Bawah Tanah selama kita tidak mengganggu mereka. Jangan usik mereka! Sedangkan Kerajaan Selatan... Hah!" ia meludah ke bawah. "Kita serang dari Wilayah Timur! Mereka akan datang dengan sendirinya untuk bertemu kita di Utara. Tak perlu ke Selatan untuk saat ini. Nyi Lenda dan Nyi Lendi akan memberi tahu kapan dan di mana kalian harus menyerang."

Nyi Lenda dan Nyi Lendi menganggukkan kepala

mereka.

"Baik Ratuku," jawab Rangda sambil menyeringai menakutkan.

Darah manusia... Ah... Sudah lama ia tidak merasakan manis dan gurihnya darah manusia....

Bergidik senang karena membayangkan darah yang akan mengaliri tenggorokannya, Rangda menyeringai dan berkata, "Segera hamba berangkat!" Perlahan, tubuhnya berubah menjadi burung gagak yang hitam besar. Terbang melesat keluar dari jendela sambil mengepakkan kedua belah sayapnya.

"Nyi Larung, Nyi Lenda, Nyi Lendi, dan Nyi Sedaksa!" teriak Calon Arang.

"Ya Ratu," jawab mereka serempak sambil menundukkan kepala dengan hormat.

"Bersiap-siaplah! Kita sambut kedatangan Buku Mantra Hitam!" serunya diikuti tawa-tawa yang mengerikan.

Calon Arang dan murid-muridnya saling berpegangan tangan membentuk sebuah lingkaran. Mulut mereka melafalkan mantra-mantra kuno. Mata mereka mendelik, merah semakin menyala. Tuyul-tuyul hanya diam dan bersembunyi di bawah kolong, menonton majikan mereka yang khusyuk melakukan ritual penyambutan. Dimulai dengan gerakan perlahan yang lama-lama semakin cepat. Mereka pun mulai menari seperti makhluk kesurupan.

❖❖❖

BAB 8

Dunia Bawah Tanah

Terlempar, Aydan terhempas dan mendarat di rumput hijau yang empuk. Di sekelilingnya, ia melihat tak ada tumpukan buku-buku tua, tidak ada peti-peti, ataupun lukisan kuno yang ada di loteng. Hanya padang rumput luas yang dikelilingi hutan lebat.

Tak jauh darinya, tampak Santi duduk berpelukan dengan Nasha yang sedang menangis. Dengan tertatih-tatih Faris menghampiri gadis kecil itu dan memberikan Darling padanya, setelah memeluk erat Darling baru tangis Nasha mulai agak mereda. Kemudian Faris berjalan ke arah

Dani yang masih terduduk diam memejamkan matanya dan mendekap buku hitam.

"D-di mana kita?" ujar Aydan dengan suara masih bergetar. Ia ingin memastikan apakah ia sedang bermimpi atau memang sedang berada dalam situasi yang sangat buruk.

Setelah tangis Nasha benar-benar sudah berhenti, Santi yang tidak dapat lagi menahan amarahnya langsung menghampiri Dani. Mukanya memerah seperti kepiting rebus, dengan kasar ia tarik kerah baju Dani lalu berteriak histeris, "Dani! Lihat apa yang sudah kamu lakukan! Gara-gara buku sialmu ini!" Tidak berhenti sampai di situ, Santi melotot ke Aydan dan terlihat seakan ingin mengunyah hidup-hidup adik lelakinya itu. "Dan kamu, Aydan!" serunya galak. "Sebelum melakukan sesuatu, pakai otakmu dulu, dong! Sekarang kembalikan kita semua! *Balikin* cepat! Sekarang juga!" perintahnya histeris dengan suara bergetar karena emosi.

Faris mencoba melerai cengkeraman Santi pada kerah baju Dani. "Sabar, sabar. Coba kita lihat di buku ada mantra untuk kembali atau nggak. Dani, cepat kamu cari di buku itu!"

Dani yang masih agak *shock* buru-buru kembali membuka buku hitam. Ia membalikkan halaman-halaman buku dengan cepat. Gadis cilik itu terlihat berusaha keras menahan tangannya agar tidak gemetar. Namun belum sempat Dani menemukan jawaban untuk kembali, tiba-tiba dari langit terdengar suara lengkingan tinggi dan kepakan sayap. Angin pun terasa berembus dari arah yang tak beraturan. Sontak kelima anak itu menengadah ke atas untuk melihat apa yang membuat rambut mereka menjadi acak-acakan. Mata kelima anak manusia itu serasa hampir melompat keluar karena tercengang dengan apa yang mereka lihat di hadapan mereka.

"Ya Tuhan. Apaan itu!" seru Santi ketakutan.

"Binatang apa itu?" tanya Faris bingung karena belum pernah melihat spesies seperti itu.

Aydan menjawab ragu, "Pterosaurus...?"

Nasha memegang tangan Aydan, "Seperti helikopter, ya?"

"Tidak mungkin..." Dani berbisik lirih. "Bukan. Ya Tuhan.. itu... itu... Ahool!"

Dani segera mencengkeram tangan Faris. *Semoga mereka tidak memakan kita,* katanya berulang-ulang dalam hati.

Makhluk-makhluk yang terbang dan bersayap sekitar tiga meter itu mendaratkan kakinya di depan mereka. Ada sekitar lima belas makhluk dengan bentuk tubuh seperti manusia namun memiliki kepala seperti monyet dan mata hitam pekat yang besar. Tangannya kecil seperti lengan bayi namun memiliki cakar yang panjang. Kulitnya agak kemerahan namun seluruh badannya berbulu abu-abu. Tingginya hampir sama seperti Aydan sekitar seratus lima puluh sentimeter, sayapnya berwarna hitam mirip sayap kelelawar dan memiliki ekor yang panjang.

"Di Pulau Seram, mereka dinamakan Orang Bati atau pemakan anak-anak..." bisik Dani tanpa memalingkan tatapannya pada makhluk-makhluk itu.

"Ma-makan apa?" mata Santi terbelalak ketakutan.

Sambil memeluk erat Darling, Nasha langsung bersembunyi di belakang tubuh Aydan, dan reaksi kakak lelakinya itu spontan langsung melindunginya.

Empat makhluk Ahool berjalan mendekati anak-anak itu. Sesekali mereka mengepakkan sayap, sehingga berembus aroma tak sedap dari tubuh mereka. Anak-anak mengernyitkan hidung, mencoba menahan bau binatang yang menyengat. Dengan mata yang hitam pekat dan besar para Ahool menatap penasaran anak-anak manusia di hadapannya. Mereka mengitari rombongan Aydan, seperti binatang yang sedang mengamati mangsanya, air liur menetes satu per satu dari tepi mulut mereka.

Salah satu Ahool mendengus dan berkata pada temannya, "Ternyata ramalan Ratu Calon Arang memang tepat!" Nada suaranya agak tinggi seperti suara monyet.

Beberapa Ahool yang berada terlalu dekat mulai mengendus-endus kelima anak manusia yang semakin merapatkan diri dan gemetar karena takut. Lalu, salah satu di antaranya—yang sepertinya pimpinan mereka—memberikan tanda pada bawahannya agar tidak terlalu mendekat. Dalam hatinya ia tahu, ia tidak akan dapat menahan kawanannya yang sudah ingin melahap anak-anak itu.

Ah, bau manis, daging muda manusia, pikirnya. *Bah!* Ia mulai menyesal telah membuat kesepakatan dengan Calon Arang untuk tidak memakan anak-anak ini.

Beberapa Ahool yang sudah sangat dekat dengan anak manusia itu kemudian mundur berkumpul dengan rombongannya.

"Serahkan Buku Mantra Hitam Ratu Calon Arang!" seru sang pemimpin dengan seram dan tegas. Matanya langsung tertuju pada Dani yang sedang memegang buku hitam itu.

Dani terperanjat tanpa bisa mengalihkan pandangannya dari pimpinan Ahool. "Buku Mantra Hitam Calon Arang?" bisiknya tak percaya. Kalau saja yang meminta anak-anak preman, sudah pasti Dani akan melawan. Masalahnya yang dihadapi saat ini bukanlah manusia. Dengan tangan gemetar dan berat hati, ia mengangkat buku hitam itu ke atas kepalanya. Tangan mungil bercakar panjang dengan cepat menyambar dan mencengkeram erat buku hitam itu. Jantung Dani berdebar kencang antara takut dan kaget.

"Apakah kita bisa mendapatkan sedikit hadiah untuk malam ini?" tanya salah satu Ahool, dengan lapar melirik Nasha yang memeluk erat si Darling.

Nasha berpegangan semakin erat pada Aydan.

"Tidak. Kita harus segera memberikan buku ini pada Calon Arang. Membawa makanan akan memperlambat gerakan kita," ujar pimpinan Ahool yang tubuhnya sedikit lebih besar. Ia mengeluarkan lengkingan panjang, diikuti oleh kawanannya yang lain. Lalu makhluk-makhluk itu mengepakkan sayapnya dan mulai terbang ke angkasa satu per satu, melesat ke arah timur.

Lutut Aydan dan yang lainnya langsung lemas.

Mereka kembali terduduk di atas rumput yang hijau.

"*Great*! Hebat! *Bravo*, Dani! Sekarang gimana cara kita bisa pulang tanpa buku hitam itu?" tandas Santi kesal. "Dan makhluk apa itu tadi? Apa pula itu Buku Mantra Hitam Calon Arang?"

Dani tertunduk merasa bersalah, namun perasaan itu hanya sebentar ia rasakan. Matanya kemudian segera berbinar, "Aku pernah riset kecil tentang Ahool atau Orang Bati. Seingatku, mereka perpaduan antara manusia, kera, dan kelelawar."

"Ya, kita bisa lihat sendiri tadi. Bentuk makhluk nggak jelas itu. Nggak perlu kamu gambarkan lagi," sahut Santi kesal.

"Hmmm. Ada dokumen yang mengatakan pernah melihat Ahool di sekitar abad kelima belas dan enam belas, saat mereka menyerang desa Uraur di Pulau Seram. Aku nggak pernah menyangka kalau mereka benar-benar ada! Dan kita beruntung mereka nggak memakan kita!"

Saat itu juga Aydan dan Faris menahan Santi yang berusaha keras untuk menyerang Dani. Sumpah serapah pun mengalir lancar dari mulut Santi, membuat Nasha sontak menutup telinganya. Beberapa waktu lewat, setelah Santi tenang dan kembali pada akal sehatnya, Faris segera bertanya pada Dani, "Dani, di antara kita kamu, kan, yang paling suka baca buku-buku cerita rakyat; coba ceritakan siapa itu Calon Arang dan apa itu Buku Mantra Hitam? Nama itu *familiar* tapi kita tidak ingat."

Semua menganggukkan kepala dan mata mereka langsung tertuju pada Dani, kali ini lebih karena ingin tahu.

"Setahuku Calon Arang tokoh jahat yang muncul di cerita rakyat Jawa dan Bali abad kedua belas. Bisa dibilang dia menjadi sangat sakti hanya kalau memegang buku itu..." ujar Dani menjelaskan. "Kalau nggak salah, dia punya seorang anak perempuan bernama Ratna Manggali. Calon Arang dikisahkan sering menebar teluh, membuat orang sakit dan berbuat jahat. Dia juga digambarkan sering meminum darah manusia atau hewan. Karena banyak orang takut padanya, jadi nggak ada seorang pun yang mau menikahi anaknya. Ia marah karena tak ada yang mau menikahi putrinya, lalu mengamuk menyebarkan bencana. Untuk meredam kemarahan Calon Arang, penasihat Raja Airlangga, Empu Baradah, mengirimkan anaknya yang bernama Empu Bahula untuk menikahi Ratna Manggali. Nah, Empu Bahula ini kemudian malah mencuri Buku Mantra Hitam Calon Arang setelah dia menikah dengan Ratna Mangali, dan itu memicu perang besar antara Calon Arang dan Empu Baradah. Yang jelas di akhir kisah, Calon Arang berhasil dikalahkan dengan susah payah."

"Mmm, menurutmu apa mungkin Calon Arang berusaha merebut kembali buku mantra hitamnya untuk balas dendam?" tanya Aydan.

"Nggak tahu," sahut Dani, kemudian ia melanjutkan dengan lirih. "Tapi aku bisa membayangkan kemungkinan itu."

Semua hanya terdiam begitu mendengar penjelasan Dani. Hari itu terlalu banyak hal yang terjadi pada mereka. Rasa bingung dan takut bercampur aduk. Mungkin hanya Dani yang semangat dengan petualangan baru mereka, namun ia terlalu takut menunjukkan perasaannya. Ia hanya memainkan kakinya di antara rumput hijau yang halus seperti rambut.

"Jadi sekarang kita harus *ngapain*?" tanya Nasha memecah kesunyian.

Faris perlahan menghela napas panjang. Pertanyaan Nasha menyadarkannya bahwa mereka tidak bisa duduk-duduk saja di sana. Jangan-jangan nanti ada makhluk lain yang memburu mereka, bisa jadi di dunia ini mereka adalah rantai makanan yang paling bawah. Faris lantas berdiri sambil membersihkan rumput-rumput hijau yang menempel di celana panjangnya. "Oke, untuk sementara waktu kita berada di dunia yang jelas bukan dunia kita. Dan saat ini kita juga kehilangan satu-satunya tiket pulang kita, Buku Mantra Hitam, yang sekarang baru kita ketahui ternyata milik Calon Arang," jelasnya sambil melirik Dani yang diam tertunduk.

Ia kurang lebih bisa menebak apa yang ada di benak adiknya itu. Hanya Dani yang cukup senang terdampar di dunia asing ini. Mungkin bagi gadis kecil itu semua imajinasinya menjadi nyata dalam dunia ini. Sementara Faris sendiri masih berharap ini semua hanya mimpi. Mimpi yang sangat buruk.

"Aku lapar..." lirih Nasha memegang perutnya yang keroncongan.

Faris tersenyum lalu berkata, "Mungkin sambil mencari jalan keluar kita bisa mulai mencari makanan."

"Ke mana kita bisa mencari makan? Apa rumput ini bisa dimakan?" tanya Aydan sambil mencabut beberapa helai rumput hijau. Sebelum yang lain bisa menghentikan, rumput hijau itu terlanjur masuk ke dalam mulut Aydan.

"Bleh!"Aydan langsung meludahkan rumput itu ke bawah.

"Memangnya kamu ini sapi, apa?" semprot Santi.

Aydan meludah beberapa kali ke tanah, mencoba

menghilangkan rasa pahit yang membuat lidahnya seperti mati rasa. Lalu ia mencoba mengelap lidahnya dengan lengan baju.

"Euw..." seru Nasha jijik.

"Aydan, sebaiknya kita mencoba sesuatu yang memang terlihat seperti makanan. Dan yang paling masuk akal untuk saat ini adalah mencari makanan di dalam hutan itu," kata Faris seraya menunjuk hutan di depan mereka. Hutan yang tampak begitu lebat dan misterius. Letaknya mungkin sekitar lima ratus meter dari tempat mereka berdiri, bergeming di sana seolah menunggu mereka memasukinya. Entah mengapa semakin lama mereka memandang hutan itu, seperti ada magnet yang menarik mereka untuk masuk ke sana. Seakan pohon-pohon itu berkata, "*Lekas kemari....*"

Ah, tapi tidak mungkin pohon bisa berbicara, pikir mereka.

Sebelum mereka berjalan, Faris menegaskan, "Satu hal lagi. Selama kita masih di dunia aneh ini, kita harus selalu bersama. Jangan sampai ada yang tertinggal ataupun bertengkar, ok?" pandangannya tertuju pada Santi dan Dani. Tanpa diminta, tiba-tiba Dani meminta maaf pada yang lain atas tindakannya yang terburu-buru dan membuat mereka semua terdampar di tempat asing. Santi memutar matanya ke atas sambil melipat tangan di dada. Ia pun sadar sebenarnya ia tidak memiliki pilihan lain selain memaafkan Dani. Lagipula ia terlalu takut untuk memisahkan diri.

"Oke. Jadi semua damai, ya," Faris menegaskan kembali, lalu menghampiri Nasha dan berlutut di hadapannya, "Nasha, kamu kuat jalan sampai ke hutan?"

Nasha mengangguk.

Mereka pun mulai berjalan menuju hutan. Suara sayup-sayup gesekan dedaunan, seolah-olah mengatakan selamat datang pada rombongan anak manusia itu. Angin—yang entah dari mana datangnya—bertiup dari belakang dengan cukup keras, mendorong mereka untuk berjalan lebih cepat. Aydan tidak tahu ide mana yang lebih buruk, memilih masuk hutan atau tetap tinggal di padang rumput yang luas ini. Yang jelas, pilihan yang terbaik saat ini adalah harus selalu bersama.

Apa pun yang terjadi.

❖❖❖

BAB 9

Bunga Kemuning

Udara terasa hangat dan lembap di hutan jati. Pohon jati menjulang tinggi hingga kurang lebih empat puluh meter dengan diameter sekitar dua meter. Kulit kayunya berwarna kecokelatan dan terlihat kasar, daunnya yang besar membulat seperti jantung dengan permukaan bagian bawah yang berbulu. Daun-daun itu ada yang berwarna hijau kecokelatan dan hijau tua keabu-abuan. Di ujung ranting pepohonan terlihat ratusan kuntum bunga kecil berwarna putih. Terlihat pula buah jati kecil berbentuk bulat menyerupai balon kecil. Beberapa buah jatuh di atas tumpukan daun-daun jati kering yang hampir menutupi seluruh permukaan tanah.

Nasha memunguti beberapa buah jati dan memasukkannya ke dalam saku.

"Faris, buah jati bisa dimakan, nggak?" tanyanya.

"Aku rasa nggak."

"Kita sudah jalan berkilo-kilometer dan kayaknya kita nggak akan menemukan makanan apa pun," Santi mulai mengeluh. Santi bukan anak yang suka kegiatan di alam luar. Dia merasa lebih nyaman bila berjalan di dalam mal atau di lapangan tenis dibanding harus berjalan di hutan liar. "Ini cuma mimpi buruk..." gumamnya berulang-ulang.

"Menurut kalian di sini ada ular nggak, ya?" sela Dani bertanya.

Aydan tak tahu apakah Dani sengaja mengatakan itu untuk memperburuk suasana hati Santi atau tidak. Yang pasti, pertanyaan sederhana yang dilontarkan langsung menimbulkan reaksi berlebihan dari Santi.

"Ular?!" jeritnya. "Maksud kamu memangnya di hutan ini ada ular?"

Bola mata Santi sudah seperti mau meloncat keluar. Sementara Nasha mulai bersorak dan mengangkat tangannya, "Uh, aku! Aku, ya! Kalau ada ular aku sama Darling yang pertama pegang, ya!"

"Nasha! Ular itu bukan mainan," kata Santi dengan nada sedikit membentak.

Namun sebelum Santi meneruskan reaksi berlebihannya, tiba-tiba kalung Batu Hijau yang Aydan pakai menyala dan mengeluarkan cahaya hijau.

"Eh, kenapa ini?!" ujar Aydan terkejut sambil melihat Batu Hijau yang menggandul di lehernya.

Masih bingung dengan apa yang sedang terjadi, Dani menangkap keanehan lainnya. "Lihat!" serunya sambil menunjuk ke samping mereka.

Terlihat jalan setapak yang sisi kiri dan kanannya ditumbuhi bunga kemuning. Bunganya mirip seperti bunga melati, kecil-kecil berwarna krem kekuningan dan berbau wangi. Daunnya bulat berkilau.

"Mmm... kayaknya Batu Hijau ini sedang menunjukkan jalan," ujar Dani. "Ayo kita ikuti saja jalan ini."

Santi agak ragu, "Yakin itu ide yang bagus?"

Tanpa menunggu jawaban dari yang lain, Dani sudah keburu melangkah ke jalan setapak itu.

"Memangnya kita ada pilihan lain?" ujar Faris sambil mengikuti Dani dari belakang disusul oleh Nasha dan Aydan.

"Tunggu aku!" Santi pun berlari mengikuti dari belakang.

Mereka terus mengikuti jalan setapak yang agak berliku-liku. Sementara kalung yang menggantung di leher Aydan semakin lama semakin terang bercahaya.

"Dani," panggil Aydan. "Sebaiknya aku jalan di depan. Cahaya Batu Hijau ini cukup untuk menerangi jalan."

Hari rasanya sudah menjelang sore. Semakin dalam mereka berjalan memasuki hutan, semakin sulit cahaya matahari menembus hutan jati yang begitu rimbun. Aydan memimpin rombongan menyusuri jalan setapak. Suara jangkrik dan katak jantan terdengar semakin keras. Lalu tiba-tiba ia menghentikan langkah; Santi yang berjalan paling belakang alhasil menabrak Faris yang ada di depannya.

"Aduh. Ada apa, sih?" kata Santi sambil memegang dahinya.

Jari telunjuk Aydan menunjuk ke depan.

Mereka menahan napas terkejut melihat di hadapan mereka menjulang gerbang tinggi. Bentuknya setengah lingkaran seperti tapal kuda dan terbuat dari batu marmer berwarna krem kekuningan. Pada bagian atas terukir sebuah tulisan yang meliuk-liuk seperti cacing.

"Lihat tulisan di atas itu!" seru Faris.

Semua mata langsung tertuju pada tulisan dalam bahasa kuno itu. Tak satu pun dari mereka memahami arti tulisannya. Dani menduga tulisan itu seperti bahasa Sansekerta kuno yang sudah lama sekali tak digunakan.

Aydan memperhatikan tulisan Sansekerta kuno yang terukir di atas batu alam itu dengan saksama. Tulisan yang awalnya berbentuk seperti cacing itu tiba-tiba berubah menjadi huruf yang ia kenali dan bisa dibacanya. Sama seperti ketika Aydan melihat dan membaca kalimat dari buku hitam.

"Istana Kuning," sahut Aydan perlahan.

Semua memandang Aydan dengan tatapan tidak percaya. "Kamu bisa baca?" tanya mereka keheranan.

"Mmm, sama seperti ketika membaca buku hitam itu," gumam Dani.

Tiba-tiba tangan Santi menyambar dan menarik kerah baju Dani. Dia menguncang keras badan gadis kecil itu. "Apa itu Istana Kuning? Ada apa di sana? Bukan istana penuh setan, kan?" tanya Santi panik.

"Hei, Santi. Tenang dulu, oke?" ujar Faris berusaha melerai mereka.

Dani berusaha keras untuk mengingat. Dia yakin pernah membaca cerita Istana Kuning, tapi versi yang mana? "Ah!" katanya. "Kalau nggak salah ingat itu salah satu cerita rakyat yang banyak sekali versinya. Tapi aku nggak tahu...."

Belum selesai Dani berbicara, Santi langsung memotong dengan nada tinggi "Apa maksudmu dengan 'nggak tahu'?!"

"Sudah, Santi. Cukup, hentikan!" tegas Faris cukup menyentak. Santi pun melepaskan pegangannya ke Dani, meskipun masih menggerutu.

"Hanya ada satu cara untuk tahu," sahut Aydan. "Ayo kita masuk!" Sebelum tangan Santi dapat menahannya, Aydan melangkah melewati gerbang itu. Ragu-ragu, yang lain mengikuti di belakang. ~

Begitu melewati gerbang berbentuk tapal kuda, Aydan menggosok kedua matanya seolah tak percaya dengan pemandangan yang ada di hadapannya.

Di tengah hutan jati itu ternyata ada sebuah kebun bunga yang sangat luas dan indah. Berbagai jenis bunga dengan warna yang sangat beragam dan cerah tertata cantik. Aroma manis bunga lavender semerbak memenuhi udara di sekeliling mereka. Seolah terbius oleh wewangian bunga yang membuat perasaan mereka menjadi lebih tenang dan bahagia; di mata mereka semua tanaman di kebun itu tampak begitu hidup. Bunga-bunga di sekitar mereka seolah menari-nari mengajak bermain di atas rumput berwarna hijau terang. Kolam air mancur terbuat dari batu marmer krem kekuningan berdiri begitu anggun di tengah kebun. Sesekali beberapa ikan berlompatan dari kolam itu dan menari di udara seakan ikut menyambut kedatangan mereka. Tak jauh dari situ, terlihat delapan ayunan tergantung di pohon yang rindang. Ayunan berayun pelan tertiup angin yang berembus lembut, membuat tali ayunan yang terbuat dari tanaman rambat dengan bunga kecil berwarna-warni itu turut melambai-lambai. Nasha hampir saja berlari ke ayunan itu, kalau saja Santi tidak memegang erat tangannya.

Akhirnya mereka dapat melihat sebuah istana megah terbuat dari batu marmer krem kekuningan dengan serat-serat keemasan berdiri dengan anggun. Dan di tangga depan istana telah berdiri dayang-dayang cantik mengenakan gaun panjang berwarna keemasan. Mereka tersenyum manis kemudian dengan gemulainya mengayunkan tangan mempersilakan Aydan dan lainnya masuk ke istana.

"Aydan, tunggu dulu!" Santi berusaha menahan Aydan, tapi terlambat. Tanpa ragu bocah lelaki itu melangkah masuk ke istana. Mereka hanya bisa saling pandang untuk sesaat, lalu bergegas mengikuti Aydan dari belakang.

Pencahayaan di dalam istana cukup terang, sehingga mereka tidak merasa takut. Mereka terus berjalan hingga akhirnya tiba di depan sebuah singasana kerajaan di mana tujuh putri cantik berdiri dengan anggun seperti menunggu kedatangan mereka. Ketujuh putri itu mengenakan gaun panjang dengan warna yang berbeda-beda. Ada yang berwarna merah muda, jingga, nila, hijau, abu-abu, oranye, dan merah terang. Warna rambut mereka pun sama seperti gaun yang mereka kenakan. Mata mereka semua sangat besar dan indah berwana hitam pekat.

"Selamat datang di istana kami, para petualang cilik," sambut ketujuh putri itu bersamaan. Suara mereka seperti alunan suara musik yang indah. Keramahan mereka membuat anak-anak itu lega. Mereka berharap bisa mendapatkan jawaban bagaimana cara kembali ke dunia asal mereka.

"Terima kasih," sahut Aydan pada putri yang terlihat seperti bangsa peri.

Kelima anak itu lantas memberikan balasan salam pada ketujuh putri cantik itu. Mata Dani berbinar-binar. Sepertinya dia sudah mengingat dan mengenali putri-putri itu dari buku yang pernah dibacanya.

"Hmm... kalau saya tidak salah duga, apakah benar tuan putri adalah putri tertua yang bernama Putri Jambon?" tanya Dani semangat.

Putri yang mengenakan gaun panjang berwarna merah muda tersenyum sambil menganggukkan kepalanya. "Benar, gadis mungil," jawabnya.

Kemudian Dani melangkah ke arah putri yang mengenakan gaun berwarna antara merah dan kuning. "Sedangkan tuan putri adalah Putri Jingga." Kemudian Dani terus melangkah dan menyebutkan nama mereka, "Putri Nila, Putri Hijau, Putri Kelabu, Putri Oranye, dan Putri Merah."

"Luar biasa gadis mungil," ujar suara merdu yang datang bersamaan dengan bunyi tepukan tangan. "Tidak banyak manusia yang masih mengingat kami," tambahnya lagi. Sekejap kemudian tampaklah berdiri dengan anggun seorang putri yang cantik sekali mengenakan gaun kuning panjang hingga menyentuh lantai melangkah menghampiri mereka.

"Terima kasih, Putri Kuning," ujar Dani sambil membungkukkan badannya memberi hormat.

"Selamat datang di istana kami," sambutnya. Putri Kuning mendekati Aydan dengan gerakan yang begitu halus seperti awan, matanya terkunci pada Batu Hijau yang menggantung di leher Aydan. Dengan sangat hati-hati ia menyentuh Batu Hijau itu. Jarinya sangat lentik dan kuning langsat—jari tangan yang sangat indah. Warna kulitnya seperti hampir berbaur dengan warna rambutnya yang kekuningan dan terurai lurus hingga sepinggang. Hanya matanya yang tampak kontras, hitam pekat sama seperti yang lainnya. Putri Kuning tersenyum, "Sudah lama aku tidak melihatnya..." Matanya menatap sedih Batu Hijau itu, seperti menyimpan kenangan yang menyedihkan.

"Putri Kuning tahu tentang Batu Hijau ini?" tanya Aydan polos.

Kembali ia tersenyum dan kali ini matanya menatap bocah lelaki itu. "Ya... Dulu batu ini merupakan pemberian ayahku. Batu Hijau yang sudah lama hilang dari Kerajaan ini." Ia menunjuk sebuah mimbar kecil yang terletak di tengah ruangan. Di atasnya tampak sebuah kotak kecil kosong yang terbuat dari batu pualam kuning dalam keadaan terbuka.

"Siapa namamu?" tanyanya.

"Aydan. Aydan Kusumo."

"Terima kasih telah membawa kembali Batu Hijau ini, Aydan Kusumo," ujarnya lembut. "Namun untuk sementara waktu, akan kuizinkan Batu Hijau ini berada dalam tanganmu. Jaga dengan baik barang berharga ini dan jangan sampai jatuh ke tangan yang salah. Bahkan bukan ide yang buruk bila kau bisa menyembunyikannya."

Aydan segera menuruti perintah Putri Kuning. Ia menyembunyikan Batu Hijau ke balik bajunya.

"Apa Batu Hijau ini bisa membawa kita kembali?" tanya Santi memberanikan diri.

Putri Kuning hanya tersenyum, “Dan siapa namamu?”

“Ini, Santi, kakakku,” Aydan lalu memperkenalkan rombongannya satu per satu pada para putri.

Dahi Nasha mengernyit, ia protes karena ada satu yang Aydan lupa sebutkan. Namun Aydan tidak paham dengan isyarat tangan Nasha, akhirnya dengan menghela napas panjang Nasha menambahkan, ”Putri, ada satu lagi yang perlu diperkenalkan, ini Darling namanya,” lalu sambil tersenyum Nasha memamerkan boneka yang dijulurkan dengan kedua tangannya.

Putri Kuning dan yang lainnya tersenyum melihat tingkah Nasha. “Sekali lagi selamat datang di Istana Kuning, semoga kalian menikmati waktu kalian di sini,” katanya sambil mengangkat kedua belah tangannya.

“Bagaimana kalau kalian berkeliling sebentar di istana kami?” usul Putri Hijau. Anak-anak itu pun menganggukkan kepala mereka dengan semangat. Para putri itu pun lalu memandu anak-anak untuk melihat istana mereka yang indah. Istana yang ditata asri penuh bunga-bunga kecil dengan berbagai gradasi warna kuning dan ungu. Udara sejuk berembus keluar dari batu-batu marmer dan wangi manis lembut tercium di seluruh ruangan.

Setelah menghabiskan waktu cukup panjang, anak-anak itu satu per satu terus menguap. Sepertinya mereka juga sudah lupa untuk menanyakan cara untuk pulang. “Kalian pasti lelah. Bagaimana jika kalian beristirahat terlebih dahulu sebelum makan?” Tawaran Putri Kuning langsung disambut dengan sukacita oleh anak-anak. Entah apakah karena mereka telah berjalan cukup jauh hari itu atau karena wewangian yang terus mereka cium selama di Istana Kuning, yang pasti mereka merasa sangatlah lelah. Putri Kuning memandu mereka melewati lorong panjang penuh dengan kamar-kamar. Ia lalu berhenti di depan salah satu pintu.

"Ruangan sebelah kiri kamar istirahat untuk Aydan dan Faris, sementara sebelah kanan kamar untuk kalian," ujarnya sambil melihat Santi, Dani, dan Nasha.

Faris dan Santi perlahan mendorong pintu emas yang sangat lebar dan agak berat. Menakjubkan, ruangan yang sangat luas itu memiliki tempat tidur besar terbuat dari batu alam dengan empat tiang dihiasi kelambu berwarna kuning.

"Silakan beristirahat, kami akan menjemput kalian bila makanan sudah siap."

"Terima kasih banyak atas perhatiannya, Putri," balas Faris mewakili yang lain.

Pintu emas pun ditutup.

Faris dan Aydan langsung tertidur pulas di atas tempat tidur yang mungkin tempat tidur paling nyaman di dunia bagi mereka. Sementara Nasha, Dani, dan Santi melompat ke atas tempat tidur namun tidak langsung tertidur.

"Wah, enak banget kasurnya!" ujar Dani kegirangan.

"Dani, kamu sudah ingat cerita tentang Istana Kuning ini?" tanya Santi.

Dani menganggukkan kepalanya.

"Ceritain tentang putri-putri ini, dong. Kamu, kan, belum sempat cerita tadi," pinta Nasha sambil berbaring seolah meminta dongeng sebelum tidur.

Dengan semangat Dani membetulkan posisinya dan berkata, "Ingat bunga-bunga kemuning yang kita lalui waktu di hutan?"

Nasha dan Santi menganggguk bersamaan.

"Putri-putri ini berasal dari kisah legenda 'Bunga Kemuning'. Dahulu kala dikisahkan ada seorang raja dengan delapan putrinya yang cantik namun sombong dan pemalas. Hanya ada satu putri yang baik hati dan rajin, yaitu Putri Kuning. Nah, raja ingin menurunkan takhtanya kepada Putri Kuning. Suatu hari, raja memberikan hadiah sebuah kalung dengan Batu Hijau kepada Putri Kuning. Namun Putri Hijau marah ketika melihat kalung itu, karena menurutnya warna hijau lebih pantas untuk diberikan padanya. Ketika berusaha merebut kalung Batu Hijau itu, Putri Kuning terbunuh. Penyesalan pun baru timbul. Putri Hijau akhirnya membuang jauh kalung itu. Setelah dikuburkan, dari makam Putri Kuning tumbuhlah tanaman berbunga kuning yang akhirnya oleh sang baginda raja diberi nama bunga kemuning."

"Wah, sepertinya sekarang mereka semua sudah akur, ya," jawab Santi sambil menguap. Matanya terasa sangat berat.

"Ya. Sepertinya di dunia ini mereka sudah berhasil menyelesaikan perselisihan mereka," ujar Dani kembali membaringkan kepalanya untuk sejenak beristirahat.

Mereka pun langsung terlelap.

❖

Setelah rasa-rasanya menikmati tidur yang pulas selama beberapa jam, suara lonceng lembut membangunkan Aydan dan yang lainnya. Perlahan pintu kamar terbuka, lalu beberapa pelayan masuk ke kamar, mengajak anak-anak untuk mengikuti mereka menuju ruang makan.

Mereka berjalan melalui lorong panjang yang diterangi oleh obor. Api obor ditempatkan dalam wadah tembaga berbentuk corong yang menggantung di sepanjang tembok. Awalnya, Aydan berusaha menghitung corong-corong obor itu tapi akhirnya ia menyerah. Mereka pun tiba di depan pintu emas besar dan daun pintunya perlahan terbuka lebar. Ternyata itu adalah ruang makan dengan langit-langit yang sangat tinggi. Di tengah ruangan terlihat sebuah meja panjang dengan dua puluh kursi yang terbuat dari batu marmer krem kekuningan. Bunga liar berbagai warna tertata dalam sampan kayu panjang yang menjadi penghias di tengah meja.

Aroma sedap makanan tercium oleh hidung kelima anak itu. Para pelayan datang memasuki ruangan dengan membawa piring-piring besar. Mata mereka terbelalak melihat begitu berlimpah makanan yang disajikan di atas meja oleh pelayan-pelayan cantik.

Segala macam daging panggang dari sapi, bebek, ayam, hingga kalkun kini tersedia di meja. Sayur-sayuran berwarna hijau, merah, oranye, dan putih juga tak kalah banyaknya. Begitu pula buah-buah segar dan menggiurkan seperti anggur, apel, pir, jeruk, nanas, dan rambutan yang tersedia dalam mangkuk-mangkuk besar.

"Silakan duduk dan selamat menikmati hidangan kami."

Anak-anak segera duduk di atas kursi yang telah disediakan untuk mereka. Para pelayan membantu meletakkan makanan di atas piring—yang lagi-lagi terbuat dari batu marmer krem kekuningan—dan menuangkan air minum ke dalam gelas yang terbuat dari bahan yang sama pula. Dengan lahap mereka menyantap makanan yang lezat dengan sendok dan garpu yang terbuat dari emas.

Putri Kuning duduk di kepala meja makan. Ia duduk di atas kursi besar terbuat dari marmer dengan ukiran naga berkaki lima—sama seperti naga yang terdapat pada Batu Hijau yang menggantung di leher Aydan.

"Putri Kuning, boleh saya menanyakan sesuatu?" tanya Aydan.

"Tentu Aydan. Kalian semua tentu punya banyak sekali pertanyaan dalam benak kalian. Silakan bertanya, saya akan mencoba menjawab pertanyaan kalian."

"Terima kasih Putri Kuning. Sebenarnya kami berada di mana?" tanya Aydan.

Putri Kuning tersenyum, "Pasti merupakan kejutan yang sangat besar bagi kalian karena tiba-tiba berada di sini. Sesungguhnya dunia terbagi menjadi tiga bagian yaitu dunia langit bisa juga kami sebut sebagai Dunia Atas, kemudian ada Dunia Tengah atau dunia manusia yaitu dunia asal kalian, dan Dunia Bawah Tanah yaitu di mana kalian berada saat ini. Sebelum kalian datang, Empu Kuturan sudah mengirimkan pesan mengabarkan kedatangan kalian kepada kami. Beliau pula yang meminta izin agar kami memperbolehkan kalian meminjam Batu Hijau hingga misi selesai."

"Misi? Misi apa? Lalu siapa itu Empu Kuturan?" tanya Santi kebingungan dan mulai resah karena takut. Dalam hatinya dia masih mengumpat Dani. Kalau bukan karena

Dani, mereka semua tidak akan terdampar di dunia aneh ini. Ah, betapa rindunya dia pada kamarnya yang nyaman.

Putri Kuning menatap Santi dan tersenyum, "Empu Kuturan adalah kakak dari Empu Baradah. Beliau pendeta yang sangat sakti. Saya bisa mengatakan di Dunia Bawah Tanah ini beliau adalah yang tersakti. Umur beliau sudah ribuan tahun. Dan misi kalian akan dijelaskan oleh Empu Kuturan nanti."

"Sewaktu kami tiba di sini, buku hitam itu—tepatnya Buku Mantra Hitam Calon Arang yang membawa kami ke Dunia Bawah Tanah ini—telah direbut para Ahool. Apa ada cara lain agar kami bisa pulang kembali ke dunia kami?" tanya Faris.

Putri Kuning menghela napas panjang, "Sepertinya yang diramalkan telah terjadi. Bencana besar akan terjadi di Dunia Bawah Tanah. Selama ini dunia kami tenang dan aman karena buku mantra hitam telah disembunyikan oleh Empu Baradah ke dunia lain. Namun kali ini pertempuran tidak dapat dihindarkan. Kalian pergilah menemui Empu Kuturan. Hanya beliaulah yang dapat menjawab bagaimana kalian dapat pulang," ujar Putri Kuning.

"Bagaimana cara menemui Empu Kuturan?" tanya Aydan bingung.

"Besok pagi kalian berjalanlah ke wilayah Selatan. Kami akan memberikan bekal yang cukup untuk di jalan. Besok pemandu kalian juga akan datang."

"Adikku Putri Kuning, jangan lupa akan pemberian kita," ujar Putri Hijau mengingatkan. Putri Kuning menganggük ke arah kakaknya kemudian Putri Hijau memberikan aba-

aba; ia menepuk tangannya dan lima orang pelayan datang menghampiri anak-anak itu. Setiap anak mendapat dua kantong berwarna kuning dan hijau.

"Terima kasih kakakku, Putri Hijau. Terimalah pemberian kami yang semoga dapat bermanfaat selama perjalanan kalian di sini. Kantong berwarna kuning berisi bunga kemuning yang dapat digunakan sebagai obat. Sedangkan kantong berwarna hijau berisi semacam bahan peledak, siapa tahu suatu saat akan berguna," ujarnya. Ia tersenyum ke arah Nasha dan memanggilnya, "Ada satu lagi hadiah khusus yang akan kuberikan padamu. Gadis kecil, kemarilah. Duduklah di pangkuanku."

Dengan wajah polos perlahan Nasha menghampirinya. Sambil memegang Darling, ia pun duduk di atas pangkuan Putri Kuning. Putri Kuning mengelus rambut Nasha yang panjang dan menggenggam tangannya yang kecil.

"Kamu adalah keajaiban dari Tuhan. Hatimu begitu indah dan bersih. Dengan tanganmu, kamu akan memiliki kemampuan untuk menyembuhkan dan air mata ketulusanmu dapat membuat keajaiban. Itulah pemberianku," begitulah ucap Putri Kuning menatap dengan penuh kasih dan mencium tangan Nasha yang mungil. Serta-merta keluarlah cahaya kuning menyilaukan yang perlahan menghilang. Setelah merasa Putri Kuning telah selesai memberikan hadiahnya, Nasha turun dari pangkuan Putri Kuning.

"Nasha," Aydan dan Santi hampir bersamaan berkata kepada adik bungsu mereka. "Bilang apa kalau sudah dikasih hadiah?"

"Oh, iya hampir lupa," Nasha menjawab malu-malu.

"Terima kasih banyak Putri," ucapnya meskipun ia tidak terlalu yakin akan hadiah yang tak berwujud itu. Kelima anak itu pun segera mengikatkan pemberian kantong kuning dan kantong hijau di pinggang mereka—kecuali Nasha tentu saja, yang mengikatkan kedua kantong pemberian itu di pinggang si Darling.

❖❖❖

BAB 10

Ramalan Empu Kuturan

Dari pinggang ke atas makhluk itu berbentuk kera hitam, namun dari pinggang ke bawah ia memiliki tubuh pria dewasa pada umumnya. Tingginya mungkin sekitar dua meter lebih. Ia mengenakan celana sedengkul berwarna biru tua.

"Hamba, Lutung Kasarung, menghadap para putri penguasa Istana Kuning, siap menjalankan tugas yang diperintahkan Dewi Sri dan Empu Kuturan," ucap manusia separuh kera sambil memberikan salam hormat.

"Aydan dan kawan-kawan, perkenalkan ini adalah Lutung Kasarung. Pemandu kalian di Dunia Bawah Tanah yang akan membawa kalian pada Dewi Sri dan Empu Kuturan." Putri Kuning melanjutkan perkenalan singkat itu,

"Mereka adalah anak-anak manusia yang datang ke istana kami seperti yang telah diramalkan sebelumnya." Lutung Kasarung menganggukkan kepalanya.

Kelima anak itu menatap manusia setengah kera yang katanya bernama Lutung Kasarung. "Selamat datang di Dunia Bawah Tanah," kata si manusia kera ramah sambil menjabat tangan mereka satu per satu. Anak-anak itu tertegun takjub melihat tokoh legenda manusia kera yang berbicara seperti manusia.

Nasha dengan polos bertanya, "Bulu di kepalamu banyak sekali. Boleh aku pegang?"

"Hush... Nasha, tidak sopan," bisik Santi.

Lutung Kasarung hanya tersenyum, kemudian ia membungkukkan badannya di depan Nasha, "Tentu boleh, silakan," katanya sambil menyodorkan kepalanya.

Tangan Nasha mengusap-usap bulu hitam yang halus sekali, dan mereka semua jadi ikut-ikutan kepingin ikut mengelus—seperti anak-anak yang berebut ingin mengelus seekor kelinci di acara sulap. Lutung Kasarung hanya tertawa geli melihat tingkah anak manusia yang baginya tak biasa ini. Setelah perkenalan singkat itu akhirnya mereka berpamitan dengan putri-putri Istana Kuning.

Mata tujuh putri Istana Kuning mengawasi dengan cemas kepergian Lutung Kasarung bersama anak-anak manusia yang berjalan menuju Wilayah Selatan. Setelah rombongan kecil itu berjalan menembus hutan yang lebat dan hilang dari pandangan mereka, Putri Hijau memecah kesunyian, "Apakah mereka akan berhasil?" Putri Kuning menghela napas panjang, "Semoga Batu Hijau melindungi mereka." Keenam putri lainnya pun menganggukkan kepala dan mengikuti Putri Kuning yang memanjatkan doa. Mereka berdoa semoga ramalan kehancuran Dunia Bawah Tanah tidak akan terjadi.

❖

Sesekali, mereka berhenti untuk beristirahat. Perjalanan yang mereka lalui sangatlah berat, terutama bagi Nasha. Faris berusaha menggendong Nasha. Tapi pemandu mereka, Lutung Kasarung, merasa akan lebih mudah bila Nasha digendong olehnya. Awalnya Nasha tidak mau, namun setelah dibujuk Santi dan Aydan akhirnya ia bersedia. Setelah itu barulah pergerakan mereka menjadi jauh lebih cepat.

Begitu petang telah lewat, rombongan kecil itu akhirnya tiba di depan sebuah pohon baobab atau pohon terbalik yang besar sekali. Tingginya mungkin sekitar 25 meter dengan diameter sekitar sebelas meter atau selebar dua gajah besar yang berbaris. Ranting pohon itu tidak berdaun, cabang-cabangnya seperti akar yang mencuat ke udara, seolah-olah ditanam terbalik. Ada legenda yang mengatakan bahwa ketika diciptakan oleh Sang Pencipta pohon itu terus berjalan, alhasil Sang Pencipta memutuskan untuk mencabutnya dan memanamnya terbalik agar ia berhenti bergerak.

Lutung Kasarung menurunkan Nasha di atas sebuah batu kali besar. Ia lalu mengetuk pohon itu tiga kali. Mata anak-anak terbelalak, terkejut melihat sebuah lubang muncul tiba-tiba pada batang pohonnya. Lutung Kasarung meminta mereka untuk masuk ke dalam lubang tersebut. Awalnya mereka sempat ragu, namun satu per satu akhirnya mereka masuk juga dengan membungkukkan badan. Sementara Lutung Kasarung menyusul di belakang.

Meskipun lubang yang dilalui lumayan kecil, namun setelah masuk ternyata mereka berada di hutan berbeda yang cukup luas. Udaranya juga cukup dingin, tampak kabut tipis menyelimuti pepohonan, membuat mereka seolah berada di antara awan-awan. Mereka bisa melihat ujung pepohonan cemara menjulang tinggi, mendengar suara air gemercik mengalir berpadu dengan kicauan burung, dan suara serangga-serangga yang belum pernah mereka dengar sebelumnya.

"Tempat apa ini?" Aydan memperhatikan sekeliling mereka.

Lutung Kasarung hanya tersenyum, "Kalian akan tahu nanti, ikuti saya."

Lutung Kasarung berjalan memimpin di depan. Mereka melewati batu-batu berlumut di sebuah sungai kecil. Tak lama, rombongan itu tiba di sungai yang lebih besar dan menyeberanginya. Mereka lalu berjalan dengan hati-hati di atas pijakan-pijakan batu. Di kiri dan kanan mereka terlihat dinding-dinding bebatuan raksasa dengan banyak sekali lubang-lubang yang ternyata adalah gua-gua kecil. Pada masing-masing gua bergeming pertapa yang hanya mengenakan kain putih yang dililitkan pada tubuh. Mereka berada dalam berbagai macam posisi semedi. Ada yang duduk bersila, berdiri dengan satu kaki, bahkan ada yang menggantung terbalik seperti kelelawar. Namun sebagian besar hanya duduk bersila saja seperti sedang berzikir menggunakan tasbih kayu. Para pertapa itu sepertinya tidak terpengaruh dengan kehadiran makhluk-makhluk baru yang berjalan melewati mereka. Akhirnya rombongan Lutung Kasarung tiba di hadapan air terjun yang besar. Tampak beberapa orang pertapa sedang berdiri di bawah air terjun sambil meletakkan kedua tangan di dada.

Aydan menarik napas dalam-dalam. Aroma dari semua yang ada di sekeliling anak-anak itu—batu, air, embusan angin, pohon, tumbuhan dan lainnya—memancarkan semacam energi yang seketika menghapuskan rasa cemas mereka. Meskipun berada di tempat yang sama sekali asing dengan makhluk-makhluk aneh, hati mereka tentram.

Lutung Kasarung kemudian berjalan mengitari air terjun hingga terlihat jalan setapak di ujung air terjun itu. Di balik air terjun, ternyata ada sebuah gua batu dengan lebar sekitar dua meter. Manusia kera itu lantas menyuruh anak-anak memasuki gua.

Tanpa ragu-ragu mereka masuk ke gua itu. Kali ini, pemandangan sungguh tampak berbeda. Semua serba putih. Tampak beberapa burung merak albino berjalan dengan santai dan menoleh seperti penasaran ke arah mereka. Buntutnya yang panjangnya tiga kali lipat dari tubuhnya berwarna putih, sungguh luar biasa memukau. Kemudian beberapa burung merpati putih terbang melewati monyet-monyet putih yang sedang bercanda dan saling mencari kutu—ada pula beberapa jenis burung putih lain yang beterbangan silih berganti. Di sisi lain, tupai putih sibuk berlarian dan berlompatan dari dahan ke dahan, sementara luwak putih asyik berkejaran.

Lalu dari kolam kecil, menyembul kepala seekor penyu putih ke permukaan, seolah-olah turut menyambut mereka. Dan di pinggir kolam tampak beberapa burung bangau kecil berwarna putih berjalan-jalan.

Tiba-tiba salah satu luwak putih yang paling kecil di kelompoknya melompat dan mendarat di pundak Faris. Luwak itu kembali melompat ke kepala Dani, lalu ke kepala Nasha, dan terakhir masuk ke dalam baju Aydan yang agak longgar. Tubuh binatang itu ramping dengan kepala memanjang dan moncong runcing, meskipun cakarnya panjang, ia tidak sama sekali menyakiti Aydan. Anak laki-laki itu malah berteriak-teriak kegelian, membuat Dani dan Nasha kegirangan dan ingin memegang luwak imut itu. Faris mencoba mengeluarkan si luwak putih dari baju Aydan, begitu berhasil, Dani dan Nasha langsung mengelus-elus tubuhnya yang putih halus.

Selagi mereka asyik bermain dengan binatang kecil itu, Lutung Kasarung berlutut sambil menundukkan kepala dan menyampaikan salam hormatnya, "Hamba, Lutung Kasarung, menghadap Dewi Sri, Empu Kuturan, dan Prabu Siliwangi dengan membawa apa yang ditugaskan pada hamba."

Salam Lutung Kasarung menyadarkan kelima anak manusia bahwa di tempat itu ada makhluk lain selain binatang-binatang albino. Mereka terpaku dan melongo. Begitu melihat kesempatan, si luwak putih pun segera melepaskan diri dari pegangan Faris dan lanjut berlari—kembali berkejaran dengan saudara-saudaranya. Sementara Aydan dan yang lain menggosok-gosok mata seolah tak percaya dengan apa yang ada di hadapan mereka—sebuah singgasana sederhana namun megah yang terbuat dari batu marmer putih penuh ukiran halus. Singgasana itu memiliki tangga kecil yang dipahat serupa tubuh naga dengan dua ekor ular sawah besar berwarna putih tampak melingkar di bagian tangan tangga—hidup. Dan di atas singgasana, beberapa ekor kobra berwarna putih berkeliaran dengan suara mendesis.

Pemandangan yang tak biasa bagi anak-anak itu, terlebih ketika seorang perempuan muda berparas luar biasa cantiknya terlihat berdiri di atas singgasana dengan kaki tak menyentuh tanah. Ia melayang seolah tak ada grativasi. Tubuhnya yang ramping dan sintal memancarkan sinar putih. Wajah putih dengan mata sipitnya menampakkan raut wajah yang tenang. Meskipun hanya berbalut kain putih dan beberapa tumbuhan menjalar melilit lengan dan kakinya, keanggunan yang luar biasa terpancar dari dirinya. Sesekali, tumbuhan menjalar di tangannya terlihat tumbuh dan bergerak, seperti perhiasan hidup.

Dialah dewi yang menguasai ranah Dunia Bawah Tanah tingkat pertama.

Sang ibu kehidupan, Dewi Sri.

Selagi masih terpukau dengan kecantikan Dewi Sri, dari sisi kiri terdengar suara geraman harimau. Kelima anak itu serentak menoleh ke asal suara. Mereka melihat seekor harimau sebesar sapi dengan loreng abu-abu di atas bulunya yang putih. Jantung mereka serasa berhenti berdenyut dan untuk sesaat mereka sepertinya lupa untuk bernapas.

Perlahan sang harimau mendekati mereka. Mereka segera merapat dan saling berpegangan tangan dengan erat.

Muka Aydan mulai terlihat pucat. Dengus napas harimau raksasa ini terasa sangat dekat, bahkan terlalu dekat, bocah lelaki itu mulai memejamkan matanya. Tapi tiba-tiba, ia merasakan sesuatu yang basah di tangan. Rasanya seperti dijilat. Perlahan, Aydan pun membuka mata dan melihat harimau itu sedang menjilati tangannya. Panik akan menjadi makanan harimau raksasa, Aydan segera menarik dan menyembunyikan tangannya. Namun rasa takutnya segera sirna begitu ia melihat mata sang harimau yang begitu indah, variasi dua warna biru dan abu-abu. Aydan pun menjadi tenang seperti terhipnotis oleh mata yang sangat menentramkan hati itu.

"Selamat datang anak-anak, jangan takut, ini sahabatku Raja Siluman Harimau Putih," suara berat keluar dari sosok berperawakan besar dan gagah dengan rambut panjang berwarna hitam digulung ke atas. Tangannya mengelus kepala harimau putih yang duduk kembali di bawah kakinya. Rambut panjangnya tertutup oleh mahkota emas tinggi yang ia kenakan. Kumisnya hitam lebat dan panjang hingga menyentuh dagu. Dia hanya mengenakan lilitan kain putih yang menutupi sebagian besar tubuhnya yang cokelat. Ia tinggi, besar, dan kekar. Ini pasti yang disebut oleh Lutung Kasarung sebagai Prabu Siliwangi.

Dari sisi kanan terdengar suara laki-laki tua terkekeh. Mereka pun menoleh ke arah kanan. Ada dua orang kakek yang sangat tua sekali duduk bersila di atas batu pualam putih, yang satu terlihat sangat tua sekali dan yang di sebelahnya mungkin usianya beberapa ratus tahun lebih muda. Kulit mereka bersih meskipun penuh dengan lipatan keriput. Keduanya mengenakan kain putih yang dililitkan pada badan mereka yang kurus, sama seperti pertapa-pertapa yang mereka lihat di luar. Rambut kedua kakek ini sama-sama putih lurus panjang dengan kumis dan janggut yang panjangnya juga sepinggang. Hanya saja di antara janggut kakek yang lebih tua tumbuh bunga dan tanaman liar yang mencuat keluar. Beberapa kupu-kupu kecil beterbangan mengelilingi dirinya. Berusaha mengambil sari dari bunga yang tumbuh di antara janggut putihnya.

"Selamat datang, Aydan dan kawan-kawan," sapa kakek yang lebih muda. "Saya Empu Baradah dan ini kakak saya, Empu Kuturan," ujarnya ramah.

"Apa kalian yang mencoba untuk berkomunikasi dengan kami?" Dani memberanikan diri untuk bertanya.

Empu Baradah menggelengkan kepalanya, "Bukan."

"Terus kalau bukan kalian siapa?" tanya Aydan pelan nyaris tidak terdengar.

Empu Baradah melirik kakaknya lalu menarik napas panjang.

"Ratu Penyihir, Calon Arang telah bersekutu dengan dewa penguasa waktu, Batara Kala. Oleh karena itu ia mampu mengirim pesan ke dunia kalian. Meskipun Empu Kuturan telah terus mencoba untuk menghalangi komunikasi itu."

"Ah, jadi gara-gara itu pesan yang kami dapatkan selalu terganggu dan nggak jelas," gumam Dani menyimpulkan jawaban atas pertanyaannya selama ini.

"Ya, betul. Kami tidak dapat sepenuhnya menghalangi komunikasi mereka ke dunia kalian," ujar Empu Baradah. Ia pun tersenyum, seolah dapat membaca benak pikiran anak-

anak itu. "Aku yakin kalian pasti memiliki banyak sekali pertanyaan."

Tanpa diminta, mereka berlima langsung melemparkan berbagai pertanyaan secara bersamaan, apa saja yang ada dalam pikiran mereka, termasuk si kecil Nasha.

"Siapa itu Ratu Penyihir Calon Arang? Mukanya kayak apa?"

"Semua ini ada hubungannya sama Batu Hijau nggak, sih?"

"Kenapa kami yang ada di sini?"

"Apa Buku Mantra Hitam sama seperti yang diceritakan dalam cerita rakyat?"

"Gimana caranya supaya kami bisa pulang ke dunia kami?"

Empu Kuturan dan Empu Baradah hanya tersenyum mendengar pertanyaan-pertanyaan mereka yang bertubi-tubi.

Mungkin saja pertanyaan-pertanyaan itu tidak akan berhenti, bila saja Empu Kuturan tidak mengangkat tangannya untuk berbicara. Barulah kemudian anak-anak itu terdiam, menunggu jawaban-jawaban selanjutnya.

Empu Kuturan dengan tenang dan sabar menjelaskan bahwa dia akan menceritakan asal muasal dari Buku Mantra Hitam dan Batu Hijau terlebih dahulu. Dengan suara agak serak, ia berkisah. "Dahulu kala ketika Dewi Uma sedang menjalankan hukuman langit dengan menjadi raksasa selama dua belas tahun, Calon Arang datang bertemu dengannya. Calon Arang meminta padanya kekuatan untuk membalas dendam pada manusia-manusia yang telah menjahatinya.

Dewi Uma yang sewaktu itu sedang berubah menjadi Bathari Durga akhirnya memberikan Calon Arang sebuah buku kumpulan mantra hitam. Ketika Bathari Durga kembali menjadi Dewi Uma, ternyata ia melihat Calon Arang menjadi serakah dan ingin menguasai semuanya. Oleh karena itu, Dewi Uma menciptakan Batu Hijau sebagai penyeimbang Buku Mantra Hitam yang ia berikan pada raja dari Istana Kuning. Mantra-mantra dalam buku itu tidak akan bisa mencelakai pemegang Batu Hijau dan siapa pun yang berada di dekatnya. Apabila ia memiliki Buku Mantra Hitam dan Batu Hijau, ia bisa saja menjadi yang tak terkalahkan. Hanya saja, ia belum tahu rahasia ini. Rahasia ini telah dijaga selama ribuan tahun," kata Empu Kuturan.

"Selama beratus-ratus tahun, Calon Arang telah mempersiapkan diri untuk kembali merebut kekuasaan. Ia berhasil menemukan lokasi di mana Empu Baradah menyembunyikan Buku Mantra Hitam. Namun ia tidak dapat mengambilnya sendiri. Oleh karena itu setelah ia bersekutu dengan Batara Kala, sang penguasa waktu, ia mengirimkan pesan-pesan dari Dunia Bawah Tanah, menyeberangi waktu dan dimensi, ke dunia kalian."

"Terus kenapa Batu Hijau juga dikirim ke dunia kami?" tanya Aydan bingung.

Empu Baradah menjelaskan "Karena Empu Kuturan melihat Calon Arang akan menyerbu dan meluluhlantakkan Istana Kuning. Semua putri akan binasa dan Batu Hijau akan jatuh ke tangannya."

"Karena itu Batu Hijau dikirim padaku?"

Empu Kuturan menganggukkan kepalanya,

membenarkan Aydan.

Dewi Sri kemudian mengangkat tangan kanannya, lalu dengan suaranya yang merdu ia berkata, "Aydan, bisakah aku meminjam Batu Hijau itu sebentar. Ada sesuatu yang ingin kupastikan."

Aydan segera melepaskan Batu Hijau itu dari lehernya. Namun sebelum ia melangkah maju mendekati Dewi Sri, batu itu melayang dengan sendirinya ke Dewi Sri.

Tumbuhan menjalar yang melilit di lengannya bergerak menyambut Batu Hijau. Bunga bakung berwarna putih perlahan merekah dari tanaman menjalar itu. Dewi Sri memetik salah satu putik berwarna merah tua dari dalam mulut bunga bakung, putik itu kemudian berubah menjadi sebuah batu berwarna cokelat tua. Ia letakkan batu mustika itu di tengah lubang Batu Hijau. Kemudian seperti proyektor saja, kedua batu itu memancarkan gambar-gambar hidup seperti film di bioskop.

Gambar-gambar hidup itu memperlihatkan bebatuan andesit menjulang tinggi dan sosok Ratu Sihir yang tampak sedang merapal mantra dan menerawang melalui mangkuknya. Tak lama, penyihir tua berambut merah gimbal itu menyuruh pasukan Ahool untuk merebut buku mantra hitam. Kelima anak manusia yang sedang menyaksikan semua itu sontak bergidik—ketakutan melihat wajah Ratu Sihir Calon Arang dan makhluk-makhluk Istana Calon Arang yang mengerikan. Nasha dan Santi menutup kedua mata mereka begitu teringat kembali pasukan Ahool yang menyambut saat mereka sedang kebingungan.

Dewi Sri mencabut kembali mustika batu cokelat tua

dari Batu Hijau dan membiarkan batu itu melayang di udara seperti balon. Gambar seram tadi pun menguap lenyap. Tananam yang menjalar di lengannya kemudian bergerak perlahan mengembalikan Batu Hijau dan mengalungkannya pada leher Aydan.

"Mantra Mengarsa," bisik Dewi Sri hampir bersamaan dengan Empu Kuturan.

"Apa itu?" Aydan bingung.

"Seperti yang telah kalian saksikan tadi, kedatangan kalian di Dunia Bawah Tanah sudah terlihat oleh Calon Arang. Meskipun kami telah bersama-sama menghalangi penglihatan spiritual Calon Arang, tampaknya tidak semuanya berhasil. Sepertinya ia telah menguasai mantra yang telah hilang ribuan tahun. Karena itu ia tahu kapan kedatangan kalian dan mengirimkan sekutunya untuk mengambil Buku Mantra Hitam," Prabu Siliwangi menjelaskan.

"Tapi mereka nggak tahu tentang Batu Hijau itu! Kalau Buku Mantra Hitam dan Batu Hijau diambil semua oleh Ahool pasti semua bakal lebih parah lagi...!" ujar Dani serius.

"Benar sekali," kali ini Raja Siluman Harimau Putih turut berbicara. Mereka semua terkejut melihat harimau putih itu bisa berbicara.

Tiba-tiba seekor elang putih besar terbang melesat ke arah Prabu Siliwangi. Burung itu mendarat di pundak kiri Sang Prabu dan membisikkan sesuatu ke telinganya.

Prabu Siliwangi menjelaskan laporan elang putih yang mengatakan bahwa saat ini Calon Arang telah menguasai seluruh Wilayah Barat dan Wilayah Timur. Untuk Wilayah Timur, tinggal Wilayah Timur Laut yang masih bertahan di bawah Nyai Riya Kidul. Membaca strategi serangan Calon Arang, sepertinya ia akan terus menyerang dan berakhir di Wilayah Utara, di mana Istana Calon Arang berdiri.

"Kita harus mencegahnya masuk Dunia Tengah" kata Prabu Siliwangi dengan geram.

"Menurut Empu... apakah dapat dipastikan ia akan menuju Dunia Tengah?" tanya Dewi Sri lembut pada kakek tua itu.

Sambil menggelengkan kepala Empu Kuturan berucap, "Tak dapat dihindari lagi, Dewi. Ketika Bulan Merah tiba, pertahanan gerbang Pintu Utara akan melemah. Pada saat itulah Calon Arang dan pasukannya akan menyerbu dan memasuki Dunia Tengah. Manusia akan dijadikan santapan dan budak mereka, dengan semakin banyak darah yang mereka isap maka mereka akan menjadi semakin kuat. Jika terjadi, itu akan menjadi hari kiamat bagi kaum manusia. Saat ini itulah gambaran yang paling jelas terlihat."

Dewi Sri menundukkan kepalanya, dengan wajah sedih ia berkata, "Aku tidak menyukai peperangan." Sambil menghela napas panjang, ia melanjutkan, "Seandainya Buku Mantra Hitam itu tidak ada, maka semua akan kembali seperti semula...."

"Apakah Dewi Sri yakin...?" ujar Empu Kuturan pelan.

Aydan dan yang lainnya semakin bingung dengan percakapan makhluk-makhluk legenda di hadapan mereka. Aydan lalu memberanikan diri, "Sebenarnya apa yang sedang terjadi? Apa kalian bisa jelaskan agar kami mengerti?"

"Calon Arang ingin menjadi penguasa Dunia Tengah, dunia kalian. Ada dua pintu yang menghubungkan antara

Dunia Bawah Tanah dan Dunia Tengah; yaitu di Wilayah Selatan dan Utara. Sekarang kalian berada di Wilayah Selatan. Wilayah Selatan adalah satu-satunya wilayah yang belum disentuh oleh Calon Arang. Bila mereka sampai menguasai seluruh Wilayah Utara dan pintu penghubung, itu artinya kesempatan mereka untuk memasuki Dunia Tengah sudah tak bisa terbendung lagi," ujar Raja Siluman Harimau.

"Tapi kenapa mereka perlu masuk ke dunia kami?" tanya Aydan masih agak bingung.

"Karena manusia adalah sumber makanan dan kekuatan untuk pasukan Calon Arang."

Mereka pun terdiam.

"Jadi semua manusia akan dimakan?" bisik lirih Nasha.

Santi memberi tanda agar Nasha diam dulu.

"Karena itu kami meminta pertolonganmu, Aydan. Kamu adalah anak manusia terpilih yang dapat mengalahkan Calon Arang. Keseimbangan jagat raya baik di Dunia Bawah Tanah dan dunia kalian sangat bergantung pada keberanian kalian," ujar Dewi Sri.

"Tapi Dewi Sri, kalian adalah makhluk-makhluk sakti. Sementara kami cuma anak-anak biasa," ujar Aydan terdengar putus asa.

Dewi Sri tersenyum tenang, "Aydan, di dunia ini kamulah yang terpilih. Peraturan di dunia kami yang perlu kalian ketahui adalah makhluk Dunia Bawah Tanah tidak diperbolehkan dan tidak bisa membunuh anak manusia di Dunia Bawah Tanah. Karena itulah kalian masih bisa hidup meskipun bertemu dengan para Ahool. Selain itu, kamu adalah pemegang Batu Hijau. Hanya kamu yang dapat mengambil

Buku Mantra Hitam itu darinya." Dewi Sri terdiam sejenak dan menatap kelima anak manusia di hadapannya dengan tatapan yang sulit dijelaskan, lalu ia pun berkata, "Apakah kalian bersedia membantu kami, Aydan dan kawan-kawan untuk mengubah apa yang sudah pernah diramalkan?"

"Kami!?"

Mereka sontak terkejut dan saling memandang satu sama lain. Bingung menghiasi wajah mereka. Awalnya anak-anak itu merasa salah dengar. Meskipun ragu, Aydan menganggukkan kepalanya. Tapi Santi segera menariknya.

"Aydan, apa kamu gila? Pikir baik-baik dulu!" Lalu ia berpaling pada Sang Dewi. "Uhm, sebentar. Dewi Sri, apa benar makhluk-makhluk di sini nggak bisa menyakiti kami?" tanya Santi memberanikan diri.

Dewi Sri tersenyum bijak, "Makhluk Dunia Bawah Tanah tidak diperbolehkan dan tidak bisa membunuh anak manusia. Bukan berarti mereka tidak bisa menyakiti kalian."

"Tuh, kamu dengar itu! Kita belum tentu aman di sini," bisik Santi galak.

"Tapi kita juga nggak punya pilihan lain, Santi," balas Faris berbisik juga.

"Lagian ada Lutung Kasarung yang akan melindungi kita, kan?" sambung Dani.

Lutung Kasarung tersenyum membenarkan sambil mengacungkan jempolnya diam-diam.

Kali ini Santi hanya terdiam pasrah, menyadari memang tidak ada pilihan lain. Ia menyesal, ia seharusnya bisa lebih gigih menentang pencarian buku sialan itu.

"Baiklah, Dewi Sri. Kami akan membantu. Tapi apa

yang harus kami lakukan?" ujar Aydan.

Dewi Sri tersenyum dan Empu Kuturan segera merapal mantranya. Tangan pria tua itu seperti menari-nari di udara. Serta-merta muncul berbagai jenis senjata tajam di hadapan mereka. Ukuran dan bentuknya sangatlah beragam. Empu Baradah lantas meminta mereka untuk mengadahkan tangan di depan dada. Katanya, biarkan senjata-senjata itu memilih tuannya. Berbagai jenis senjata tajam pun melayang beterbangan, mengelilingi mereka hingga akhirnya mendarat di tangan masing-masing pemilik barunya.

Sebuah keris berukir naga emas mendarat di tangan Aydan. Sepasang cakram baja dan kapak perak mendarat di tangan Faris. Dua buah pisau arit mendarat di tangan Santi. Sebuah tempat panah kulit berisi busur dan mata panah dari perak mendarat di tangan Dani. Sementara di tangan Nasha mendarat sebuah gelang kulit dengan pisau-pisau kecil di sekelilingnya. Lutung Kasarung juga menerima kujang baja bergagang emas dan gada baja.

Kelima anak manusia itu hanya bisa tercengang melihat senjata yang ada di tangan mereka. Terus terang, ini baru pertama kalinya dalam hidup mereka memegang senjata tajam—selain gunting atau pisau dapur tentunya. Aydan hanya bisa membayangkan wajah Opa dan Oma yang akan panik bila melihat mereka memegang senjata tajam seperti ini. Ia tersenyum kecil mengingat kehidupan di dunianya yang penuh larangan, tapi suara keras Prabu Siliwangi segera membuyarkan khayalannya.

Prabu Siliwangi dan Raja Siluman Harimau Putih mengatakan mereka akan memberikan kursus kilat untuk menggunakan senjata-senjata itu. Aydan dan yang lainnya segera bergegas mengikuti Prabu Siliwangi dan Raja Siluman Harimau Putih yang melangkah keluar dengan cepat menuju air terjun. Tidak tampak seorang pun di sekitar mereka. Sepi. Hanya suara gemuruh air terjun yang terdengar.

Prabu Siliwangi memberikan tanda pada Raja Siluman Harimau Putih yang membalasnya dengan anggukan kepala. Raja Siluman Harimau Putih lalu mengaum keras ke arah hutan. Anak-anak itu berusaha untuk menyembunyikan rasa takut mereka ketika mendengar suara harimau yang begitu keras. Namun tak lama, suara semak-semak yang bergemeresik dari arah hutan, mengalihkan perhatian mereka. Tiba-tiba seekor harimau putih meloncat keluar dari bagian semak-semak terluar. Kukunya runcing mencengkeram tanah dalam posisi tubuh menyerang. Badannya lebih kecil dari Raja Siluman Harimau Putih, layaknya ukuran harimau jantan dewasa yang biasa mereka lihat di kebun binatang. Bulunya putih dengan loreng abu-abu, pada wajahnya terlihat goresan bekas luka cakar memanjang dari pipi kanan hingga ke lehernya, mata tegasnya yang kehijauan menatap dengan tajam, kemudian ia balas mengaum dengan keras.

Kelima anak itu ingin menjerit tapi tak ada suara sekecil apa pun yang keluar. Mereka merapatkan diri, sementara Santi dan Nasha bersembunyi di belakang Aydan.

Binatang itu berjalan ke arah Raja Siluman Harimau Putih dan menundukkan kepalanya. Raja Siluman Harimau Putih menepuk tangan kanannya ke atas kepala harimau putih itu beberapa kali, lalu ia menoleh ke arah Aydan dan kawan-kawan, "Kenalkan salah satu panglima terbaikku,

Sanca. Ia akan menemani dan membantu kalian untuk melawan Calon Arang dan sekutunya."

Perlahan, harimau putih bernama Sanca itu pun menjelma menjadi manusia. Badannya tegap dan kekar dengan tinggi dua meter lebih. Kulitnya putih, selaras dengan rambutnya yang putih panjang sebahu dan lurus rapi. Bola matanya kehijauan, raut wajahnya tegas dan tampan. Goresan bekas luka cakar yang memanjang dari pipi kanan hingga ke lehernya tampak jelas di wajahnya.

Prabu Siliwangi lantas menoleh ke atas, membuat yang lain mengikuti arah pandangnya. Terlihat Empu Baradah sedang duduk bersila di atas satu gundukan batu tertinggi dengan mulut komat-kamit membaca mantra.

"Kami akan mempersiapkan kalian agar dapat menghadapi makhluk-makhluk yang akan kalian temui selama perjalanan," ujar Prabu Siliwangi tegas.

Santi mencubit lengan Aydan dan berbisik, "Maksudnya kita bakal ketemu makhluk-makhluk mengerikan lagi? Ada yang lain selain Ahool!?"

Belum sempat menjawab pertanyaan Santi, tiba-tiba muncul di hadapan mereka—dalam bentuk seperti hologram—makhluk berbentuk kepala manusia terjelek yang pernah Aydan lihat sepanjang hidupnya. Organ dalam tubuh manusia masih menggantung di kepala makhluk jelek yang melayang-layang di udara itu. Membuat mereka berlima terkejut bukan main.

Seperti berada dalam film horor!

Dan pada saat itu juga, Santi pingsan.

Ketika membuka matanya perlahan, Santi melihat

wajah yang tak asing baginya; Aydan, Faris, Nasha, dan Dani. Ia menarik napas lega. Faris mencoba membantunya untuk duduk.

"Aku baru saja memimpikan hal tergila! Kalian pasti nggak akan percaya!" kata Santi lega sambil menghela napas.

"Apa kamu tidak apa-apa?" tanya Lutung Kasarung.

Santi menoleh ke asal suara asing itu dan melihat persis di hadapannya, manusia setengah kera, sedang menanyakan kondisinya. Ia menjerit kaget. Membuat Lutung Kasarung berjengit karena lengkingan tak terduga dari gadis itu.

Faris segera memeluk Santi mencoba menenangkan. "*Hey, it's okay, it's okay*," ujarnya berkali-kali.

Aydan, Dani, dan Nasha pun ikut memeluk Santi. Nasha memberikan si Darling pada Santi, berharap Darling dapat menenangkan kakaknya.

"Apa yang kamu lihat sekarang memang kenyataan yang harus kita hadapi! Mau nggak mau kita harus bekerja sama agar bisa kembali ke dunia kita. Nah, sekarang, apa kamu bisa tenangkan diri kamu dan bantu kita semua supaya bisa segera keluar bersama-sama dari sini?" Faris menatap Santi dengan pandangan memohon.

Ternyata kata-kata Faris bekerja seperti sihir untuk mereka semua. Santi mengangguk kecil, diikuti yang lain. Dani mengulurkan tangan kanannya, dan mereka satu per satu meletakkan tangan kanan mereka di atas tangan Dani. *Together 'till the end*—bersama hingga akhir, begitu janji mereka. Mereka tersenyum saling menghibur dan berpelukan.

"Ehem... manusia-manusia kecil, waktu kita tak banyak.

Apakah kita bisa lanjut sekarang?" Prabu Siliwangi tak sabar untuk mempersiapkan anak-anak menghadapi makhluk-makhluk Dunia Bawah Tanah yang siap menghadang mereka.

"Ya!" jawab mereka serempak.

❖❖❖

BAB 11

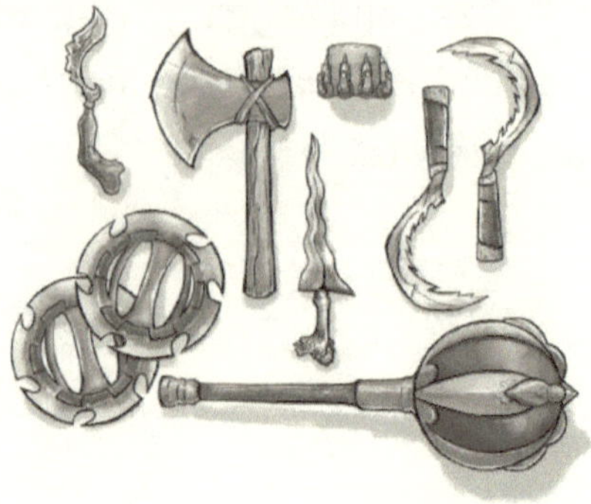

Achirabha!

Mulut mereka menganga. Kepala manusia dengan organ tubuh yang masih menggantung melayang di hadapan mereka.

"Makhluk ini adalah wujud asli Leak. Sebelumnya ia dapat berbentuk seperti binatang atau pohon enau tanpa daun yang batangnya bisa mengeluarkan api dan bau busuk beracun," ujar Prabu Siliwangi. Selagi menjelaskan, hologram Leak itu berubah menjadi burung pemakan bangkai yang besar, lalu menjadi babi rusa, dan menjadi pohon enau, kemudian kembali ke wujud asli Leak.

Prabu Siliwangi lantas meminjam senjata yang baru saja mereka dapatkan dan meminta Sanca untuk memperagakan cara kerja senjata-senjata itu. Senjata pertama yang diperagakan adalah kujang baja yang akan digunakan oleh Lutung Kasarung.

Panjang kujang sekitar 30 sentimeter dan terbuat dari baja. Ujungnya menyerupai panah kemudian melengkung pada bagian punggung dengan lengkungan yang paling menonjol pada bagian perut, terdapat lima lubang kecil pada mata pisaunya. Sedangkan gagang senjata kujang itu terbuat dari emas. Berbeda dengan kujang yang dipegang oleh Prabu Siliwangi yang keseluruhanya terbuat dari emas dengan gagang yang dipahat dalam bentuk macan. Terlihat senjata kujang Prabu Siliwangi jauh lebih berat dengan ukiran yang luar biasa halus. Senjata kedua yang didapat Lutung Kasarung adalah sebuah gada berukuran dua kali lipat lebih panjang dari kujang dan juga terbuat dari baja.

Sanca memegang gada itu pada tangan kirinya, sementara tangan kanannya memegang kujang. Postur tubuhnya berada dalam posisi bertahan. Lutung Kasurung meniru apa yang dilakukan Sanca. Tiba-tiba, hologram berubah bentuk menjadi serigala besar dan melompat tinggi menyerang wajah Sanca. Sanca dengan tangkas mengayunkan gada tepat mengenai tubuh serigala. Tubuh serigala melayang menghantam pohon besar dan terjatuh ke tanah. Dengan sempoyongan, serigala berusaha bangun lalu berubah wujud menjadi Leak. Leak itu terbang ke arah Sanca sambil memamerkan giginya yang runcing-runcing dengan kecepatan luar biasa. Sanca berkelit sambil menghunjamkan senjata kujangnya ke arah leher Leak. Ujung kujang menebas kepala Leak dengan cepat dan kuat. Kemudian Leak itu meledak hancur menjadi partikel-partikel kecil.

"Wah, hebat!" seru mereka sambil bertepuk tangan, kecuali Santi.

"Membunuh Leak hanya bisa dilakukan dengan memisahkan kepala dengan organ tubuhnya. Hanya dengan cara itu kalian dapat menghentikannya," jelas Prabu Siliwangi. "Lanjut!" serunya. Sanca melontarkan kedua senjata itu dan langsung dengan sigap diraih oleh Lutung Kasarung.

Kemudian muncul hologram dengan bentuk menyeramkan namun berbeda dari sebelumnya. Seorang nenek sihir, matanya besar dan melotot seolah bola matanya akan keluar, kukunya panjang-panjang, gigi taringnya sangat panjang, lidahnya pun menjulur sampai ke kaki, rambutnya acak-acakan dan gimbal berwarna agak kemerahan. Ia melompat dengan cepat dan dari tangannya menyambar kain putih panjang yang mengarah ke Sanca. Sanca segera menghindar dengan melakukan salto di udara. Namun nenek sihir itu tidak membiarkan Sanca menapakkan kakinya ke tanah, serangan kain putihnya bertubi-tubi terus mengarah ke tubuh Sanca.

Sanca berputar dan mengambil senjata milik Faris. Tangan kanan Sanca melempar cakram baja berdiameter 30 sentimeter, bentuknya pipih dengan gerigi tajam di pinggirnya. Cakram berputar-putar di udara dan membelah kain putih.

Tak puas, kini bola-bola api menyembur dari mulut nenek sihir sangar itu. Sanca mengelak sambil melemparkan cakram yang berputar-putar menangkis setiap serangan bola api seperti *boomerang*. Tiba-tiba, pemuda harimau itu dengan cepat melompat ke atas, menangkap cakram dan langsung melemparkannya ke arah leher si nenek sihir yang seketika itu juga langsung tertebas. Lalu dengan secepat kilat, Sanca kembali melompat dan melemparkan kapak perak yang ujung tangkai kayunya terikat dengan tali kulit. Ia mengentakkan tali kulit yang terkait dengan kapak perak—membuat senjata itu menancap pada leher hologram si nenek sihir. Sekali lagi ia entakkan tali ke atas, membuat kapak membelah kepala itu menjadi dua dan meledaklah hologram nenek sihir itu, hancur menjadi partikel-partikel kecil. Sanca menarik tali dengan sekali entak dan kapak perak melayang kembali mendarat di tangan kanannya. Pada saat yang bersamaan, cakram baja berputar kembali dan dengan tangkas Sanca menangkap balik benda itu dengan tangan kirinya.

Kali ini tepuk tangan mereka menjadi semakin meriah. Santi mulai tertarik dengan pertunjukkan Sanca—mungkin karena pemuda harimau itu mulai terlihat sangat atletis dan juga lumayan tampan.

"Makhluk tadi bernama Rangda. Ia pemimpin pasukan nenek sihir jahat dan Leak di Istana Calon Arang. Yang harus diwaspadai dari Rangda adalah kain putihnya yang dapat membunuh dan bola-bola api mematikan yang keluar dari mulutnya," jelas Prabu Siliwangi sementara Sanca mengembalikan cakram dan kapak sepanjang setengah lengan itu pada Faris. "Cakram itu seperti *boomerang*, ketika dilemparkan ia pasti akan kembali. Dan kapak dapat dikendalikan melalui tali yang terikat pada pegangannya, yang perlu diingat panjang tali ini hanya tiga kali panjang lenganmu, jadi kamu harus mampu memperkirakan apakah serangan akan mengenai target atau tidak," ujar Sang Prabu.

Faris mengangguk dan mencoba untuk mengayun-ayunkan kapak perak itu.

"Berikutnya!" teriak Prabu Siliwangi.

Muncullah makhluk hologram dengan kepala bagian depan botak sementara rambut bagian belakang panjang sepinggang. Matanya seperti mata makhluk sebelumnya, besar seperti mau keluar. Giginya besar-besar dan tawanya mengerikan, membuat mereka bergidik merinding.

"Ini adalah jenis Celuluk. Tidak dapat membunuh, hanya menakuti. Namun rasa takut yang terpancar akan menjadi sumber energi bagi Banaspati," Prabu Siliwangi menerangkan.

Belum sempat mereka bertanya apa itu Banaspati, tiba-tiba Santi dan Nasha menjerit. Kali ini mereka berdua bersembunyi di balik tubuh Faris.

Dari atas pohon tak jauh dari tempat mereka duduk, muncul beberapa hologram berwujud manusia menyeramkan yang seluruh tubuhnya diselimuti oleh api. Makhluk jenis Banaspati ini berjalan merayap dari atas pohon ke bawah dengan kepala berada di bawah. Semakin lama, semakin besar kobaran api dari tubuhnya.

Kini Sanca mengikatkan kantong kulit anak panah ke punggungnya. Sambil memegang busur yang terbuat dari kombinasi kayu dan tulang, ia mengambil sebatang anak panah. Ia menetapkan target pada Celuluk dan menarik tali busur yang terbuat dari akar pohon tapi lentur. Mata anak panah dari perak dengan bulu burung merak pada ekornya melesat tepat mengenai dahi Celuluk yang menjerit panjang. Kemudian hologram Celuluk itu hancur menjadi partikel-partikel kecil. Api yang menyala pada tubuh Banaspati mulai meredup. Salah satu Banaspati terbang rendah ke arah Sanca yang segera memanahnya tepat pada sasaran. Sebelum mencapai pemanahnya, Banaspati yang terbang itu hancur menjadi partikel-partikel kecil. Setelah semua berhasil dihabisi oleh Sanca, mereka semua memberikan tepuk tangan meriah.

Begitu melihat pertunjukan Sanca, Dani bergegas mengenakan pelindung lengan dan jari yang terbuat dari kulit binatang agar ia tak terluka ketika melakukan panahan. Kemudian dengan semangat ia menerima senjatanya dari Sanca. Prabu Siliwangi mengatakan bahwa anak panah dalam kantong panah itu tidak akan pernah habis, jadi Dani tidak perlu takut kehabisan anak panah.

"Lanjut!" seru Prabu Siliwangi

Kali ini, Sanca akan memperagakan senjata yang akan digunakan Santi, yaitu sepasang pisau arit bergerigi. Arit merupakan senjata berupa pisau bergerigi yang melengkung menyerupai bulan sabit, gagang pisaunya terbuat dari kayu kecil yang terkait dengan selendang berwarna kuning.

Dalam hitungan detik, Sanca dikepung oleh empat penyihir cantik berbaju merah dan hitam. Rambut mereka gimbal agak kemerahan dan bola matanya berwarna merah. Mereka langsung serentak bergerak maju menyerang Sanca dengan kuku-kuku berwarna merah yang panjang dan runcing. Sanca kemudian melempar salah satu arit ke atas. Kemudian menahan kain selendang kuning yang terikat pada gagangnya dan memutarnya dengan cepat. Sementara tangan kirinya melempar arit lain yang mengarah ke salah satu leher penyihir yang disebut Rarung itu. Salah satu

Rarung menjerit dan hancur menjadi partikel-partikel kecil. Arit yang berputar-putar di udara menjadi seperti *boomerang*, menebas leher Rarung satu per satu dan menghancurkan mereka menjadi partikel-partikel kecil.

Kali ini tepuk tangan Santi yang paling keras di antara mereka berlima.

Prabu Siliwangi kemudian meminta semua berlatih membiasakan diri dengan senjata masing-masing di bawah pengawasan Sanca dan Raja Siluman Harimau Putih. Sekilas Aydan melihat Nasha juga sudah asyik mencoba senjata untuk pertahanan dirinya. Gelang kulit yang berada di tangan kanannya dapat mengeluarkan pisau-pisau kecil, seperti senjata rahasia para ninja. Sebelumnya, Sanca menjelaskan bahwa senjata itu dapat menembakkan sepuluh pisau kecil secara terus-menerus, kemudian butuh waktu sekitar satu menit untuk mengisi ulang amunisi secara magis. Di bawah pohon rindang, Aydan melihat adik kecilnya mengarahkan gelang pada batang pohon di hadapannya, sementara si Darling duduk manis di bawah kakinya. Ketika beberapa pisau sepanjang dua ruas jari melesat dan menancap pada batang pohon, Nasha terperangah sendiri lalu terkikik geli sambil melompat-lompat kegirangan.

"Hati-hati!" pekik Sanca. Untung saja Lutung Kasarung cukup sigap menghidari salah satu pisau kecil yang terbang ke arahnya.

"Ops, maaf..." Nasha menatap dengan perasaan bersalah.

❖

Di antara yang lainnya, hanya Aydan yang dilatih langsung oleh Prabu Siliwangi untuk menggunakan keris.

Sang Prabu tampak memegang senjata milik Aydan dengan raut wajah serius. Tangan kirinya perlahan membuka sarung keris yang terbuat dari kayu jati sehingga Aydan dapat melihat sebilah keris dari batu meteor berwarna hitam keabu-abuan sepanjang setengah lengan Aydan. Lekukan keris atau pamor, berbentuk lekukan badan naga dengan ukiran kepala naga berwarna emas yang mulutnya terbuka menggigit batu intan pada pangkal keris.

Prabu mengatakan untuk menggunakan keris dengan sempurna membutuhkan waktu puluhan tahun karena begitu banyaknya mantra yang harus dikuasai. Sedangkan waktu yang mereka miliki sangatlah singkat, dalam beberapa hari saja Aydan harus sudah dapat menggunakan senjata itu. Karena itu Prabu Siliwangi hanya akan mengajarkan Aydan mantra-mantra yang kira-kira berguna untuk misi ini. Aydan mendengarkan dengan penuh perhatian.

Prabu Siliwangi mengarahkan keris ke arah makhluk hologram yang muncul sambil meneriakan mantra, "Acirabha!"

Keluarlah petir menyambar serupa sinar berwarna kebiruan dari ujung keris. Tubuh hologram manusia kera raksasa dengan rambut lebat menutupi seluruh tubuhnya itu langsung ambruk terkena sengatan listrik bertegangan tinggi. Aydan berusaha untuk tidak jatuh ketika tanah bergoyang seperti gempa bumi kecil. Lalu ia menutup mulut dan hidungnya ketika debu dari tanah naik menyelimuti makhluk berwarna hitam kemerahan yang jatuh tersungkur di tanah. Tak lama, tubuh yang besar dan kekar itu pun hancur menjadi partikel-partikel kecil. Ternyata makhluk itulah yang disebut dengan Genderuwa, dari bangsa jin.

Kemudian ada beberapa mantra yang Prabu Siliwangi jelaskan seperti mantra "Nirantara"—yang dapat menembakkan sinar laser dengan tiada henti seperti *automatic machine gun*. Sedangkan untuk menangkis serangan mantranya adalah "Manganti".

Namun ternyata tidak semudah itu.

Ternyata agar keris bekerja sesuai kehendak, membutuhkan konsentrasi yang tinggi, di mana energi dari pikiran dapat disalurkan ke tangan lalu ke senjata keris itu. Beberapa kali mantra Aydan tidak bekerja, sama sekali tak terjadi apa-apa ketika Aydan mengayunkan keris dan menyebutkan mantra.

Prabu Siliwangi beberapa kali menarik napas panjang, untuk pertama kalinya ia merasa ragu apakah bocah ini akan siap pada waktunya atau tidak. Mungkin bila ia diberi waktu lebih panjang untuk melatih anak ini hatinya tak akan segundah ini. Namun bocah dengan baju kebesaran itu terus berlatih keras.

"Acirabha! Acirabha!"

Tetap tak ada sinar apa pun yang keluar dari keris itu.

❖

Setelah dilatih selama dua hari—meski tak terlalu yakin dengan kemampuan masing-masing—kini sudah waktunya anak-anak manusia berangkat menyelesaikan misi mereka.

Prabu Siliwangi dan Raja Siluman Harimau Putih akan membawa pasukan gajah dan harimau putih menyisir Wilayah Barat menuju Wilayah Utara. Mereka akan menggalang kekuatan dari beberapa kerajaan jin yang berada di Wilayah Barat yang belum berpihak pada Calon Arang.

Sementara Empu Baradah akan menempuh medan yang cukup berat; yaitu menuju Kerajaan Tengah dan akan tiba di Wilayah Utara dari arah Timur. Menurutnya Kerajaan Tengah dikelilingi oleh pegunungan yang tinggi, dan penghuni Kerajaan Tengah biasanya tak mau peduli dengan urusan lain. Bila pembicaraan dengan Kerajaan Tengah tak berhasil, maka Empu Baradah akan langsung menuju Wilayah Timur untuk melihat situasi, lalu menemui mereka di Wilayah Utara yang sudah ditentukan.

"Kalian akan lebih mudah bergerak melalui Wilayah Selatan. Carilah Pangeran Kusumayuda dan Dewi Candrakirana dari Kerajaan Ande-Ande Lumut, dan Ratu Kidul dari Kerajaan Laut Selatan untuk membantu kalian." Empu Kuturan menghela napas panjang, "Lutung Kasarung, Sanca, pastikan anak-anak ini aman selama perjalanan. Berhati-hatilah karena Calon Arang sudah menguasai mantra Mengarsa."

Lutung Kasarung dan Sanca menganggukan kepala mereka.

"Kita semua akan bertemu di Wilayah Utara di mana Calon Arang akan memulai penyerbuan ke Dunia Tengah. Kalian harus lekas berangkat mengejar waktu untuk merebut Buku Mantra Hitam itu, sebelum bulan merah berakhir," ujar

Prabu Siliwangi.

"Satu lagi, berlatihlah menggunakan senjata kalian apabila ada waktu," pesan Prabu Siliwang agak cemasi.

Anak-anak itu menganggukkan kepala.

"Semoga kalian dapat mencegah Calon Arang dan pasukannya masuk ke dunia manusia dan kuasa gelapnya menguasai Dunia Bawah Tanah dan Dunia Tengah. Doaku akan selalu menyertai kalian," ujar Empu Kuturan menambahkan.

Aydan lalu bertanya kepada Empu Kuturan, "Apa kita akan menang?"

Empu Kuturan kemudian menjawab bahwa kemenangan bukan berarti ada yang dikalahkan. Kemenangan dalam hidup adalah hidup aman yang sejahtera bahagia sekala dan niskala. Senjata-senjata yang diberikan kepada mereka bukan diciptakan untuk membunuh, melainkan hanya untuk mengirimkan makhluk-makhluk yang membawa kerusuhan ke lapisan yang lebih dalam di Dunia Bawah. Ia lalu menutup matanya dan menggumamkan doa.

Lutung Kasarung dan Sanca memberikan salam hormatnya lalu mengajak anak-anak itu untuk lekas berangkat. Mereka bertujuh berjalan melalui jalan yang sama dan keluar dari lubang pohon baobab.

"Apakah mereka akan berhasil?" tanya Prabu Siliwangi penuh keraguan..

Empu Kuturan menjawab dengan bijaksana, "Kita hanya bisa berusaha sebisa kita, sisanya harus dipasrahkan pada Yang Maha Kuasa, semoga kebaikan akan menang melawan kejahatan. Semoga apa yang diramalkan tidak terjadi." Ia menutup matanya dan terus berdoa.

❖❖❖

BAB 12

Lutung Kasarung dan Sanca

Malam telah menjelang, rombongan kecil mereka akhirnya berhasil menembus hutan yang cukup lebat, hingga akhirnya tiba di sebuah rumah panggung sederhana yang terletak di samping sebuah telaga. Bulan purnama memantulkan cahaya di permukaan telaga. Tampak siluet bayangan seorang perempuan berdiri di tepi telaga. Rambutnya panjang lurus hingga menyentuh mata kakinya. Pakaian yang dikenakan berkilauan terkena cahaya rembulan. Mendengar kedatangan mereka, ia menoleh ke arah rombongan yang mendekatinya. Wajahnya terlihat sangat cantik dengan mahkota kecil berwarna perak di atas kepalanya. Senyumnya merekah.

Lutung Kasarung pun segera berlari ke arahnya dan

memeluk erat perempuan cantik itu. Di bawah sinar bulan purnama, wajah dan badan Lutung Kasarung berubah menjadi seorang laki-laki yang tampan.

Sanca berkata pada mereka, "Biarkan mereka berdua dulu. Sekarang kalian tidur di rumah itu. Besok pagi kita baru mulai perjalanan ke Wilayah Selatan."

Mereka berjalan mengikuti Sanca menaiki tangga kayu rumah panggung.

"Siapa dia?" tanya Aydan pada Sanca.

"Ratu Purbasari dari Kerajaan Pasir Batang, istrinya," jawab Sanca singkat.

"Hei, kalian tadi lihat, nggak, Lutung Kasarung berubah bentuk? Atau mataku yang salah lihat?" kata Dani penasaran.

Tapi tak satu pun dari mereka menanggapi. Mereka terus berjalan menyusuri tangga sambil berpegangan erat pada pegangan tali yang terbuat dari akar kayu.

"Sanca, sudah lama kenal Lutung Kasarung?" tanya Aydan lagi pada Sanca.

Sanca menggelengkan kepalanya. "Saya hanya tahu nama aslinya."

"Nama asli? Aku pikir 'Lutung Kasarung' itu memang namanya," ujar Santi berbisik. "Jadi siapa nama sebenarnya?"

"Pangeran Minda dari Dunia Atas," sahut Sanca.

"Oh, jadi dia bukan dari dunia sini, ya, asalnya," kata Dani.

"Kenapa namanya beda sekarang?" tanya Nasha.

"Manusia yang memanggilnya demikian," jawab Sanca singkat.

"Kerajaan Pasir Batang itu ada di sebelah mana?" tanya

Faris.

"Wilayah Barat. Tidak jauh dari Kerajaan Padjadjaran," jawab Sanca, lagi-lagi hanya seperlunya.

Sanca tidak terbiasa berada di antara manusia dan lebih dari itu; *manusia-manusia ini terlalu banyak bicara*, gerutunya dalam hati. Ia merasa tugas ini akan menjadi tugas terberat yang pernah diembannya. Belum terlalu lama saja kepalanya merasa pusing mendengar pertanyaan-pertanyaan yang tak ada habis-habisnya.

Sesampai di puncak tangga, ia mendorong pintu kayu dengan telapak tangannya. Mereka semua berebutan melongokkan kepala untuk melihat isi rumah itu. *Manusia-manusia ini rupanya juga tidak sabaran*, pikir Sanca dalam hati. Ia membiarkan anak-anak itu masuk ke rumah. Kondisi rumah cukup terang, meskipun hanya diterangi oleh beberapa lilin ungu di beberapa sudut. Mereka memperhatikan ruang itu tak memiliki sekat pembatas ruangan, sehingga terlihat luas sekali. Sebuah meja makan dengan delapan kursi terletak di tengah ruangan. Tidak jauh dari meja makan, ada dapur bersih dengan panci-panci dari tanah liat berjejer rapi di rak kayu. Sebuah kuali hitam besar tergantung di atas api mengeluarkan aroma harum seperti bunga lavender. Di pojok ruangan, terhampar karpet dari bulu binatang berwarna hitam di atas lantai, Sanca mengatakan mereka bisa tidur di atas karpet itu. Setelah itu ia menyalakan api di perapian untuk menghangatkan ruangan dari udara malam yang dingin. Lalu ia langsung merebahkan dirinya menghadap ke pintu. Tidak memedulikan lagi omongan berisik anak-anak yang kangen pada kamar dan tempat tidur masing-masing.

Aydan dan Nasha duduk di atas karpet bulu sambil mengelus bulu-bulu halus yang panjang itu. Mereka belum pernah melihat binatang dengan bulu seperti itu. Entah, bulu binatang apa ini. Tapi mereka terlalu takut bertanya pada Sanca. Lagipula, Sanca terlihat seperti sudah tidur.

"Mami dan Papa sekarang lagi apa, ya? Apa mereka tahu kita menghilang?" suara Dani terdengar seperti penyesalan. Banyak ulah yang selalu ia buat, *tapi kali ini juaranya*. Ia pun mulai cemas memikirkan reaksi kedua orangtuanya.

Faris memeluk dan mengelus lembut rambut Dani yang pendek.

Dani buru-buru menyeka air matanya yang mengalir. Santi menghela napas panjang dan menghampiri Dani. "Kita akan segera pulang. Jangan khawatir, kita semua akan berusaha sekuat tenaga untuk bisa balik. Benar, kan, Aydan?"

"Ya," jawab Aydan singkat.

Bocah lelaki itu tidak tahu harus berkata apa lagi. Mereka semua ingin pulang, termasuk dirinya. Ia memperhatikan setiap sudut ruangan dengan teliti. Jujur, Aydan bukan orang yang mudah tidur di lingkungan asing, tapi karena terlalu kelelahan atau karena wewangian dari kuali itu, matanya menjadi begitu berat. Aydan pun langsung tertidur pulas. Ia rasa yang lain juga merasa sama.

❖

Di pagi hari, mereka terbangun karena aroma makanan yang menggoda perut. Ternyata makanan sudah siap di atas meja. Melihat kelimanya terbangun, Sanca menyuruh mereka untuk segera makan. Tak perlu disuruh dua kali, mereka langsung menyantap makanan dengan lahap karena memang sangat kelaparan.

Tak lama kemudian, Lutung Kasarung memasuki ruangan ikut bergabung bersama mereka.

"Apa kalian bisa tidur nyenyak?" tanya Lutung Kasarung ramah.

Mereka hanya mengangguk karena mulut mereka penuh dengan makanan.

"Lutung Kasarung," panggil Nasha.

"Ya, Nasha?" sahutnya.

"Kenapa manusia memanggilmu Lutung Kasarung?"

Untuk sejenak ia terlihat bingung, lalu melihat ke arah Sanca yang hanya mengangkat bahunya. Tapi kemudian sambil tersenyum ia berkata, "Ah, baiklah. Kalian pasti penasaran dengan asal usulku."

Sekali lagi mereka mengangguk dengan mulut yang masih sibuk mengunyah.

"Namaku sebenarnya Minda. Ibuku, Sunan Ambu, adalah salah satu dewi di Dunia Atas. Menyingkat cerita hidupku yang panjang, aku jatuh cinta pada Purbasari, seorang putri dari Dunia Tengah. Kami menikah dan hidup berpuluh-puluh tahun dengan bahagia."

"Lalu apa yang terjadi?" Dani penasaran.

"Dani, jangan memotong, dong. Dengarkan saja," tegur Santi.

"Tidak apa," Lutung Kasarung lantas terdiam sejenak. "Setiap manusia pasti akan menemukan ajalnya. Sedangkan kami, makhluk Dunia Atas, diberikan keabadian. Kami bisa hidup di Dunia Tengah, tetapi kaumku tidak boleh terlalu lama tinggal di Dunia Bawah."

Ia menghela napasnya.

"Ketika Purbasari pindah ke Dunia Bawah Tanah. Aku memohon pada bundaku agar bisa tetap bersamanya. Tetapi kami tidak dapat melawan takdir yang telah ditentukan oleh Yang Maha Kuasa. Namun karena permohonanku, akhirnya Yang Maha Kuasa akhirnya memberikan izin bahwa kami dapat bertemu hanya setiap bulan purnama di sini. Sebagai gantinya wujudku... ya, seperti sekarang ini."

"Jadi kamu bisa tinggal di Dunia Bawah Tanah sekarang?" tanya Dani.

Lutung Kasarung menggelengkan kepalanya.

"Saya tetap tinggal di Dunia Atas dan hanya ketika bulan purnama saya berada di Dunia Bawah Tanah. Tapi karena ada kejadian Calon Arang ini, para petinggi Dunia Atas telah sepakat untuk menugaskanku di sini hingga misi selesai."

"Ah, begitu ceritanya..." Dani mengangguk-angguk.

"Apa kamu selalu kangen dengan istrimu?" tanya Nasha.

Lutung Kasarung tersenyum dan mengelus rambut Nasha.

"Tentunya, dong. Selalu, tapi dia selalu ada di sini," katanya sambil menunjuk dada kirinya.

Sanca berdehem dan mengatakan sudah waktunya mereka berangkat.

Mereka segera bergegas keluar, dan tercengang ketika mereka melihat lima ekor kuda sembrani pemberian Ratu Purbasari telah siap menunggu mereka di luar.

Baru pertama kali mereka melihat hewan yang disebut kuda sembrani itu. Kuda itu mirip seperti kuda terbang pegasus pada kisah hikayat Yunani, tetapi kuda ini berwarna cokelat dan besar seperti kuda Arab. Kuda sembrani memiliki dua sayap kecil di kiri dan kanan yang juga berwarna cokelat. Walau kuda sembrani tidak dapat terbang tinggi, ia mampu berlari tiga kali lebih cepat dari kuda biasa. Anak-anak itu dengan senangnya langsung menghampiri dan mengelus hidung kuda mereka.

Tapi mereka bekejaran dengan waktu. Tanpa menunda-nunda lagi, Lutung Kasarung segera membantu mereka satu per satu menaiki kuda sembrani. Mereka berlima melanjutkan perjalanan dengan menunggang kuda sembrani yang sangat cepat, melesat melewati pepohonan dan menembus rimba. Sementara itu Lutung Kasarung bergelantungan melompat dari pohon satu ke pohon yang lain di depan mereka. Sedangkan Sanca yang saat ini berwujud harimau berlari kencang menjaga mereka dari ancaman yang mungkin datang dari belakang.

❖

Kepakan sayap dari kuda sembrani membuat mereka melesat serasa terbang. Terbang melewati padang pasir dan hutan-hutan yang semuanya berwarna kecokelatan. Tidak dapat dikatakan gersang karena banyak pepohonan, hanya saja warna dedaunannya semuanya berwarna cokelat dengan degradasi warna senada. Cokelat muda dan cokelat tua. Meskipun sebenarnya sangat jauh, tapi perjalanan dapat mereka tempuh dalam kurun waktu yang cukup singkat. Tidak terasa kuda-kuda sembrani mulai mengurangi kecepatannya ketika mereka memasuki wilayah yang serba hijau, tidak lagi mengepakkan sayapnya dan perlahan mulai berjalan.

Pepohonan menjulang tinggi menghalangi sinar matahari, dan jalan bebatuan yang dipenuhi lumut membuat jalan menjadi licin. Kuda-kuda sembrani mereka berjalan perlahan menyusuri permukaan yang tidak rata dan mulai curam. Lutung Kasarung mengatakan mereka telah memasuki wilayah Kerajaan Ande-Ande Lumut.

Mereka menyusuri jalan setapak yang membawa mereka ke perkampungan yang cukup ramai. Lutung Kasarung menjelaskan makhluk-makhluk yang tinggal di sini adalah bangsa jin. Aydan memperhatikan makhluk-makhluk bangsa jin itu. Mereka tampak seperti manusia biasa, hanya kulitnya agak kehijauan dan berbulu halus seperti lumut. Tubuh mereka rata-rata besarnya hingga dua kali badan manusia normal. Beberapa makhluk bangsa jin yang mereka temui di jalan terkadang berhenti sebentar untuk mengamati mereka, kemudian kembali pada kesibukan masing-masing. Ada yang berjualan sayuran dan buah-buahan, ada pula yang berjalan-jalan sambil asyik bercakap-cakap dengan temannya sambil bersenda gurau. Dani menebak apakah ini semacam pasar kaum jin pada Lutung Kasarung. Lutung Kasarung membenarkan. Kehidupan mereka sama seperti kehidupan manusia di pedesaan. Jari Lutung Kasarung menunjuk pondok-pondok berbentuk bundar terbuat dari jerami yang tampak berjejer rapi. Beberapa pondok tampak memiliki cerobong asap yang mengeluarkan asap agak kehijauan berbau pandan. "Bangsa jin di wilayah ini tinggal di dalam pondok-pondok jerami itu," jelas Lutung Kasarung.

"Apa mereka memakan manusia?" tanya Santi takut-takut.

"Hahaha! Yang ini tidak memakan manusia sama sekali. Mereka hanya memakan sayur-sayuran dan buah-buahan," jawab Lutung Kasarung.

"Oh. Di dunia kami, manusia yang bukan pemakan daging kami sebut vegetarian," jelas Dani.

"Vegetarian?" kata Sanca.

"Yup. Vegetarian."

"Berarti ada manusia pemakan daging? Apa mereka juga memakan manusia?" tanya Sanca.

"Zaman dulu, sih, ada manusia memakan manusia. Kami menyebut makhluk pemakan sejenisnya dengan sebutan kanibal," jelas Dani.

Sanca memandang Dani dengan pandangan horor. "Dunia manusia sungguh menyeramkan!" seru Sanca.

"Ya, tiap tahun manusia selalu mencoba untuk jadi lebih beradab. Jadi sangat jarang sekali ada kasus manusia kanibal saat ini," jelas Faris sambil tersenyum iseng.

"Apakah kamu tidak mengingat bagaimana dulu ketika kamu masih menjadi manusia, Sanca?" tanya Lutung Kasarung serta-merta.

Mereka terkejut.

"Sanca dulu manusia?" tanya Aydan.

Sanca berdehem membenarkan.

Tak berani bertanya pada Sanca yang cenderung

pendiam, kelima anak manusia itu hanya diam menunggu dan berharap si pemuda harimau ingin bercerita tentang dirinya.

"Hei, Sanca," Lutung Kasarung memecah kesunyian. "Aku belum pernah mendengar cerita tentang dirimu. Bisakah kau ceritakan kehidupanmu dahulu ketika masih menjadi manusia?"

Sanca tersentak kaget. Permintaan makhluk dari Dunia Atas adalah sesuatu yang tak dapat ditolak meskipun ia ingin. Ia menarik napas panjang lalu mengangguk seolah memberi izin. Lalu, jari telunjuk Lutung Kasarung menyentuh kening Sanca, membuka ingatan masa lalunya pada mereka dengan memancarkan gelombang telepatinya.

Seperti menonton sebuah film, tapi terlihat begitu nyata, membuat mereka yang melihat serasa benar-benar berada pada masa itu. Gambar menunjukkan mereka berada di perkampungan dengan anak-anak kecil berlarian hanya dengan mengenakan celana dalam.

Mereka tertawa-tawa bergembira.

Sementara para ibu mengawasi sambil menumbuk padi.

Seorang anak laki-laki kecil menendang bola dari akar rotan, dan bola itu menggelinding ke arah hutan yang tak jauh dari perkampungan itu. Ketika anak itu berlari hendak mengambil bolanya, seekor serigala besar keluar dari balik semak-semak. Air liurnya menetes-netes ke tanah.

Para ibu-ibu yang sedang asyik menumbuk padi mulai menjerit-jerit dan memanggil nama anak-

anaknya.

Seorang ibu berteriak, “Ale!” dan segera berlari menyambar anak laki-lakinya dalam pelukkan. Serigala itu melompat dan menerkam sang ibu dan langsung menyantap si anak. Suasana kampung rusuh, orang-orang berlarian berusaha untuk bersembunyi. Tapi semakin banyak serigala yang keluar dari hutan. Puluhan serigala itu pun menyerang orang-orang sekampung. Mereka menghabisi nyawa orang-orang dewasa, tapi hanya anak-anak kecil yang mereka lumpuhkan. Kemudian, mereka letakkan anak-anak korban itu di hadapan serigala yang bertubuh paling besar. Serigala bertubuh paling besar itu lantas menyantap anak-anak kecil yang dipersembahkan padanya satu per satu.

“9,999!” serunya setelah menyantap bocah yang terakhir. “MANA LAGI?!?” serunya marah pada serigala-serigala yang lain.

Salah satu serigala mengubrak-abrik lumbung padi dan menemukan seorang ibu sedang berpelukan dengan anak laki-lakinya.

“Satu yang terakhir ada di sini!” serunya.

Serigala bertubuh besar itu langsung melompat ke arah dua manusia yang sedang gemetaran hebat karena ketakutan.

“Ampuni anak saya!” seru sang ibu memelas asih sambil menangis. “Makan saya saja, jangan anak saya,” katanya terus memohon.

“Sayangnya, saya hanya membutuhkan anak ini untuk melengkapi kesaktian saya.” Dengan kejamnya ia mengibaskan tangannya, membuat tubuh sang ibu terpental jauh, jatuh ke tanah, dan kepalanya terantuk batuk. Darah segar mulai mengucur dari kepala.

Melihat ibunya terluka, anak laki-laki itu bangkit dan meninju muka sang serigala.

Terkejut dan marah, serigala itu berteriak keras. "KURANG AJAR!" Lalu ia mencakar muka si anak hingga jatuh ke tanah. Namun dengan keberaniannya, anak itu berdiri lagi dan kembali meninju muka sang serigala. Kali ini serigala itu berang sekali. Ia gigit leher anak itu dan melemparnya.

Darah segar mengucur dari muka dan leher anak itu. Seakan tak memedulikan rasa sakitnya, si anak mulai merangkak dan memegang tangan ibunya.

Tiba-tiba seekor binatang berwarna putih yang tak kalah besarnya menerjang serigala itu—rupanya seekor harimau putih. Pertempuran sengit di antara keduanya pun terjadi. Harimau putih itu jauh lebih kuat dari serigala. Tubuh serigala langsung dipenuhi darah akibat gigitan dan cakaran dari sang harimau.

"Siapa kau!? Berani-beraninya menghalangi saya menguasai ilmu sakti abadi!" ujar serigala dengan napas terengah.

"Serigala bedebah! Hatimu memang jahat sekali dan kamu pantas dimusnahkan dari muka bumi ini! Saya Raja Siluman Harimau Putih, ingat itu hingga kematianmu," ujarnya. Harimau putih kemudian langsung menerjang dan kali ini tak membiarkan serigala itu berhenti untuk mengambil napas. Terakhir, ia gigit leher serigala itu dan ia lempar tubuhnya hingga jatuh ke jurang. Melihat pemimpinnya mati terlempar ke jurang, serigala-serigala lain berusaha kabur ke hutan. Namun entah dari mana datangnya, seorang laki-laki bertubuh kekar dengan kumis hitam lebat menghadang mereka. Dengan tangan kosong, ia menghajar serigala yang mengeroyoknya, satu per satu ia lemparkan serigala itu ke jurang. "Susul pimpinan kalian hingga ke akhirat!"

Setelah berhasil mengenyahkan serigala-serigala jahat, laki-laki itu dan Raja Siluman Harimau Putih menghampiri sang ibu dan anak laki-lakinya yang sekarat.

Sang ibu memegang tangan laki-laki itu, rupanya ia mengenali wajah berwibawa yang menolongnya. "Prabu yang bijaksana, tolong selamatkan anakku... Saya mohon Prabu berjanjilah, anakku harus hidup..." ucapnya memohon dengan penuh air mata.

Prabu Siliwangi menganggguk dan memegang tangan sang ibu, "Saya berjanji."

Sang ibu pun tersenyum lalu mengembuskan napasnya yang terakhir dalam pelukan Prabu Siliwangi. Prabu Siliwangi dengan hati-hati menutup kedua kelopak mata sang Ibu. "Apakah mungkin anak ini bisa diselamatkan?" tanyanya pada sahabatnya.

"Anak ini sudah terkena gigitan beracun serigala busuk itu," sahut Raja Siluman Harimau Putih. "Dia tidak akan dapat hidup, setidaknya sebagai manusia." Harimau putih itu menghela napas panjang. "Kecuali...

aku menjadikannya kaumku," lanjutnya lirih.

"Baiklah. Lakukan apa yang harus kau lakukan. Aku akan berusaha membantu agar anak ini tetap hidup dalam proses transformasi," ujar Prabu Siliwangi yang segera duduk bersila, lalu komat-kamit membaca mantra dan menyalurkan tenaga dalam ke tubuh anak laki-laki yang sekarat. Sementara itu, Raja Siluman Harimau Putih membersihkan darah yang memenuhi muka dan tubuh si anak dengan menjilatinya. Lalu ia mengeluarkan racun serigala dengan menoreh luka cakaran pada muka anak itu dengan kukunya yang runcing. "Ah, ini akan menimbulkan bekas di wajahmu, Nak," katanya.

Harimau putih itu lalu menggigit tangannya sendiri hingga darah mengucur dengan deras. Ia dekatkan tangannya ke mulut anak itu, membuat si anak meminum darahnya. Tubuh anak itu bergetar hebat, tampak merasakan sakit yang luar biasa. Terguling-guling dan mengerang-ngerang seperti kesakitan.

Perlahan, kuku di jari jemarinya berubah menjadi panjang. Tangannya berubah menjadi tangan harimau. Erangan dari seekor harimau kecil terdengar. Transformasi pun mulai terjadi, hingga anak laki-laki itu berubah sepenuhnya menjadi seekor harimau putih.

"Ikutlah dengan kami, Nak. Karena aku sudah berjanji pada ibumu yang sudah pergi ke alam lain," ujar Sang Prabu dengan lembut.

Anak harimau putih itu terlihat kebingungan. Dia menoleh ke jasad ibunya yang sudah tak bernyawa.

Matanya penuh dengan air mata.

Lalu ia menganggguk dan berjalan, mengikuti

Raja Siluman Harimau Putih.

Mereka semua merasa pilu dan sedih melihat masa lalu Sanca. "Berhenti...!" Dani menepuk punggung kudanya dan turun terburu-buru. Ia langsung menubruk dan memeluk Sanca dengan erat. Santi menyusul sambil mengendong Nasha yang juga minta diturunkan dari kuda sembraninya, begitu pula Aydan dan Faris. Dani dan Nasha bahkan menangis segugukan sampai Sanca sendiri menjadi risih.

"Hei, apa yang kalian lakukan? Kalian mau membunuhku? Kenapa kalian menangis? Kejadian itu sudah lama sekali terjadi," katanya dengan ketus. "Ayo kembali naik kuda kalian!" perintah Sanca dengan kikuk. Anak-anak itu pun patuh mengikuti perintah Sanca dan kembali melanjutkan perjalanan.

"Hati manusia memang berbeda, ya. Tapi percayalah padaku, mereka adalah makhluk terhangat sejagad raya," bisik Lutung Kasarung pada Sanca. Dan tanpa disadari oleh yang lain, Sanca pun tersenyum sedikit.

❖❖❖

BAB 13

Yuyu Kakang

Rombongan Aydan melanjutkan perjalanan dengan melaju kencang hingga akhirnya kuda sembrani berhenti di tepi sebuah sungai yang lebar sekali—lebih mirip seperti danau yang luas. Dari kejauhan, tampak rakit bambu berpenumpang mendekati daratan. Di atasnya ada makhluk memegang tongkat panjang dari bambu hitam yang digunakan sebagai dayung, kemudian ia menurunkan seorang gadis di daratan. Gadis berbulu kehijauan itu awalnya tampak risih dan tak mau, tapi akhirnya terpaksa juga ia dicium oleh makhluk yang mengendalikan rakit. Si gadis pun lalu berlari sambil menutup pipinya ke arah perumahan yang tak jauh. Sementara makhluk itu tertawa terkekeh-kekeh kegirangan.

Napas Sanca terengah-engah setelah berlari cukup jauh tanpa istirahat. Air, air, air, itu saja yang ada dalam pikirannya. Begitu melihat sungai dengan air jernih yang sungguh menggoda di depan mata, Sanca langsung berlari mendekatinya, dan minum sepuas-puasnya.

Sementara itu, Lutung Kasarung dan yang lainnya berjalan mendekati rakit bambu yang baru saja merapat ke tepian. Ternyata makhluk di atas rakit itu berbentuk setengah manusia dan setengah kepiting. Bagian pinggang ke atas bertubuh seperti manusia, hanya ada tambahan tangan berbentuk capit besar dan capit kecil. Dari pinggang ke bawah berkaki kepiting. Kulit dan cangkangnya berwarna hitam dan badannya berbau amis. Rambut hitamnya yang panjang sebahu diurai, ikal dan berminyak. Hidungnya pesek dan matanya besar berbola mata hitam, dibingkai oleh alis sangat tebal yang juga berwarna hitam.

Begitu makhluk itu melihat Lutung Kasarung datang menghampiri, ia segera menggerakkan tongkat bambunya dan mendorong rakitnya menjauh dari daratan.

"Hei, Yuyu Kangkang! Tunggu! Awas, kamu! Kembali ke daratan sekarang juga!" perintah Lutung Kasarung.

Terlihat dengan muka cemberut dan ngedumel, Yuyu Kangkang mendorong balik rakitnya. Tak lama kaki-kaki kepiting yang panjang kurus satu per satu menapaki daratan. Mereka harus mendongakkan kepala karena manusia separuh kepiting itu jauh lebih tinggi dari mereka.

"Ya, ada apa, ya?" jawabnya sedikit sombong pada Lutung Kasarung.

"Tolong bawa kami menyeberangi sungai menuju Kerajaan Ande-Ande Lumut. Kami harus bertemu dengan Pangeran Kusumayuda dan Dewi Candrakirana."

"Ehem... kamu tahu aku selalu minta bayaran untuk jasaku ini. Kalau aku sudah menyeberangkan kalian, maka aku harus mendapatkan ciuman dari para penumpang perempuan," katanya sambil mengedipkan mata ke arah Santi. Santi segera membuangkan mukanya, pura-pura tidak melihat. Perutnya tiba-tiba mules. *Euh, dicium makhluk amis ini. Mimpi kali!* makinya dalam hati.

"Dasar kepiting kurang ajar! Mau kupatahkan tangan dan kakimu?" ancam Lutung Kasarung sambil memamerkan gadanya. "Ini perintah dari Empu Kuturan, apa kamu mau diubah jadi anak kepiting kecil?" serunya kembali mengancam.

Dengan wajah kesal dan sambil bersungut-sungut, Yuyu Kakang berjalan menaiki rakit sambil memegang tongkat bambu hitamnya. "Ya sudah, silakan naik. Aku seberangkan kalian ke Kerajaan Ande-Ande Lumut," katanya dengan berat hati. "Dasar makhluk Dunia Atas otoriter!" omelannya nyaris tak terdengar.

Tanpa basa-basi lagi Lutung Kasarung menyuruh rombongannya segera menaiki rakit, Sanca pun mengubah wujudnya menjadi manusia agar tak memakan banyak tempat. Yuyu Kakang melihat perubahan wujud Sanca dari atas hingga ke bawah, terpana melihat metamorfosa itu. Tapi ia tidak ingin bertanya. Ia hanya menduga dalam hati makhluk itu pasti salah satu panglima dari Kerajaan Harimau Putih yang merupakan rekan Kerajaan Padjadjaran. Utusan dari Prabu Siliwangi, salah satu penguasa yang disegani di Dunia Bawah Tanah. Bukan makhluk yang dapat dianggap remeh pastinya, mencari ribut dengannya sama saja seperti minta mati. Padahal tadinya ia berencana membalikkan rakit di tengah sungai untuk membalas dendam pada Lutung

Kasarung yang pernah menghajarnya habis-habisan karena ia pernah menggoda kakak ipar manusia kera itu.

Sambil mengayuh, Yuyu Kakang bernyanyi-nyanyi dengan lirik yang meledek Lutung Kasarung. Wajah Lutung Kasarung berubah, rautnya menunjukkan bahwa ia sedang menahan marah. Namun tiba-tiba mata Lutung Kasarung dan Sanca menangkap pemandangan yang mencurigakan dari perkampungan yang tadi mereka lewati. Makhluk-makhluk jin yang tadinya sibuk berjualan dan berjalan-jalan, tiba-tiba berlari ketakutan. Mereka berlarian dan buru-buru masuk ke pondok-pondok bundar mereka.

Raut muka Lutung Kasarung menegang. Tangan Sanca perlahan mulai berubah menjadi tangan harimau, kuku-kuku di tangannya mulai memanjang dan dari mulutnya mulai keluar taring yang panjang. Ia mulai menggeram.

"Ada apa?" tanya Aydan.

"Anak-anak," seru Lutung Kasarung. "Bersiap-siap dan waspadalah. Sepertinya kita akan bertemu tamu tak diundang." Ia pun segera mencabut senjata kujang dari pinggangnya dan memasang kuda-kuda pertahanan—siap bertarung.

Santi segera mengikatkan si Darling di pinggang Nasha. Setelah itu dengan gesit Faris mengangkat dan menempatkan Nasha di tengah-tengah mereka. Mereka dalam formasi melindungi si bungsu dan berusaha sepenuhnya waspada pada sekelilingnya.

Faris telah memegang erat palu dan cakramnya, Santi mencabut kedua arit dari pinggangnya, Dani mengambil busur dan anak panah dari pundaknya—mengambil posisi siap memanah, sementara Aydan mencabut keris dari pinggangnya. Sejujurnya mereka takut dan gemetaran, karena ini adalah pertama kalinya mereka akan menggunakan senjata-senjata itu setelah keluar dari *training-camp-kilat.*

Tapi tiba-tiba Sanca jatuh terduduk sambil mengerang kesakitan dan memegang perutnya. "Ah, si-sialan..." erangannya. "A-air sungai i-ini...."

Aydan memegang Sanca yang jatuh terduduk kesakitan. "Sanca, kamu kenapa?" Panik mewarnai wajah Aydan. "Bangun, Sanca!" pintanya berkali-kali.

Melihat Sanca kesakitan, Dani teringat salah satu pemberian yang diterima oleh mereka, "Aydan, obat!" serunya.

Karena tegang, Aydan bingung apa yang dimaksud dengan "obat" oleh Dani. Seandainya Bibi Narsih ada di sini, tentu dengan cepat ia bisa memanggil si bibi untuk mengambilkan obat.

"Obat apaan?" Aydan menjawab setengah panik.

"Obat itu, loh!" seru Dani jadi tak sabar dan mulai panik. "Obat yang diberikan Putri Kuning! Cepat berikan!"

"Ah, obat itu!" ujar Aydan merasa bodoh lalu segera merogoh kantong berwarna kuning yang berisi biji bunga kemuning. Ia tuangkan semua biji bunga kemuning yang ada di dalam kantong ke telapak tangannya. Jumlahnya ada sekitar lima belas biji. "Dani! Berapa banyak?" tanyanya sambil menatap biji-biji bunga kemuning yang ada dalam genggamannya.

Dani segera meraup semua biji bunga kemuning dari tangan Aydan dan memasukkan semuanya ke dalam mulut

Sanca. Sanca—dalam kondisi yang tak bisa protes—terpaksa menelan semua biji yang dijejalkan oleh Dani ke mulutnya.

Aydan melongo.

"Ba-badannya, kan, besar," jelas Dani resah. "Mungkin dosisnya harus segitu. Lagian kita butuh dia sekarang!"

Tak lama kemudian, Sanca pun pingsan.

"Ya, Tuhan! Dani! Apa kita baru saja bunuh dia?" teriak Aydan panik.

Belum sempat Dani menjawab, sesuatu menabrak rakit yang mereka tumpangi dari bawah air. Mereka mencoba tetap menjaga keseimbangan tubuh agar tak terjatuh ke air.

"Rakit kita kena batu karang?" teriak Aydan bertanya.

"Kita, kan, bukan di laut! Mana ada karang di sungai!" jawab Santi ketus.

"Ya ampun, kalau sampai rakit ini hancur, hei monyet tua, kamu harus ganti, ya!" seru Yuyu Kakang yang mulai menyadari sesuatu akan menyerang mereka saat ini.

"Ah, diam kau, kepiting busuk!" jawab Lutung Kasarung sambil melirik Sanca yang masih dalam keadaan pingsan. "Apa yang tadi kalian kasih?" Namun belum sempat terjawab pertanyaan Lutung Kasarung, sesuatu timbul di permukaan air.

"Lihat itu di air!" seru Faris sambil menunjuk ratusan sirip besar yang tampak di permukaan air melaju dengan kecepatan tinggi, mengepung rakit mereka dari segala penjuru. Gelombang air akibat ratusan ikan itu membuat rakit mereka semakin bergoyang.

"Apa itu? Hiu?" tanya Santi panik.

"Aku rasa bukan. Lebih parah dari hiu," kata Aydan

sambil mengambil posisi untuk membidik salah satu sirip ikan dengan keris yang dipegangnya. *Konsentrasi... konsentrasi...* ucapnya dalam hati, lalu dengan lantang ia berseru, “Acirabha!” Tidak terjadi apa-apa.

“Aydan, konsentrasi!” bentak Santi.

“Diam. Kamu pikir aku nggak mencoba!” sewot Aydan.

“Sekarang bukan waktu yang tepat untuk bertengkar...!” tegur Faris.

Aydan menarik napas panjang sambil berdoa dalam hati. *Please, please, please. Mantra bekerjalah kali ini, aku mohon.* Ia menutup matanya dan berteriak sepenuh hati “Acirabha!” Cahaya biru seperti sinar laser berhasil memancar dari keris. “Santi! Aku berhasil!” teriak Aydan.

Hiu purbakala sepanjang rakit mereka terlempar dan melayang di udara terkena sambaran listrik bertegangan tinggi. Sederetan gigi taring panjang dan tajam terlihat pada mulut yang terbuka lebar dan pada insang yang berlapis-lapis di samping tubuhnya. Matanya besar sekali dengan hidung yang runcing. Sungguh bentuk hiu yang paling mengerikan yang pernah mereka lihat.

Santi dengan tangkas mengayunkan kedua aritnya dan hiu purbakala itu terbelah-belah dan hancur menjadi partikel-partikel kecil.

Aydan terus membidik hiu-hiu yang mendekati rakit mereka. Santi, Faris, dan Lutung Kasarung berganti-gantian menghabisi makhluk-makhluk itu. Bahkan Yuyu Kakang ikut membantu memukul hiu purbakala yang menyerang dengan tongkat bambu hitamnya. Sesekali capit tangan kepitingnya ikut beraksi menjepit para penyerang yang semakin banyak.

Sambil menghabisi musuh, Lutung Kasarung juga berusaha membangunkan Sanca dengan menendang-nendang tubuh dan memanggil namanya.

"Nirantara!" seru Aydan dan sinar laser biru terus memancar ke arah ratusan hiu. Arah tembakan bocah lelaki itu sudah mulai membabi-buta. Puluhan ikan-ikan terlempar terkena sengatan petir dari keris yang dipegangnya. Semua benar-benar bekerja keras mencoba melawan serangan dari air.

KRAK!

Tiba-tiba terdengar suara keras yang membuat mereka tersentak.

Seperti suara bambu patah... Kemudian rakit bergoyang dengan keras. Kembali mereka berusaha menjaga keseimbangan. Tapi jeritan Nasha dan tarikan tiba-tiba pada tangan kiri Aydan membuat fokus anak lelaki itu teralih. Benar saja! Ternyata para penyerang telah berhasil mendobrak rakit dari bawah, mengakibatkan bagian tengah rakit bolong. Dengan sekuat tenaga Aydan mencoba menahan dan menarik Nasha yang terjatuh ke dalam lubang.

Sebagian tubuh Nasha sudah terendam air. Kaki-kaki mereka pun basah akibat air yang mulai masuk ke rakit. Faris dengan sigap juga ikut memegang tangan gadis kecil itu. Berdua mereka berusaha sekuat tenaga menarik tubuh Nasha yang terus ditarik ke bawah.

Sementara itu yang lain masih sibuk menghadapi serangan pasukan hiu. Suasana semakin hiruk-pikuk ditambah ributnya suara hiu-hiu yang berloncatan dan jatuh ke air. Dani merogoh kantong berwarna hijau pemberian

Putri Kuning dan dengan sekuat tenaga ia lemparkannya ke arah para penyerang. Seperti bom, benda itu meledak dalam air, menghancurkan lebih banyak hiu purba.

Dani berteriak, "Nasha, gunakan senjatamu!"

"Tidak mungkin! Kita memegang kedua tangannya!" balas Faris berteriak.

Lutung Kasarung pun tak kalah kerasnya berteriak di antara kebisingan itu, mencoba membangunkan Sanca. "Sanca bangun! Kami membutuhkanmu! Sanca!" serunya sambil kakinya menendang tubuh Sanca sekuatnya.

Perlahan Sanca mulai terbangun sambil memegang kepalanya. Ia mencoba menganalisa situasi rusuh yang sedang terjadi. Ia melihat Faris dan Aydan sedang berusaha keras menahan dan menarik Nasha yang menjerit-jerit tertarik ke dalam sebuah lubang yang ada di tengah rakit. Sementara yang lain sibuk mempertahankan diri dari serangan. Ia melihat Dani dan Santi sedang melemparkan sesuatu yang meledak di air. Lalu ikan-ikan besar terpelanting.

"Sanca! Aku nggak kuat lagi menarik Nasha! Apa pun yang ada di bawah situ tenaganya terlalu kuat!" teriak Aydan. Tak lama setelah Aydan berteriak, Nasha terlepas dari genggaman tangannya dan Faris. Seluruh tubuh Nasha tercebur ke dalam air.

"NASHA!" jerit histeris Aydan dan Faris.

Mereka hanya bisa membelalak pasrah melihat Nasha tersedot ke dalam air. Tangan kecilnya berupaya menggapai mereka, tapi mereka tak mampu menariknya ke atas. Aydan sudah mulai akan menangis sambil memanggil nama adiknya berulang kali ketika Sanca tersadar apa yang sedang terjadi setelah menyaksikan kejadian tadi. Tanpa berpikir panjang, manusia harimau itu langsung melompat ke dalam air, menyelam ke bawah.

Mereka terkejut dan kali ini berteriak memanggil nama Sanca. Namun Nasha dan Sanca telah hilang tenggelam dari penglihatan mereka.

Perlahan mereka merasakan serangan hiu purba ke arah rakit mulai mereda. Sepertinya perhatian makhluk-makhluk purba itu terpecah karena ada serangan dari belakang. Tampak dari belakang garis serangan hiu purba, muncul gelombang baru dari dalam air, dan hiu purba yang paling belakang melompat dan mati tertusuk oleh tombak panjang.

Tanpa berhenti memanahi hiu purba, Dani bertanya pada Lutung Kasarung, "Apa yang terjadi?"

"Pasukan ikan mas putih telah datang membantu kita," gumam Lutung Kasarung. Manusia ikan dengan panjang dua setengah meter menembaki hiu purbakala dengan tombak yang ditembakkan dari senjata busur seperti *sphere gun*. Makhluk ini merupakan perpaduan antara ikan mas putih dan manusia. Wajah dan tubuh mereka seperti manusia, tapi tangan dan kakinya bersirip, dan pada pipi dan lehernya terdapat insang. Inilah pasukan elit dari Kerajaan Ande-Ande Lumut. Mereka berasal dari suku Kuluma.

Seketika arah pertempuran berbalik arah. Hiu purbakala kali ini berhadapan langsung dengan pasukan ikan mas putih yang bersenjata. Meskipun dilihat dari jumlah pasukan ikan mas putih lebih sedikit, tapi kemampuan mereka melawan hiu purbakala tak perlu dipertanyakan lagi.

Tak lama berselang, terdengar suara terompet dan genderang ditabuh dengan keras. Delapan armada kapal tampak meluncur dengan cepat di atas air. Mereka mengepung dari arah kiri dan kanan.

Armada kapal itu terbuat dari kayu dengan dominasi warna merah. Pada bagian kepala kapal terdapat ornamen berbentuk ikan mas berwarna perak. Tiang-tiang layar kayu menjulang tinggi dengan kain layar putih terbentang tertiup angin. Di empat kapal dari arah kanan, terlihat sederetan prajurit laki-laki bertubuh keperakan, bertelanjang dada, dengan rambut lurus sebahu juga berwarna keperakan berdiri di pinggir kapal. Mereka mengenakan celana panjang lebar yang mengecil pada pergelangan kakinya seperti celana ali baba berwarna ungu kecokelatan. Badan mereka tegap sambil memegang busur dalam posisi siap memanah. Di salah satu kapal yang paling besar pada bagian dok kapal yang agak tinggi, berdiri seorang laki-laki dengan wajah tampan dan badan langsing, rambutnya terurai berwarna putih keperakan lurus sepinggang. Ia mengenakan mahkota terbuat dari emas dengan ukiran ikan mas pada sisi kiri dan kanannya. Tubuhnya dililit oleh pakaian kain berwarna ungu kecokelatan dengan ikat pinggang emas dan gelang emas melingkar di lengan kiri dan kanannya. Sama seperti yang lain, warna kulitnya pun berwarna keperakan.

Sementara itu pada kapal-kapal di sisi yang berlawanan, terlihat sederatan prajurit perempuan bertubuh keperakan, dibalut gaun berwarna ungu kecokelatan dengan rambut lurus sebahu juga berwarna keperakan. Mereka juga memegang panah dalam posisi siap memanah. Di salah satu dok kapal kedua terbesar, berdiri seorang perempuan berwajah cantik dengan tubuh langsing dan rambut terurai berwarna putih keperakan lurus sepinggang. Ia mengenakan mahkota emas yang sepadan dengan yang dipakai laki-laki berambut perak tadi. Ukuran mahkotanya lebih kecil, namun juga memiliki ukiran ikan mas pada sisi kiri dan kanan yang sama. Tubuhnya juga mengenakan pakaian sewarna, dengan kalung besar melilit di leher dan gelang-gelang emas di pergelangan tangannya.

Sinar matahari yang berada tepat di atas kepala pasukan itu membuat warna kulit mereka semakin menyilaukan mata.

Terdengar suara aba-aba dari lelaki yang mengenakan mahkota, "Panah! Sekarang!" Ratusan anak panah melesat terbang di langit membentuk setengah lingkaran yang kemudian menghunjam hiu purba yang jumlahnya sudah berkurang karena telah dihabisi oleh pasukan ikan mas putih. Tak lama kemudian ratusan hiu purba mengambang di permukaan sungai, satu per satu mereka pun hancur menjadi partikel-partikel kecil dan menghilang.

Perhatian Aydan dan yang lainnya kembali ke arah lubang di tengah rakit. Mereka terus memanggil nama Nasha dan Sanca sambil melihat lebih dekat ke dalam air. Santi sudah mulai segugukan menangis.

"Dani, apa kemampuanmu bisa bekerja di sini?" tanya Faris pada adiknya. Mata mereka semua memandang Dani.

Mungkin ada harapan.

Dani terdiam sesaat berusaha mencerna ucapan abangnya. Lalu ia memukul jidatnya dan berkata, "Ah! 'Kemampuanku'! Kenapa nggak kepikiran dari tadi!" ujarnya kesal. Dani baru teringat kalau ia memiliki kemampuan menggerakkan air! "Sebentar aku coba dulu," ujarnya. Dengan penuh konsentrasi ia menatap lubang di tengah rakit, lalu memejamkan matanya dengan sekuat tenaga.

Keringat menetes dari kening Dani ketika terlihat ada pergolakan dari dalam air. Air semakin bergejolak dan berputar-putar seperti akan memuntahkan sesuatu. Tiba-tiba terlempar dari pusaran itu seekor harimau putih dengan keadaan basah kuyup—tampak terengah-engah seperti hampir kehabisan seluruh tenaganya. Di lehernya, menggantung anak perempuan bertubuh gempal yang memegang erat leher si harimau sambil menutup rapat kedua matanya.

Sontak semua berteriak gembira dan menghela nafas lega.

"NASHA! SANCA!"

Mereka pun segera memeluk harimau putih, pahlawan mereka dan Nasha. Santi yang masih belum berhenti menangis dan Aydan memeluk Sanca dengan erat sambil mengucapkan terima kasih berulang-ulang. Sementara Lutung Kasarung menatap Sanca dengan penuh rasa hormat.

"Anak-anak, kalian tahu bobot kalian cukup berat, kan?" Sanca tersenyum.

Mereka pun melepaskan pelukan satu per satu. Santi mengendong Nasha sambil menyeka wajahnya yang basah, lalu ia menghampiri Dani yang masih terduduk kelelahan. "Terima kasih, Dani," ujar Santi tulus. Mereka sekarang menepuk-nepuk pundak Dani, berterima kasih padanya dan memujinya.

"Kemampuan yang mengagumkan, gadis kecil," ucap suara merdu yang berasal dari atas dok kapal. Mereka mendongak ke atas mencari asal suara itu. Ternyata suara itu milik seorang perempuan cantik yang mengenakan mahkota emas.

"Pangeran Kusumayuda dan Dewi Candrakirana, terima kasih telah datang membantu. Salam hormat dari kami. Hamba Lutung Kasarung dan Sanca, dan mereka Aydan, Faris, Santi, Dani, dan Nasha."

"Aydan?" ujar Pangeran Kusumayuda sambil menoleh ke arah Dewi Candrakirana. "Ramalan yang ditunggu telah datang rupanya." Keduanya lantas saling menganggguk seperti memberi tanda persetujuan satu sama lain. "Naiklah ke kapal sebelum rakit kalian tenggelam," seru Pangeran Kusumayuda.

Tanpa mereka sadari air ternyata sudah menggenang sampai semata kaki. Pangeran Kusumayuda mengeluarkan suara siul dengan nada sangat tinggi, terdengar asing dan aneh di telinga mereka. Seperti mengikuti perintah, para prajurit ikan mas putih membuat formasi akrobatik membentuk tangga menuju bagian atas armada kapal.

Satu-satu mereka menaiki tangga manusia ikan itu dan tiba di atas pelataran kapal.

"Apakah kamu mau ikut?" tanya Lutung Kasarung pada Yuyu Kakang.

Yuyu Kakang memandangi rakitnya yang hancur dan hampir tenggelam. Paling tidak ia butuh waktu tujuh hari untuk membuat rakit baru. Mana bambu hitam semakin sulit dicari, sehingga mau tak mau ia harus mencarinya ke jantung hutan. Paling tidak perjalanan ke jantung hutan memakan waktu tiga hari, jadi total enam hari hanya untuk mencari bahan. Ah, berarti dalam tujuh hari ia harus hidup tanpa mendapatkan ciuman dari gadis-gadis... Ia menarik napas panjang. *Ya nasib... nasib sial selalu saja ada kalau bertemu Lutung sialan ini*, omelnya dalam hati. ***Gila kali kalau dia pikir aku mau lebih berlama-lama dengan Lutung sinting itu, semakin jauh semakin baik,*** lanjut omelannya dalam hati.

"Ah... sepertinya tidak. Rasa-rasanya aku masih bisa mencapai daratan dengan rakit ini. Kalian silakan meneruskan perjalanan," katanya, lalu mulai mendayung dengan tongkat bambu hitam yang ujungnya sudah pecah.

Cepat-cepat Lutung Kasarung memanjat ke atas kapal dengan tangkas. "Yuyu Kakang!" teriaknya dari atas dok kapal sambil merogoh saku celananya. Ia lalu melempar kantong kulit berukuran sedang ke arah Yuyu Kakang.

Yuyu Kakang menangkap kantong yang dilemparkan oleh Lutung Kasarung. Terasa agak berat dan ada bunyi gemerincing ketika ia mengocok-ngocok kantong kulit itu. Ia buka ikatan pada kantong dan matanya segera berbinar ketika melihat apa yang ada di dalamnya. Beberapa kepingan emas, mungkin beratnya sekitar satu kilogram. Senyum semringah pun mulai menghiasi bibirnya yang tebal.

"Hei, Yuyu Kakang!"

Si manusia kepiting kembali menoleh ke arah suara.

"Terima kasih!" seru Lutung Kasarung melambaikan tangannya.

Yuyu Kakang tersenyum, membalas lambaian tangannya dan kemudian lanjut mendorong rakitnya menuju daratan. *Ternyata lumayan juga si Lutung ini,* gumamnya dalam hati. Semoga tidak bertemu lagi.

❖❖❖

BAB 14

Kerajaan Ande-Ande Lumut

Kedelapan armada kapal yang membawa rombongan Aydan dan kawan-kawan akhirnya berlabuh di sebuah dermaga. Bergabung dengan puluhan armada kapal lainnya yang tertambat. Semua bentuk kapal serupa, dengan ornamen ikan mas pada setiap kepala kapal. Mereka menuruni jembatan kayu yang menghubungkan kapal dan dermaga dengan hati-hati. Setelah tiba di darat, rombongan disambut oleh beberapa prajurit, dan Pangeran Kusumayuda mempersilakan mereka menaiki kendaraan yang disebut karsapa. Sedangkan Pangeran dan Dewi menaiki sebuah kereta kerajaan yang ditarik oleh empat ekor kuda berwarna putih.

Karsapa tampak seperti becak tarik berbentuk gerobak. Terbuat dari kayu besi, beroda dua, dengan bangku yang bisa diduduki oleh dua orang. Kendaraan itu ditarik oleh makhluk berbadan tinggi dan besar, kepalanya botak, wajahnya lebar, daun telinganya panjang dengan lobulus yang menjuntai panjang ke bahunya. Kulitnya kehijauan seperti kulit iguana. Mereka semua memakai ban pinggang lebar dari emas yang berfungsi sebagai pengikat kain pakaian berwarna cokelat tua.

Sanca merasa tak nyaman harus duduk dalam kendaraan kecil itu. Namun Lutung Kasarung berhasil meyakinkannya. "Kamu tidak ingin penduduk di sini lari ketakutan karena melihat harimau berjalan di tengah kota, kan? Lagipula kamu baru saja keracunan dan perjalanan masih panjang. Ingat tugas kita harus memastikan Aydan berhasil."

Akhirnya mau tak mau Sanca menaiki karsapa—dalam wujud manusia, tentunya. Dengan canggung ia duduk perlahan, dan tangannya memegang erat sisi samping kendaraan itu—selama ini ia memang tidak pernah naik kendaraan. Aydan menaiki karsapa berdua dengan Sanca. Ketika makhluk kehijauan itu mulai menarik karsapa sambil mendengus berat, si manusia harimau tampak gelisah.

"Hei Sanca, kamu sudah pernah kemari belum?" Aydan berusaha mengalihkan perhatian Sanca.

Sanca menganggguk dengan wajah tegang.

Aydan lalu berbisik, "Makhluk yang menarik karsapa ini makhluk jenis apa, sih?"

Sambil membuang napas berusaha menenangkan diri, Sanca perlahan mulai menjelaskan. Rupanya makhluk yang menarik karsapa ini berasal dari suku Pameget. Sebagian besar suku Pameget bekerja sebagai penarik karsapa, kendaraan yang umum digunakan di sini.

"Tapi, kok, ada juga makhluk Pameget yang nggak menarik karsapa?" ujar Aydan sambil menunjuk rumah-rumah yang dijaga oleh satu atau dua suku Pameget.

"Suku kami selain menjadi penarik karsapa juga ada yang bekerja sebagai penjaga rumah," begitu jelas penarik karsapa yang rupanya mendengarkan obrolan mereka.

Sanca mulai terlihat lebih santai, dan penarik karsapa yang bernama Du itu kebetulan senang sekali bercerita. Du bercerita bahwa semua kendaraan Kerajaan Ande-Ande Lumut memiliki ciri khas yang unik; yaitu adanya lambang kerajaan dua ikan mas.

Du mengatakan ada banyak suku yang hidup di Kerajaan Ande-Ande Lumut. Misalnya makhluk-makhluk yang mereka jumpai di pinggiran Kerajaan Ande-Ande Lumut, suku Padapa. Mereka datang kemari berjualan dedaunan, akar-akar tumbuhan, dan pohon. Lalu makhluk-makhluk suku Mangsi, atau manusia sotong, matanya bulat seperti mata sotong, kepalanya lonjong mengerucut ke atas, sedangkan tubuhnya seperti manusia, hanya saja tangan-tangan mereka lebih panjang dari manusia biasa. Kemudian Du menunjuk makhluk-makhluk suku Mangsi yang sedang sibuk merebus akar-akar pohon di sisi jalan yang mereka lalui.

"Mereka sedang apa?" tanya Aydan.

"Sedang merebus akar-akar pohon untuk dijadikan bahan pewarna kain." Du lalu menjelaskan sebagian besar suku Mangsi bekerja sebagai pengrajin kain. Hasil kain dari Kerajaan Ande-Ande Lumut cukup terkenal di Dunia Bawah

Tanah. Selain itu, hasil produksi nomor dua dari Kerajaan Ande-Ande Lumut yang cukup terkenal adalah bahan baku tulang paus. Usaha tulang paus dikelola oleh suku Kuluma—manusia ikan. Selama perjalanan, mereka melihat beberapa makhluk suku Kuluma sedang memanggul tulang-tulang ikan yang besar, besarnya dua kali lebih besar dari tubuh Nasha.

Akhirnya karsapa yang mereka naiki berhenti di depan sebuah istana berwarna putih gading yang megah, dan Du mempersilakan mereka turun. Mereka pun turun dari karsapa dan takjub melihat Istana Ande-Ande Lumut. Dalam pikiran mereka, ada satu hal lagi yang mereka sesali. Seandainya saja mereka membawa telepon genggam, pasti mereka sudah sibuk ber-*selfie* ria di tempat ini.

Bentuk Istana Ande-Ande Lumut sangat sederhana, tidak ada ukiran-ukiran, hanya beberapa ornamen simbol kerajaan di beberapa tempat. Setelah mendekat, mereka baru menyadari ternyata bangunan istana putih itu seluruhnya terbuat dari tulang ikan. Terdengar suara derak pintu gerbang besar yang didorong oleh dua prajurit dan perlahan terbuka. Beberapa prajurit memberikan hormat dan salamnya pada Pangeran dan Dewi—pimpinan mereka. Mereka lalu melangkah masuk dengan hati-hati, serasa berjalan memasuki perut ikan paus yang sangat besar. Mereka terpukau oleh kemegahan istana Ande-Ande Lumut yang baru terlihat ketika berada di dalamnya.

Mereka mengikuti ke mana rombongan mengarah. Awalnya, mereka berjalan melalui lorong putih gading yang cukup panjang—di mana pada setiap jarak empat ekor sotong besar berdiri tegap prajurit Kerajaan Ande-Ande

Lumut yang berasal dari suku Pameget. Akhirnya mereka tiba di ruang besar yang merupakan balai kerajaan, tempat makhluk-makhluk penting di Kerajaan Ande-Ande Lumut bertemu. Balai berkubah itu memiliki langit-langit berkilauan seperti sisik ikan yang sangat tinggi sekali.

Ternyata balai kerajaan sudah dipenuhi oleh para petinggi dan beberapa perwakilan penduduk Kerajaan Ande-Ande Lumut. Para petinggi terdiri dari berbagai jenis makhluk berpakaian ungu kecokelatan dengan sabuk emas yang berbeda-beda bentuk dan ukirannya. Pangeran Kusumayuda dan Dewi Chandrakirana lalu berjalan ke podium yang terletak di tengah ruangan. Podium itu berbentuk dua ikan mas berwarna putih gading.

Makhluk berwajah seperti sotong dari suku Mangsi dengan tidak sabar langsung melontarkan pertanyaan, "Pangeran, apakah betul perairan kita baru saja diserang oleh pasukan hiu purba Calon Arang?"

Pangeran Kusumayuda mengangguk membenarkan.

Seketika, ruangan menjadi ribut. Ada yang merasa khawatir serangan tadi hanya sekadar untuk mengukur kekuatan saja, sehingga akan ada serangan kedua yang jauh lebih besar, dan banyak dugaan-dugaan lain yang disampaikan.

"Apakah karena mereka, Kerajaan Ande-Ande Lumut jadi sasaran Calon Arang?" seru yang lain seraya menunjuk rombongan Aydan. "Kami dengar beberapa kerajaan di Wilayah Barat telah ditaklukkan oleh pasukan Calon Arang. Apa berita itu benar?"

Keributan semakin bertambah. Beberapa makhluk yang

lebih kecil badannya melontarkan pertanyaan-pertanyaan, tapi suaranya kalah kencang dibanding yang lain. Tidak ada yang pedulikan mereka, tiap makhluk cemas dengan apa yang akan terjadi pada suku masing-masing.

Pangeran Kusumayuda mengangkat tangannya.

Suasana menjadi hening.

"Kalian masih ingat beberapa bulan yang lalu Empu Baradah dan muridnya datang kemari?" seru Sang Pangeran berwibawa.

Sebagian besar makhluk yang ada di dalam aula mengiyakan pernyataan pimpinan mereka.

"Empu Baradah mengingatkan kita bahwa Istana Calon Arang sedang menggalang kekuatan. Tak satu pun menyangka mereka berhasil menyerbu Kerajaan Barat dengan cepat dan bisa dikatakan Kerajaan Barat telah jatuh di tangan mereka."

Ruangan menjadi riuh kembali.

"Sekutu-sekutu yang bergabung dengan Istana Calon Arang semakin bertambah banyak. Dan kabar terakhir yang kami dengar, peperangan saat ini tengah berlangsung di Kerajaan Timur."

Salah satu makhluk yang berwajah seperti siput bertanya, "Apakah mereka akan menyerbu Wilayah Selatan juga?"

"Sepertinya, ya. Mungkin sebagian besar dari kalian sudah tahu bahwa Bulan Berdarah akan tiba." Ruangan menjadi semakin gaduh. Kecemasan mulai terlihat. Beberapa tampak mulai panik.

Melihat suasana yang mulai resah, Dewi Candrakirana

naik ke atas mimbar. Dengan suaranya tenang namun berwibawa ia berseru, "Apakah kita akan membiarkan Kerajaan Ande-Ande Lumut jatuh ke tangan Calon Arang?" Semua terdiam. "Kita menaruh harapan pada Aydan dan kawan-kawan di sini untuk menghentikan Calon Arang. Keseimbangan Dunia Bawah Tanah telah terguncang karena keserakahan Calon Arang. Kita harus kembalikan keseimbangan di dunia ini!"

"Bagaimana caranya, O' Dewi?" tanya salah satu makhluk yang mukanya berbulu hijau.

"Pertanyaan bagus. Bagaimana caranya saudara-saudaraku? Empu Baradah meramalkan akan ada anak manusia dari Dunia Tengah datang ke Dunia Bawah Tanah membawa Batu Hijau. Hanya ia yang dapat menghentikan Calon Arang memasuki Dunia Tengah dan menghentikan sekutu-sekutu Calon Arang menguasai Dunia Bawah Tanah. Aydan dan kawan-kawan telah datang sesuai ramalan. Kita telah sepakat untuk membantu keseimbangan dunia ini. Oleh karena itu kita semua di sini harus mengawal mereka agar Calon Arang dan sekutunya bisa dihentikan."

"Maaf, Dewi. Apa yang bisa membuktikan bahwa memang benar dia anak yang diramalkan Empu Baradah?" tanya makhluk suku Mangsi.

Dewi Candrakirana menoleh ke arah Aydan, "Apakah kamu bisa membuktikan dirimu, Aydan?"

Aydan mengangguk dan perlahan mengeluarkan kalung Batu Hijau yang selama ini tersembunyi di balik bajunya.

Semua makhluk terkesiap dan mulai berbisik-bisik.

"Kalian lihat. Aydan adalah harapan kita. Ia datang bersama saudara-saudaranya; Santi, Faris, Dani, dan Nasha. Mereka hadir di sini untuk membantu kita semua. Apakah kita akan membiarkan Kerajaan Ande-Ande Lumut yang sudah kita bangun bersama hancur dalam kuasa gelap?!" seru Dewi Candrakirana lantang.

"TIDAK!" Serempak makhluk-makhluk itu menjawab pertanyaan Sang Dewi.

"Siapa yang akan mempertahankan Kerajaan Ande-Ande Lumut?!"

"KITA SEMUA!" seru mereka lebih bersemangat.

"Apakah kalian akan bersatu padu untuk melawan?" serunya lantang sambil mengangkat busurnya tinggi-tinggi.

"LAWAN!"

Kali ini mereka semua mencabut dan mengacungkan senjata-senjata mereka. Ada yang mengacungkan parang, busur panah, garpu trisula, dan berbagai macam senjata lainnya.

Dewi Candrakirana kemudian mempersilakan Pangeran Kusumayuda naik ke atas mimbar. "Saudara-saudaraku yang kucintai, kita tidak bisa tinggal diam dan kita juga tidak mempunyai banyak pilihan maupun waktu. Saya rasa tidak ada satu pun makhluk di ruangan ini yang rela membiarkan kuasa gelap Calon Arang menguasai Dunia Bawah Tanah dan Dunia Tengah. Oleh karena itu kami meminta dukungan dan mengajak saudara-saudara untuk bergabung bersama kerajaan-kerajaan sekutu lainnya untuk menghentikan sepak terjang Calon Arang. Semoga Yang Maha Kuasa melindungi kita semua di sini."

Setelah itu semua makhluk bersorak-sorak sambil mengacungkan senjata di udara, satu per satu mereka pun meninggalkan balai kerajaan.

Pangeran Kusumayuda lantas menghampiri rombongan tamunya dan mengatakan keinginannya untuk menjamu mereka. Sementara itu Dewi Candrakirana memohon diri karena harus mengatur strategi penyerangan dengan lima panglima perang kerajaan. Ia mengatakan akan bergabung bersama mereka seselesainya mengatur para pasukan.

Pangeran Kusumayuda membawa mereka ke ruangan yang lebih kecil. Di dalamnya tersedia sebuah meja panjang dengan kursi-kursi berbentuk tulang ikan besar. Setelah mempersilakan para tamu duduk, ia menepuk kedua belah tangannya, tak lama masuk dayang-dayang berpakaian serba putih membawakan makanan dan minuman. Meja panjang pun segera terisi penuh dengan aneka buah dan sayuran berwarna-warni. Karena perut yang sudah sangat lapar, dengan lahap mereka langsung menyantap hidangan yang telah tersedia. Setelah itu, Dewi Candrakirana bergabung bersama mereka.

"Apa rencana kita saat ini, Dewi?" Pangeran Kusumayuda bertanya pada Dewi Candrakirana.

"Kami telah membagi beberapa regu rombongan tempur. Rombongan pertama akan langsung menuju perbatasan Wilayah Utara dan menunggu hingga siap menyerang secara serentak. Sementara rombongan kedua, Pangeran dan saya bersama beberapa prajurit elit, akan mengawal Aydan menuju Kerajaan Laut Selatan. Bila kalian berhasil membujuk Ratu Kidul, maka kami akan bergabung bersama mereka menuju Wilayah Utara. Bila tidak, maka kami langsung bergabung dengan rombongan pertama. Apabila kalian berhasil mengajak Kerajaan Laut Selatan bergabung, itu akan sangat menguntungkan kami. Bersama mereka kemungkinan besar kami dapat menerobos Istana Calon Arang dengan lebih cepat," jelas Dewi Candrakirana.

Begitu melihat Lutung Kasarung menganggukkan kepalanya, anak-anak itu turut menganggukkan kepala mereka. Meskipun sesungguhnya, mereka tidak begitu mengerti apa yang sedang dibicarakan oleh Dewi Candrakirana.

Dewi meneruskan, "Lutung Kasarung, saya rasa anak-anak ini akan sangat memerlukan bantuanmu ketika berada di Kerajaan Laut Selatan."

"Saya paham, Dewi, dan saya pasti akan membantu semampu saya," jawab Lutung Kasarung.

Pangeran dan Dewi kemudian bergegas pergi untuk mengatur persiapan. Sementara itu dua mahkluk dayang mengantarkan Aydan dan yang lainnya ke gerbang depan istana. Ternyata di luar sudah menunggu kuda sembrani, dan Sanca segera mengubah tubuhnya menjadi harimau putih setelah membantu mereka menaiki kuda masing-masing.

Suara berat terompet bernada aneh yang ditiup dari kerang besar terdengar, Pangeran dan Dewi yang sudah mengenakan pakaian tempur tampak sedang melepas kepergian pasukan Kerajaan Ande-Ande Lumut dengan khidmat. Para makhluk yang tinggal untuk mempertahankan kota terlihat cemas dan sedih melepas kerabat mereka yang akan pergi ke medan tempur. Sementara itu pasukan kerajaan dengan gagah terus bergerak menuju Wilayah Utara melalui jalan darat dan sungai menggunakan kendaraan dan kapal perang.

"Kalian sudah siap?" tanya Sang Dewi kepada rombongan Aydan sambil menaiki kuda sembrani yang lebih besar.

Mereka mengangguk, dan tak lama kemudian tujuh prajurit elit bergabung bersama rombongan. Setelah semuanya siap, Dewi memimpin di depan dan mereka berangkat menuju Kerajaan Laut Selatan. Kuda sembrani melesat begitu kencang sambil mengepak-ngepakkan sayap kecilnya.

Memompa adrenalin mereka.

Membuat mereka serasa terbang.

❖

Dalam waktu singkat kuda sembrani telah mengantarkan rombongan ke perbatasan Kerajaan Laut Selatan. Mereka cukup beruntung, kekhawatiran Dewi Candrakirana akan serangan pasukan sekutu Calon Arang pada rombongan kecil mereka sampai saat ini belum terjadi. Namun mereka semua masih tetap dalam keadaan siaga. Siapa tahu kubu Calon Arang sudah mengetahui gerakan mereka dan mencoba menghalangi Kerajaan Laut Selatan untuk bergabung.

Tiba-tiba angin berembus cukup kuat, pasir dan debu hingga terangkat terbawa aliran udara. Mereka mencoba menutupi wajah untuk mencegah pasir dan debu masuk ke dalam mata dan mulut.

“Mereka tahu kita telah tiba,” kata Pangeran sambil melihat ke arah Dewi Candrakirana.

Dewi memberi aba-aba dengan tangannya, dan salah satu prajurit elit Ande-Ande Lumut segera memberikan jubah panjang berwarna hijau lumut yang menutupi hingga kepala pada rombongan Aydan. Sementara itu, empat prajurit lain sibuk memangkas semak belukar dan membersihkan beberapa tetumbuhan yang menutupi sumur batu berdiameter satu meter.

“Kenakan jubah ini selama berada di Kerajaan Laut Selatan, dan tutup kepala ini jangan dibuka sampai Gusti Kanjeng Ratu Kidul memerintahkan kalian untuk membukanya,” ujar Dewi Candrakirana.

Mereka menganggguk dan buru-buru mengenakan jubah dari bahan beledu halus berwarna hijau lumut dan menarik penutup kepalanya. Ternyata jubah ini sangat ringan meskipun terlihat terbuat dari bahan yang berat.

Dewi Candrakirana lalu mengeluarkan kantong kecil berwarna hijau gelap yang diikat dengan tali keemasan. Ia segera membuka tali pengikatnya lalu mengeluarkan butiran mutiara kecil. Ia menyuruh mereka semua menelan pil mutiara itu. Masing-masing menelan satu pil mutiara. Katanya pil mutiara yang mereka telan itu akan membantu mereka bernapas ketika berada di Kerajaan Laut Selatan.

“Ingat, kalian harus berusaha membujuk Gusti Kanjeng Ratu dalam waktu tak lebih dari 24 jam,” ujar Pangeran Kusumayuda. Lutung Kasarung dan Sanca menganguk. “Di sana kalian tidak akan mengenal waktu, karena tidak ada siang maupun malam. Kanjeng Ratu selalu akan mencoba menahan tamu untuk tinggal, tapi kalian harus ingat bahwa kita sedang berpacu dengan waktu," ujarnya lagi.

"Aku berikan kalian pasir waktu ini sebagai pegangan. Ini yang akan menjadi panduan waktu kalian di sana. Pastikan pasir di bagian atas tidak pindah seluruhnya ke bagian bawah sebelum kalian keluar dari sana." Pangeran Kusumayuda mengeluarkan sebuah pasir waktu dari sakunya. Pasir waktu memiliki kerangka tipis dari kulit kerang mutiara berwarna putih yang mengelilingi dua bola gelas yang saling terhubung. Salah satu bagian bola gelas itu terisi pasir emas. Ketika digerakkan, pasir emas mulai mengucur ke bawah mengisi bola gelas yang kosong.

"Apa yang terjadi kalau semua pasir pindah ke sisi lainnya?" tanya Aydan.

Pangeran Kusumayuda dan Dewi Candrakirana saling bertukar pandang. Pimpinan tertinggi Kerajaan Ande-Ande lumut itu pun menjawab, "Pil mutiara yang kalian telan hanya dapat bekerja selama 24 jam. Pasir waktu ini adalah penanda kapan pil mutiara akan berhenti bekerja. Jadi pastikan kalian kembali dan gunakan pasir waktu ini sebagai panduan kalian. Ingat kalian harus kembali!"

Mereka semua menganggukkan kepala—lagipula mereka tidak ada keinginan untuk tinggal di Kerajaan Laut Selatan terlalu lama. Mereka ingin segera pulang ke rumah.

Lutung Kasarung mengulurkan tangannya untuk mengambil pasir waktu. Tapi Dewi memegang tangan suaminya dan menggelengkan kepala. "Suamiku, ingat pengaruh sihir Kanjeng Ratu sangat kuat terhadap laki-laki. Mungkin sebaiknya anak perempuan yang memegang pasir waktu," kata Dewi Candrakirana.

Pangeran Kusumayuda pun mengangguk setuju.

"Kalau begitu, biar aku yang menjadi penjaga waktu, Pangeran," ujar Santi sambil mengulurkan tangannya dan menerima pemberian pasir waktu itu.

"Baik, berarti kalian telah siap. Lutung Kasarung dan Sanca, kalian tahu apa yang harus dilakukan, bukan?" kata Pangeran Kusumayuda. "Semoga misi berhasil dan Yang Maha Kuasa melindungi kalian hingga kembali dengan selamat."

Sang Pangeran lantas segera menerangkan cara memasuki Kerajaan Laut Selatan. Ia menunjuk sumur batu yang tadinya tersembunyi. Mereka melongok ke dalam sumur tanpa dasar itu. Tidak terlihat apa-apa, bahkan bayangan mereka pun tidak. Katanya, mereka harus menjatuhkan diri satu per satu ke dalam sumur, sementara Dewi Candrakirana dan Pangeran Kusumayuda beserta pasukannya akan menjaga sumur itu untuk memastikan pasukan kiriman Calon Arang tidak menutup ataupun menghancurkannya. Bila itu terjadi, maka mereka akan sulit untuk kembali dan bisa saja mati karena kehabisan napas.

Sanca yang pertama kali melompat masuk ke sumur. Diikuti oleh Lutung Kasarung, Aydan, Faris, Santi, Dani, dan terakhir Nasha.

Masuk ke dalam lorong gelap, Aydan terus meluncur ke bawah. Tak lama kemudian ia merasa tubuhnya menabrak air. Suara ceburan air mengentak keras di telinga, namun tubuhnya tetap kering meskipun sudah masuk ke dalam air. Hanya kegelapan dan rasa dingin yang ganjil yang ia rasakan. Perjalanan aneh yang cukup panjang membuatnya tak nyaman. Ketika ia sudah mulai tak sabaran, kakinya menyentuh dasar seperti pasir. Kemudian, cahaya terang pun perlahan mengelilinginya.

❖❖❖

BAB 15

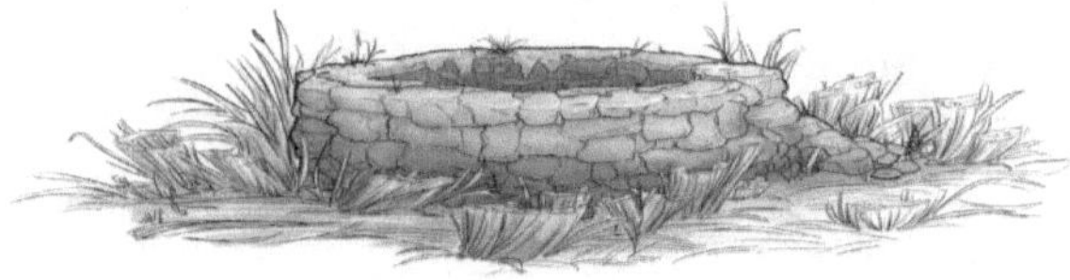

Kerajaan Laut Selatan

Aydan mencoba menyesuaikan penglihatannya. Ia melihat Lutung Kasarung sedang bercakap-cakap dengan dua Pengawal Luar Kerajaan Laut Selatan. Sementara Sanca telah mengubah dirinya menjadi harimau putih.

Aydan menunggu yang lain untuk tiba di titik yang sama ketika dirinya mendarat. Setelah semua rombongan lengkap, barulah Pengawal Luar memandu mereka menuju Kerajaan Laut Selatan.

Mereka memperhatikan sekeliling dengan was-was. Langit di atas seperti permukaan air yang dilihat dari dalam air. Mutiara-mutiara laut bersinar seperti ribuan bintang di langit. Mungkin karena itu di sini tidak mengenal malam ataupun siang, hanya terang yang dihasilkan oleh kilauan mutiara-mutiara.

Kelima anak manusia asyik mendongakkan kepala,

menikmati pemandangan langit yang sungguh indah dari dasar laut. Untuk sesaat mereka lupa pada misi mereka. Terlebih ketika Nasha mengatakan berjalan di situ serasa berada di *Bikini Bottom,* kota fiktif dari salah satu TV seri kartun favoritnya; *SpongeBob Square Pants* yang awal tayang di pertengahan tahun 1999. Kelima anak itu pun tertawa geli.

"Apa itu *Bikini Bottom*?" tanya Lutung Kasarung dengan lafal yang lucu.

"*Bikini Bottom* itu nama kota di dasar laut, tepatnya di Samudra Pasifik, seperti di sini," jawab Nasha senang diberikan pertanyaan tentang kartun kesukaannya. "*SpongeBob* dan teman-temannya seperti *Patrick Star*, *Squidward Tentacles, Sandy Cheeks*, *Mr. Krabs* tinggal di sana."

"*SpongeBob*?" tanya Lutung Kasarung lagi.

"Iya. *SpongeBob* itu busa berwarna kuning. Dia bekerja jadi tukang masak di restoran *Krusty Krab* milik *Mr. Krabs*," celoteh Nasha bersemangat.

"Jadi si busa kuning ini manusia atau hewan?" Sanca tampak semakin bingung.

Mereka tertawa kecil. "Nasha sedang menceritakan karakter kartun dari tontonan televisi, sama seperti ketika Dewi Sri menunjukkan pada kami apa yang terjadi di Istana Calon Arang dengan menggunakan batu ajaibnya. Atau ketika Sanca memperagakan bagaimana melawan makhluk-makhluk Leak. Di dunia kami, kami menggunakan alat yang namanya televisi untuk menonton. Jadi *SpongeBob* itu tokoh yang digambar oleh manusia, karakter yang nggak nyata," jelas Faris.

Lutung Kasarung dan Sanca hanya mengangguk-angguk. Entah mereka paham atau jadi semakin bingung.

"Begini saja. Nanti kalau suatu waktu kalian bisa datang ke dunia kami, aku pasti ajak kalian nonton televisi, deh!" ujar Dani.

Kali ini mereka semua tertawa, menarik perhatian beberapa makhluk yang lewat. Pengawal Luar yang mengawal memberi tatapan galak dan menegur mereka agar tidak berisik.

Mereka pun terdiam menahan tawa. Sibuk kembali memperhatikan sekeliling. Ada tujuh jalan menuju Kerajaan Laut Selatan. Masing-masing jalan memiliki lebar sekitar tiga puluh ekor sotong besar berjejer dan jalan itu dibagi menjadi dua arah. Semua ketujuh jalan itu cukup ramai, mulai dari yang berjalan kaki hingga menggunakan kendaraan. Kendaraan yang berlalu-lalang juga sangat beragam, dari berbagai bentuk hewan—bahkan ada yang menunggangi seekor naga laut kecil—hingga berbagai bentuk gerobak dan kereta. Untuk mempercepat perjalanan, Nasha duduk di punggung Sanca—yang sedari tadi sudah menarik perhatian karena bentuk harimaunya yang mencolok.

Perhatian mereka tiba-tiba teralih ke jalan utama—jalan paling lebar di antara yang lain. Suara musik meriah dari bunyi terompet hingga gendang meramaikan pawai dan arak-arakan barisan prajurit yang berseragam hijau dan emas. Mereka berbaris rapi memanjang menuju istana. Di belakang barisan, terlihat kereta kencana emas ditarik oleh empat ekor kuda putih dengan seorang perempuan cantik mengemudikan kereta itu. Sesekali perempuan cantik berambut hitam panjang itu memecut cambuknya ke arah kuda-kuda putih. Terlihat di dalam kereta seorang lelaki muda berpakaian seperti bangsawan dengan perhiasan mahkota emas. Hampir semua pengguna jalan menghentikan langkah sejenak untuk menonton arakan melewati mereka.

"Apa itu?" tanya Nasha.

Tapi Pengawal Luar langsung melotot ke Nasha sehingga ia pun terdiam.

Setelah berjalan beberapa menit, mereka semakin dekat dengan tembok batu bangunan yang tinggi dan besar sekali. Tinggi dan tebal tembok pagar ini hampir menyerupai tembok besar Cina dan sepertinya malah lebih panjang—kalau dilihat dari perluasan tembok pembatas kerajaan yang masih terus berjalan. Beberapa bagian tampak masih dibangun. Sekitar seratus pekerja laki-laki bertelanjang dada dan hanya mengenakan celana panjang yang lusuh tampak bekerja tak kenal henti membangun tembok itu. Muka mereka memelas, seperti meminta pertolongan. Dua orang pekerja terlihat kelelahan dan berhenti mengangkat batu-batu besar. Mereka mengejar napas, melepas lelah. Tapi tiba-tiba, pengawas bertubuh besar berwajah bengis menghampiri dua pekerja itu dan langsung mengayunkan cambuknya. Pekerja-pekerja itu meringis merasakan pedihnya pukulan cambuk dan kembali memanggul batu-batu besar di pundak mereka.

Mereka adalah budak-budak Kerajaan Laut Selatan yang semasa hidupnya di dunia merupakan manusia yang sering meminta cepat kaya kepada Gusti Kanjeng Ratu. Ini adalah harga yang harus mereka bayar pada Sang Ratu. Mengabdi selamanya untuk Kerajaan Laut Selatan. Begitulah cerita Lutung Kasarung sambil berbisik, membuat mereka bergidik seram.

Akhirnya, rombongan pun tiba di pintu masuk utama istana yang agung.

❖

Gapura tampak menjulang tinggi dengan puncak berhiaskan batu-batu intan besar yang sangat indah dan menyilaukan mata. Pintu masuk utama istana dijaga oleh sepasang buaya putih. Lutung Kasarung menjelaskan maksud kedatangan pada mereka dan rombongan diperbolehkan masuk. Di dalam, rombongan disambut oleh dua makhluk Penjaga Dalam istana yang memandu mereka memasuki istana.

Mereka terus berjalan melewati beberapa pasukan kerajaan yang sedang berlatih keprajuritan. Di beberapa lokasi latihan keprajuritan, tampak beberapa laki-laki mengenakan seragam tentara militer Jerman di Perang Dunia II. Mereka memberikan pengarahan pada instruktur pelatih prajurit.

Dani yang mengenali simbol tentara Jerman berbisik pada Aydan. "Kenapa ada tentara Jerman di sini, ya?"

"Lihat itu!" bisik Aydan balik terperangah menatap kapal selam Jerman U-196 tipe IXD2.

"*Oh my, God...*" Faris terkejut dengan apa yang ia lihat hingga mulutnya menganga. "Itu bukannya kapal selam yang hilang tahun 1944, ya? Itu, kan, Komandan Werner Striegler dan 65 awak kapalnya yang hilang!"

"Tahu dari mana?" tanya Aydan berbisik.

"Aku pernah baca waktu riset proyek sekolah tentang Perang Dunia II," bisik Faris.

"Ssst! Jangan ada yang bicara," Lutung Kasarung mengingatkan karena dua Penjaga Dalam istana yang mengantar mulai memelototi mereka lagi.

Aydan dan Faris mengangguk dan saling memberikan tanda mereka akan membahas ini nanti.

Akhirnya rombongan pun tiba di dalam istana. Penjagaan tempat ini diawasi oleh empat Patih atau pengawal ratu yang terdiri dari Patih Luar dan Patih Dalam. Masing-masing Patih memiliki anak buah yang semuanya perempuan. Penjaga Dalam menyerahkan mereka pada Patih Luar yang kemudian meminta Patih Dalam untuk memberitahukan Gusti Kanjeng Ratu Kidul bahwa tamu telah tiba. Mereka diantar ke aula yang sangat besar dengan langit-langit sangat tinggi dan diminta menunggu di sana.

Sambil menunggu mereka mengamati aula itu. Ada empat pintu emas yang menggambarkan empat penjuru mata angin. Namun ada satu pintu yang menarik perhatian mereka. Pintu emas yang menghadap Selatan, pintu itu lebih lebar dari pintu-pintu yang lain. Kebetulan pintu yang lebih lebar itu belum sepenuhnya tertutup rapat ketika mereka tiba di aula. Penasaran dengan suara-suara gaduh yang terdengar seperti suara penonton bersorak-sorai meriah dari balik pintu, mereka pun mengintip apa yang sedang terjadi di ruangan itu.

Ruangan di balik Pintu Selatan itu menyerupai ruangan pertujukan berkapasitas sekitar sepuluh ribu orang. Panggung berada di tengah ruangan, sedangkan penonton duduk mengelilingi panggung. Ruangan itu penuh ribuan penonton berbagai jenis bangsa jin, mereka tampak seperti makhluk-makhluk dari planet lain. Di tengah panggung, ranjang emas besar menjadi pusat perhatian. Dan, pangeran yang mereka temui di perjalanan ternyata ada juga di atas panggung. Pangeran itu duduk di pinggir ranjang seperti patung. Lutung Kasarung langsung mengenali ranjang emas itu. Katanya, pada suatu waktu ada dua makhluk penghuni Dunia Atas yang sedang berkelahi dan ranjang emas itu jatuh terlempar ke samudra. Ia pernah diperintahkan untuk mencari benda itu, namun para makhluk laut pasti telah lebih dulu membawanya kemari. Keriuhan di dalam ruangan semakin menjadi ketika seorang perempuan tua terbang memasuki ruangan. Kain hijau yang melilit tubuhnya berkibar-kibar panjang seperti burung mengepakkan sayapnya, dan ia mendarat dengan anggun di atas panggung. Kemudian pintu emas itu ditutup rapat oleh Patih Luar yang tersadar tamunya sedang melihat apa yang seharusnya tak boleh mereka lihat.

Patih Luar buru-buru mendorong pintu emas yang berseberangan dengan ruang pertunjukan dan menyuruh mereka untuk mengikutinya. Rombongan segera memasuki pintu emas utara dan tiba di ruang berbentuk oval yang besar sekali. Mereka diminta untuk duduk di tengah ruangan di kursi-kursi yang terbuat dari rumput laut. Mereka mengamati empat puluh kursi emas yang mengelilingi mereka. Kursi-kursi itu penuh dengan ukiran halus yang indah sekali. Mereka pun menjadi bertanya-tanya siapa kiranya yang duduk di atas kursi-kursi indah itu. Namun ada satu kursi yang letaknya lebih tinggi dan ukurannya juga dua kali lebih lebar dari kursi-kursi yang lain. Kursi termegah itu mereka yakini pasti singgasana Ratu Kidul—begitu tampak agung dipenuhi dengan ukiran emas dan lapisan mutiara. Bagian atas kursi bertaburkan intan dan berbagai permata; delima, jamrud, dan macam-macam lagi yang menyilaukan mata.

Belum lama mereka duduk di kursi rumput laut yang nyaman, beberapa dayang masuk menyediakan makanan dan minuman. Tanpa disuruh, mereka segera menyantap hidangan yang disediakan dengan lahap. Setelah selesai, para dayang datang kembali membersihkan dan mengangkat sisa-sisa hidangan.

Mereka terlonjak kaget mendengar suara pintu emas yang tiba-tiba terbuka lebar. Suara gaduh dari puluhan jin perempuan yang sedang asyik mengobrol memenuhi ruangan. Mereka semua mengenakan pakaian tradisional Jawa berwarna hijau berupa kemben dan kain sarung yang dililit mengikuti bentuk tubuh. Jin-jin perempuan itu adalah keempat puluh Ratu Kerajaan Laut Selatan. Kerajaan Laut Selatan terdiri dari 2,176 kerajaan kelautan yang dibagi-bagi menjadi beberapa wilayah yang dipimpin oleh seorang ratu. Pemimpin utama dari para ratu itu adalah Gusti Kanjeng Ratu Kidul. Lutung Kasarung sempat menceritakan Kerajaan Laut Selatan ketika mereka dalam perjalanan. Awalnya, terdengar seperti dongeng, namun sekarang mereka dapat menyaksikannya dengan mata kepala sendiri.

Keempat puluh Ratu Kerajaan Laut Selatan duduk di singgasananya masing-masing, mengelilingi mereka. Semua berparas sangat cantik, hanya bentuk tubuh serta temperamen mereka yang berbeda-beda. Ada yang bertubuh gemuk, kurus, sintal, bahkan ada perpaduan antara manusia dan binatang, seperti; ikan moa, komodo, dan ada juga yang berbentuk seperti putri duyung. Sifat mereka juga terlihat dari pembawaan mereka, dari yang tampak seperti pemarah dan kasar hingga halus dan lemah lembut.

Para jin perempuan memperhatikan rombongan tamu dengan penuh rasa penasaran. Beberapa tampak sangat menaruh perhatian pada Lutung Kasarung. Aydan dan yang lainnya pun menjadi tak nyaman dan semakin menundukkan kepala bersembunyi di balik tutup kepala mereka.

Kemudian seorang perempuan cantik berpakaian seperti panglima perang memasuki ruangan. Busur panah terlihat terikat di punggungnya. Ia berdiri di dekat singgasana Ratu Kidul. Menunggu dengan hormat kedatangan Sang Gusti Kanjeng Ratu.

Gusti Kanjeng Ratu Kidul memiliki dua putri kembar yang menjadi panglima perang Kerajaan Laut Selatan. Mereka adalah Nyai Roro Kidul yang menjaga wilayah Selatan Kerajaan Laut Selatan dan Nyai Riya Kidul yang menjaga wilayah Timur dari Kerajaan Laut Selatan. Keduanya berparas cantik sekali, hanya saja Nyai Riya Kidul adalah perempuan cantik setengah ular naga; dari pinggang ke atas bertubuh manusia, dan berwujud ular dari pinggang ke bawah. Namun yang baru terlihat saat ini hanya Panglima Nyai Roro Kidul saja.

Suara gamelan menabuhkan gending Jawa mengalun pelan. Santi mengeluarkan pasir waktu dari kantongnya.

Gawat.

Sudah separuh pasir waktu berpindah ke bawah dan

mereka masih belum bertemu Ratu Kidul. Mereka semua hanya bisa mengandalkan Lutung Kasarung untuk membujuk Ratu Kidul dengan cepat. Seiringan gending Jawa mengalun merdu, mereka tiba-tiba merasakan tiupan angin dingin mengembus wajah dan menyibak tutup kepala mereka.

Aydan berusaha mencoba menarik tutup kepalanya kembali, tapi ditahan oleh Lutung Kasarung. Bocah lelaki itu menangkap isyarat bahwa tutup kepala mereka memang harus dibuka.

Beberapa Ratu mengeluarkan desahan-desahan aneh, lebih seperti mendesis. Sebagian lagi terdengar seperti mengeluarkan suara decak kagum melihat ke arah mereka. Beberapa Ratu bahkan terlampau penasaran dan berusaha mendekati mereka. Ketika itu, masuklah seorang perempuan tua yang terlihat sanggat anggun. Baru tiga langkah ia memasuki ruangan, parasnya berubah menjadi seorang gadis muda yang sangat luar biasa cantiknya. Semua Ratu memberikan salam hormat dan kembali duduk di singgasana masing-masing.

Aydan menggosok-gosokkan kedua matanya. Ia berani sumpah wajah perempuan itu sebelumnya penuh keriput dan tua! Tapi sekarang perempuan itu telah menjelma perempuan muda dengan kecantikan yang terpancar sempurna.

Ia mengenakan baju tradisional Jawa. Bahunya yang polos tertutup jubah hijau tipis dan sangat panjang hingga membentang di belakangnya. Sang Gusti Kanjeng Ratu pun duduk di atas kursi singgasana. Di samping kiri dan kanannya sejumlah dayang berdiri sambil mengipasinya dengan kipas yang terbuat dari lembaran-lembaran rumput laut. Suara musik gamelan berhenti bermain ketika Sang Ratu sudah duduk di singgasananya.

Ratu Kidul mengangkat tangannya ke arah Lutung Kasarung. Jari-jemarinya yang lentik halus seperti menari, memperlihatkan lengan yang begitu mulus. Dan keempat puluh ratu lainnya langsung terkesima kagum; ada yang mendesis, bersiul, dan ada pula yang mendesah. Bahkan beberapa ratu yang sepertinya tak bisa menahan diri terbang menghampiri Lutung Kasarung. Mereka berusaha menyentuh wajah Lutung Kasarung. Lutung Kasarung terlihat risih.

Ratu Kidul mengibaskan tangannya beberapa kali dan ratu-ratu yang mengerubungi Lutung Kasarung terpental kembali ke kursi masing-masing. Mereka tampak tak senang dan menggerutu, ada pula yang mendesis seperti ingin menggigit. Ratu Kidul tetap tersenyum manis dan mengucapkan selamat datang sambil mengingatkan para ratu untuk menjaga perilaku di depan para tamu kehormatan.

Aydan dan yang lainnya sempat bingung apa yang tiba-tiba membuat para ratu itu tertarik pada Lutung Kasarung. Mereka pun melirik Lutung Kasarung dan terkejutlah mereka; ternyata Lutung Kasarung telah berubah wujud menjadi seorang laki-laki yang sangat tampan.

"Selamat datang, Pangeran Minda," Sang Ratu menyambut lembut Lutung Kasarung. Dalam sekelebat, Sang Ratu sudah berada persis di hadapan Lutung Kasarung dan kali ini wajahnya kembali berubah—menjadi sangat mirip Ratu Purbasari, istri Lutung Kasarung. Mata Lutung Kasarung seperti tersihir oleh kecantikan Sang Ratu. Bola matanya perlahan berubah warna menjadi hitam pekat. Namun sebelum perubahan sepenuhnya terjadi, Sanca menggeram cukup keras. Menyadarkan Lutung Kasarung yang langsung menggeleng-gelengkan dan memukul kepalanya tersadar.

Ratu kidul memang memiliki kesaktian untuk dapat berubah-ubah bentuk. Bahkan ada yang mengatakan ia makhluk 1000 muka. Sang Ratu Kidul menoleh ke arah Sanca dan tersenyum, "Ah, ada utusan Prabu Siliwangi, sahabatku... dan teman-teman manusia kecil turut bersamanya..." Sambil melihat ke arah Aydan dan yang lain, ia tertawa kecil. "Hahaha! Sungguh besar nyali kalian berani datang kemari."

Sang Ratu berjalan dengan lemah gemulai mengelilingi mereka. "Baiklah, aku ingin mendengar tujuan kalian mengunjungi kerajaan kami. Atas kehormatan apa kami semua diminta berkumpul hari ini untuk bertemu dengan tamu-tamu pemberani kita?" ujarnya sambil melenggang sementara tangannya memainkan jari-jemari lentiknya seperti menari lalu menyentuh lengan mereka. Terasa hangat dan nyaman seperti sihir yang membuaikan. "Tentunya pintu kami selalu terbuka jika kalian ingin tinggal di sini selamanya. Kami akan selalu menyambut dengan tangan terbuka. Seperti yang kalian lihat, semua yang kalian inginkan, bisa kalian dapatkan dengan mudah," katanya tersenyum, dan kali ini dari tangannya, berjatuhan kepingan emas, intan, dan berbagai permata. Ia kemudian terbang kembali ke singgasananya yang megah sambil tersenyum manis.

Kecantikannya begitu sempurna, tidaklah mengherankan Dewi Candrakirana tadi mewanti-wanti mereka di atas.

Menjawab pertanyaan Sang Ratu, Lutung Kasarung—

atau Pangeran Minda, tepatnya—langsung menceritakan ramalan Empu Kuturan dan serangan Calon Arang yang ingin menguasai Dunia Bawah Tanah dan Dunia Tengah. Ia juga menceritakan Kerajaan Ande-Ande Lumut telah bergabung dan rencana mereka untuk menggempur Calon Arang di Wilayah Utara. Oleh karena itu, mereka berharap Kerajaan Laut Selatan juga bisa ikut membantu.

Sang Ratu hanya tertawa renyah diikuti tawa-tawa kecil empat puluh ratu lainnya. "Calon Arang tidak mungkin segila itu menyerang Kerajaan Laut Selatan untuk kedua kalinya. Kami sudah pernah menghajar habis-habisan Calon Arang. Kami sudah membuktikan istana kecilnya tidak bisa dan tidak akan pernah bisa menghancurkan kerajaan besar ini," serunya dengan nada sombong.

Memang di Wilayah Selatan, Kerajaan Laut Selatan adalah kerajaan terbesar dengan wilayah kekuasaan terluas dan masih terus berkembang dengan pesat. Mereka menguasai pintu penghubung Dunia Bawah Tanah dan Dunia Tengah sehingga perdagangan berjalan sangat baik. Mereka banyak membeli barang seperti kain-kain batik yang diproduksi di Dunia Tengah untuk digunakan atau diperdagangkan di Dunia Bawah Tanah. Ratu-Ratu yang lainnya pun membenarkan. Kerajaan Laut Selatan telah berdiri puluhan ribu tahun dan tak pernah ada satu pun yang mampu mengalahkan mereka.

"Tapi..." ujar Sang Ratu sambil melirik genit. "Jika Pangeran Minda berkenan tinggal di sini selamanya, kami bersedia membantu Aydan dan kawan-kawan. Tempat ini begitu indah, bahkan kutukan Pangeran Minda bisa hilang di sini. Kerajaan kami sangatlah besar. Apa pun yang Pangeran Minda inginkan pasti akan terkabul," godanya lagi. Ratu-ratu yang lain mendukung pernyataan pemimpin mereka dengan berbagai ekspresi, ada yang mengganggguk dan bahkan ada yang mengedipkan mata genit ke arah Pangeran Minda. Berbagai reaksi dari puluhan perempuan cantik itu membuat Pangeran Minda merasa tak nyaman. Belum pernah dalam hidupnya ia dikelilingi begitu banyak perempuan cantik yang semakin lama semakin mirip dengan istrinya.

Pangeran Minda hanya terdiam.

Untuk pertama kalinya wujudnya tidak perlu berubah tanpa menunggu kehadiran bulan purnama penuh. Ah, betapa rindunya dia pada Purbasari, istrinya.

Tiba-tiba suara Aydan membuyarkan lamunannya. "Maaf atas kelancangan saya, Kanjeng Ratu Kidul. Tetapi mungkin Lutung, err, maksud saya Pangeran Minda, lupa menyebutkan bahwa Calon Arang kali ini sudah berhasil merebut kembali Buku Mantra Hitam," jelas Aydan memberanikan diri.

Kali ini ruangan menjadi rusuh.

Seorang Ratu yang bertubuh gemuk berkata, "Bukankah Empu Baradah bertugas untuk menyembunyikan buku mantra itu?!"

"Panggil Empu Baradah untuk menjelaskan ini!" seru ratu yang seperti putri duyung.

"Jadi kita harus membereskan kesalahan Empu Baradah?" tanya salah satu ratu cantik angkat bicara.

Selagi para ratu sibuk berdebat, tiba-tiba angin dingin bertiup agak kencang dalam ruangan. Ratu Kidul mengangkat tangan kanannya dan semua terdiam.

"Apa yang hendak Dewi Angin sampaikan?" tanya Nyai Roro Kidul pada sesuatu yang awalnya tak terlihat oleh mata mereka.

Lama-lama tampak bayangan tipis Dewi Angin oleh mata mereka. Gabungan pasir dan angin membentuk sosok perempuan yang disebut Dewi Angin itu.

"Hamba hendak melapor pada Panglima Nyai Roro Kidul dan Gusti Kanjeng Ratu bahwa di atas; di pintu nomor lima, pasukan Calon Arang sedang menyerang. Prajurit dari Kerajaan Ande-Ande Lumut saat ini tengah menghalangi mereka," lapor Dewi Angin.

"Kurang ajar!" desis Ratu Kidul menggeram.

Ia pun segera menugaskan panglimanya, Nyai Roro Kidul, untuk melihat situasi dan melakukan apa saja yang perlu dilakukan. Sang panglima segera menyatakan siap melakukan tugas yang diberikan dan meninggalkan ruangan bersama Dewi Angin. Mereka pun menghilang dari pandangan. Ketika hendak menugaskan panglimanya yang lain, ia baru menyadari sosok sang putri—Nyai Riya Kidul—tak hadir dalam ruangan ini. Ia pun menanyakan keberadaan putrinya pada para Patih.

Namun tak satu pun bisa menjawab.

Tiba-tiba terdengar suara kegaduhan di luar dan pintu emas terbuka, masuklah perempuan setengah ular naga berlumuran darah ke dalam ruangan. Jalannya terseok-seok, meninggalkan banyak jejak darah di lantai. Semua terkejut menyaksikan Nyai Riya Kidul bersimbah darah.

Dengan sisa tenaga yang dimilikinya, ia menghadap

Ratu Kidul dan melapor. Dan dalam sekejap mata Ratu Kidul sudah dalam keadaan memeluk putrinya, Nyai Riya Kidul.

"Maafkan saya. Gusti Kanjeng Ratu. Saya telah gagal mempertahankan wilayah bagian Timur," katanya lemah dan tubuhnya perlahan berubah seluruhnya menjadi ular naga.

Ratu Kidul menjerit melengking sehingga anak-anak itu harus menutup telinga. Sang Ratu memeluk Nyai Riya Kidul, sambil menangis ia bertanya, "Siapa yang melakukan ini padamu, Nak!?"

"Ca... Ca.. Calon Arang...."

Sang putri pun kemudian mengembuskan napas terakhirnya. Seketika itu juga jeritan dengan nada sangat tinggi dan tangis melolong keluar dari mulut Sang Ratu. Membuat mereka meringis karena telinga terasa nyeri sekali meskipun sudah menutupnya dengan kedua tangan.

Tubuh Sang Ratu Kidul lantas bergetar sangat hebat dan ia perlahan berubah menjadi raksasa. Rambutnya gimbal, gigi siung tajam sepanjang tiga jengkal tangan mencuat. Raksasa itu meraung menangisi kepergian Nyai Riya Kidul sambil menggangkat tubuh ular naga yang terkulai dengan sangat hati-hati menuju singgasananya. Para Ratu satu per satu datang menghampiri tubuh ular naga yang tergolek tak bernyawa dalam pelukan Ratu Kidul. Mereka semua menangis pilu. Bahkan Nyai Roro Kidul kembali lagi dengan tergesa-gesa ke ruangan ketika mendengar jerit tangis yang histeris.

Nyai Roro Kidul langsung lemas melihat saudari kembarnya terkulai tak bernyawa. Dengan lembut ia menyeka darah-darah kering yang menutupi wajah Nyai Riya Kidul. Tak kuasa lagi air mata pun membanjiri wajahnya. Hatinya pilu. Ia bersumpah akan membalas dendam kematian Nyai Riya Kidul. Para ratu yang lain melakukan sumpah yang sama. Sedih dan amarah memenuhi ruangan. Satu per satu mereka mengelus jasad yang sudah tak bernyawa itu. Darah Nyai Riya Kidul yang melekat di tangan, mereka seka ke wajah.

Ratu Kidul tak mau melepaskan pelukannya dan mendekap Nyai Riya Kidul di dadanya sambil terus menangis. Di antara isak tangisnya, ia mendendangkan lagu kesukaan Nyai Riya Kidul. Tentunya lagu tersebut terdengar sangat asing dan aneh di telinga anak manusia. Tak ada pemandangan yang lebih memilukan dari seorang ibu kehilangan anaknya.

Hati Aydan dan yang lainnya juga turut sedih menyaksikan kematian tragis Nyai Riya Kidul. Meskipun tak mengenalnya, mereka tak dapat menghentikan air mata yang mengalir begitu saja. Perlahan mereka berjalan mendekati Ratu Kidul yang sedang berduka.

Tanpa disadari yang lain, si bungsu Nasha menangis tersedu-sedu sambil memeluk Darling. Ia tak mengenal siapa yang baru saja meninggal itu, tetapi yang ia tahu, hatinya sakit seketika mendengar suara tangis seorang ibu yang berduka karena kepergian sang anak. Mengikuti nalurinya yang masih begitu murni, kaki kecil Nasha perlahan melangkah mendekati Nyai Riya. Masih sambil tersedu ia memegang tangan Ratu Kidul, lalu Nyai Roro, dan terakhir ia memeluk tubuh ular naga yang tak bernyawa itu sambil menangis.

Tiba-tiba, suatu keanehan terjadi.

Semua mundur selangkah dan terpana menatap Nasha

dan tubuh Nyai Riya Kidul yang tampak sedikit menguarkan aura tak biasa. Tubuh Nyai Riya Kidul pun serta-merta tersentak seperti terkena tegangan listrik tinggi.

Semua suara tangis berhenti.

Diam.

Hening.

Sekali lagi tubuh Nyai Riya Kidul tersentak lebih keras dan perlahan matanya terbuka.

Ratu Kidul terkejut. Ia menatap Nasha dan perlahan berkata, "Air Tirta Amerta... Anak ini memiliki Air Tirta Amerta...! Air matanya adalah Air Tirta Amerta!" Kesedihan dan tangis yang memenuhi ruangan seketika itu juga berubah menjadi sukacita. Rasa lega dan gembira memenuhi ruangan.

Dani beberbisik pada Pangeran Minda, "Air Tirta Amerta? Apa itu?"

"Air Tirta Amerta adalah air sakti yang dapat menghidupkan orang meninggal. Tapi hanya untuk yang kematiannya memang belum pada waktunya," bisik Pangeran Minda menjawabnya.

"Oh..." ujar Aydan menyadari sesuatu. "Jadi itu yang diberikan Putri Kuning pada Nasha..." Tanpa menjawab dengan kata-kata, Dani menganggguk seperti membenarkan.

Sang Ratu tiba-tiba berdiri dan bertitah, "Panggil Komandan Werner Striegler!" Matanya masih terlihat merah, namun tubuh raksasa itu telah menyusut kembali menjadi seorang perempuan cantik. "Baiklah. Nyawa dibayar nyawa. Aku dan kerajaanku berutang nyawa pada kalian," serunya sambil melihat ke arah Aydan. Kemudian dengan tatapan lebih lembut, ia berpaling pada Nasha dan berucap, "Terima kasih, gadis kecil. Kami dari Kerajaan Laut Selatan telah berutang budi dan kami menjanjikan keselamatanmu dan saudara-saudaramu di Dunia Bawah Tanah. Kami akan melindungi kalian meskipun harus mengorbankan nyawa. Apa pun yang kalian inginkan akan saya kabulkan."

Nasha hanya tersenyum sambil memeluk si Darling dan menggoyangkan tubuhnya ke kanan dan kiri. Air mata masih membekas di pipinya yang putih tembam.

Ratu Kidul menepuk tangannya satu kali lalu seorang Patih Dalam datang menghampiri Nasha dan memberikan sebuah peluit kerang kecil. "Tiup peluit itu tiga kali dan kami akan datang. Di mana pun kamu berada baik di Dunia Tengah maupun di Dunia Bawah Tanah, saya atau panglima-panglima saya pasti akan datang." Ia kemudian menatap keempat puluh Ratu Kerajaan Laut Selatan dan bertitah, "Hei, para Ratu Kerajaan Laut Selatan, hari ini Calon Arang telah berani menantang kerajaan kita. Dan jawaban Kerajaan Laut Selatan adalah; kita akan berangus istana Calon Arang! Semua isinya akan kita habisi!"

Semua ratu mengeluarkan suara-suara bernada tinggi yang memekakkan telinga, penuh amarah dan siap untuk berperang.

Nyai Riya berusaha mengangkat lehernya. Namun tubuhnya masih lemah, sehingga ia terjatuh lagi dan harus dipapah oleh saudari kembarnya, Nyai Roro. Dengan perlahan Nyai Riya mengatakan pada ratu bahwa ia juga akan ikut bertempur. Ratu Kidul langsung membentak keras. Ia bahkan melarang Nyai Riya yang baru keluar dari maut untuk keluar dari istana. Dengan tegas ia berkata Nyai Riya membutuhkan paling tidak seratus hari hanya untuk memulihkan energinya. Sang Ratu langsung memerintahkan para dayang untuk membawa Nyai Riya ke kamarnya agar beristirahat. Tak lama para dayang mengangkat tubuh Nyai Riya ke atas tandu besar dan menghilang dari pandangan.

Ratu Kidul lalu menugaskan Panglima Nyai Roro Kidul untuk bekerja sama dengan Komandan Werner Striegler dan mengatur strategi perang.

Komandan Werner Striegler datang dikawal oleh dayang-dayang. Ia memberi salut pada Ratu Kidul, siap menerima perintah. Wajahnya tak begitu jelas karena tertutup topeng gas karet M38 *Kriegsmarine*—angkatan laut Jerman—yang berwarna hijau dengan tabung kecil menyambung dari mulut ke hidung. Kaca plastik bundar yang menutupi kedua mata tampak sudah berubah menjadi kuning keruh karena termakan usia. Ia mengenakan topi pet berwarna biru tua yang senada dengan jas kancing dua baris yang memiliki sepuluh kancing kuningan. Beberapa bagian dari seragam yang ia pakai sudah terlihat robek-robek dan di beberapa bagian tubuhnya ditumbuhi terumbu karang.

"Bersiaplah menyerang pasukan Calon Arang di Wilayah Utara!" perintah Sang Ratu Kidul.

"Siap, Gusti Kanjeng Ratu!" seru mantan perwira angkatan laut Jerman itu.

Setelah memberikan hormat pada Gusti Kanjeng Ratu, Panglima Nyai Roro Kidul langsung menghampiri Komandan Striegler dan keduanya memasuki ruang lain untuk membahas strategi. Sambil membawa peta tiga dimensi

Dunia Bawah Tanah, dua anak buah Komandan Striegler menyusul mengikuti atasannya.

Selagi Ratu Kidul dan para ratu menunggu hasil pembicaraan Panglima Nyai Roro Kidul dan Komandan Striegler, Santi kembali merogoh pasir waktu dari kantongnya.

Ah, tinggal sedikit lagi!

Kali ini mungkin tinggal seperempat pasir emas yang tersisa. Santi pun segera memberikan isyarat pada Pangeran Minda dan yang lain bahwa waktu mereka di sini sudah hampir habis.

Menangkap isyarat gadis itu, Pangeran Minda berkata, "Maaf, Ratu. Apabila berkenan, mohon kami semua diberikan izin untuk kembali bergabung dengan pasukan Kerajaan Ande-Ande Lumut. Kami berjanji untuk bertemu dengan Prabu Siliwangi dan Empu Baradah di Wilayah Utara sebelum Bulan Merah berakhir."

Ratu Kidul berhenti sejenak dan matanya menatap tajam Pangeran Minda, kemudian ia tersenyum manis. "Perjalanan ke Wilayah Utara sangat jauh sekali, dan kalian berjalan dengan manusia biasa. Tidak mungkin kalian tiba sebelum Bulan Merah berakhir. Tapi jangan khawatir, kami akan membantu kalian." Ia menepuk tangannya dua kali dan seorang Patih Luar datang menghadap sang Ratu.

"Siap, Gusti Kanjeng Ratu," jawab Patih Luar sambil menundukkan kepalanya dengan hormat. Pakaian yang dikenakan hampir serupa dengan Nyai Roro Kidul. Kemben berwarna hijau melilit bagian atas tubuh dengan bawahan kain senada yang dililit sedemikan rupa hingga menyerupai celana.

"Patih Suro, kau kutugaskan untuk menjaga dan mengawal anak-anak manusia ini. Pastikan mereka selamat sampai di tujuan. Pasukan Kerajaan Laut Selatan akan bergabung bersama kalian di Wilayah Utara sebelum Bulan Merah berakhir," perintah Ratu Kidul pada Patih Luar berwajah cantik itu.

"Siap, Gusti Kanjeng Ratu!" ujarnya seraya memberikan hormat.

Patih Suro berjalan menuju rombongan Aydan lalu meminta mereka membentuk lingkaran sambil berpegangan tangan. Ia memberikan instruksi bahwa genggaman tangan mereka sama sekali tidak boleh terlepas, lalu ia mengentakkan kakinya satu kali. Tanpa sempat memohon diri, Aydan melihat wajah Sang Ratu Kidul yang menatapnya dan mengangguk kecil perlahan buyar dan lenyap. Tiba-tiba saja, ia sudah berada di tempat mereka tiba tadi.

❖

Suasana Kerajaan Laut Selatan sudah berbeda. Budak-budak terlihat sibuk mempersiapkan perlengkapan perang. Beberapa bahkan sibuk memasukkan puluhan bulu babi, hewan laut berbentuk bulat ditutupi duri-duri beracun berwarna hitam, hijau, cokelat, ungu, dan merah ke gerobak-gerobak yang akan didorong oleh jin-jin raksasa. Sebagian lagi sibuk memasukkan berbagai persenjataan untuk bertempur nanti.

Patih Suro berbincang sebentar dengan Pengawal Luar kemudian menyuruh mereka melompat ke dalam sumur serupa yang membawa mereka kemari. Namun sebelum mereka menceburkan diri ke dalam sumur, dada mereka terasa sesak dan semakin sulit untuk bernapas. Santi menarik keluar pasir waktu. *Sial, tinggal beberapa butir pasir lagi*, serunya dalam hati. Mereka sudah hampir kehabisan waktu.

"Cepat! Cepat! Waktu kita sudah hampir habis!" Santi mengingatkan sambil terbatuk-batuk. Tenggorokannya mulai terasa terbakar.

Tanpa menunda lagi mereka segera melompat satu per satu ke dalam sumur. Aydan menutup matanya. Ia mencoba menahan rasa pedih, tenggorokannya terasa terbakar. Ia terus diliputi kegelapan hingga kakinya terasa telah berpijak pada tanah. Perlahan ia membuka mata dan terbatuk-batuk. Udara segar. Ia hirup dalam-dalam namun tak lama ia sadar pemandangan sekelilingnya langsung membuatnya bergidik.

Puluhan makhluk berwujud serigala raksasa tergeletak mati terkena panah di dada. Darah berwarna merah tua kehijauan berceceran di mana-mana.

Dengan cemas Aydan segera memantau sekeliling lapangan pertempuran. Mencari-cari di antara mayat serigala. Ketika matanya menemukan sosok-sosok yang dicemaskannya, ia menarik napas lega.

Tak jauh dari tempat mereka berdiri, Pangeran Kusumayuda dan Dewi Candrakirana tampak terengah dan masih dalam formasi pertahanan bersama para pasukan elitnya. Sekutu Calon Arang baru saja menyerang mereka dan berusaha menghancurkan portal ke Kerajaan Laut Selatan. Puluhan serigala raksasa dengan gigi runcing dan cakar yang tajam tampaknya telah menyerang mereka habis-habisan. Bila bala bantuan dari Kerajaan Laut Selatan tidak datang, mereka pasti tewas semua. Tak disangka-sangka dalam waktu singkat kekuatan Calon Arang semakin kuat, lebih kuat dari perkiraan mereka.

Dewi Candrakirana segera menghampiri beberapa prajuritnya yang terluka. Ada tiga orang yang terluka parah terkena cabikan dari cakar tajam serigala raksasa, sedangkan lainnya terluka ringan.

Dengan gesit Dani segera mengeluarkan kantong kuning pemberian Putri Kuning dan membagikannya pada para prajurit yang terluka. Biji-biji bunga kemuning sungguhlah ajaib, dalam waktu singkat luka yang mereka derita sembuh dalam hitungan detik. Tubuh prajurit yang terluka kembali segar seperti semula, seperti tidak pernah terluka sama-sekali.

Setelah Patih Suro menemui rekan-rekannya, pasukan pertahanan Kerajaan Laut Selatan, ia memperkenalkan diri pada Pangeran Kusumayuda dan Dewi Candrakirana. Pangeran dan Dewi menyambut anggota baru dalam persekutuan mereka. Keduanya sangat senang karena Patih Suro akan memandu mereka menuju Wilayah Utara. Ia paham jalan-jalan pintas sehingga mereka bisa mencapai Wilayah Utara tepat waktu.

"Kita harus segera berangkat. Waktu yang kita miliki hanya setengah hari sebelum Bulan Merah menampakkan diri. Apa kalian mampu melanjutkan perjalanan?" tanya Patih Suro kepada prajurit Ande-Ande Lumut yang tadi terluka.

"Kami sudah tidak apa-apa. Terima kasih pada gadis kecil ini," ujar mereka seraya menunjuk Dani.

"Baiklah. Untuk mencapai portal berikutnya tidak

terlalu jauh. Ayo lekas berangkat!" ujar sang Patih. Mereka pun segera berlari mengikuti langkah pemandu yang selain cantik ternyata juga sangat gesit itu. Tak terlalu jauh, hanya dalam beberapa menit berlari, Patih Suro mencabut goloknya dan menebas beberapa rumput liar. Sebuah sumur batu di balik rumput-rumput liar terlihat. Ia menyuruh mereka untuk melompat satu per satu ke dalam sumur. Kali ini tanpa ragu, mereka semua langsung melompat bergiliran.

Setibanya di dasar sumur, suasana gelap menyulitkan mereka untuk melihat sekelilingnya. Namun tidak sulit bagi Patih Suro yang sangat mengenal portal kerajaannya untuk menemukan jalan. Ia mengambil sepuluh langkah ke depan, lalu menyuruh anak-anak untuk melompat satu per satu ke dalam sumur batu yang serupa. Tiba-tiba mereka sudah muncul di daerah pegunungan.

"Ah, luar biasa! Ini sudah di Wilayah Tengah, ya?" Sang Pangeran mengagumi gunung-gunung di sekelilingnya. Beberapa pucuk gunung diselimuti oleh salju putih. Guratan-guratan nadi pada gunung tampak seperti ukiran hidup yang indah.

"Inikah jalan pintas kalian?" tanya Dewi Candrakirana pada Patih Suro.

Perempuan itu mengangguk. "Ya, ini jalan pintas yang hanya diketahui oleh kaum kami. Kalian adalah makhluk luar pertama yang pernah mengambil jalan pintas ini. Tapi perjalanan ke portal selanjutnya agak lebih rumit. Kita harus turun dan mendaki gunung itu," ujarnya seraya menunjuk gunung tinggi yang hampir separuh tubuhnya tertutup salju.

"Jangan khawatir, aku dapat mengendong Nasha. Ayo

Nasha naik ke punggungku!" kata Lutung Kasarung pada Nasha sambil membungkukkan tubuhnya. Nasha segera naik ke atas punggung si manusia kera.

Perjalanan menuju portal kedua; mereka pun mulai menuruni lereng gunung yang curam dan terjal. Sesekali terdengar suara batu-batu kerikil menggelinding dan gesekan sepatu menahan tubuh agar tidak terjatuh. Debu-debu pun naik akibat langkah mereka yang terburu, membuat kaki mereka seolah mengepulkan asap.

❖❖❖

BAB 16

Bulan Berdarah

"Bulan Merah itu apa, sih? Bulan Merah dan Bulan Berdarah itu sama saja atau beda, ya?" tanya Dani sambil menuruni gunung dengan hati-hati. Sesekali ia tergelincir karena batu-batu kerikil yang menggelosor. Patih Suro dengan sigap menangkap lengan gadis kecil itu agar tak terperosok lebih jauh.

"Betul, *Dik* Dani. Bulan Merah atau Bulan Berdarah adalah satu peristiwa yang sama. Hanya saja, penyebutannya di masing-masing wilayah Dunia Bawah Tanah berbeda-beda. Peristiwa Bulan Merah hanya terjadi tiga kali dalam 500 tahun," jawab Patih Suro.

"Jadi bulan berubah warnanya jadi merah begitu?" tanya Santi.

"Ya," jawab singkat Sanca.

Semua menoleh ke arah Sanca, tapi kemudian mata

mereka kembali sibuk memperhatikan jalan yang harus mereka lalui. Kali ini Santi jatuh terpeleset, membumbungkan debu-debu pasir ke atas. Refleks, mereka segera menutup mulut dan hidung agar debu-debu itu tak terhirup. Santi mengomel kesal pada batu-batu kerikil yang memperlambat jalan mereka. Faris mengulurkan tangannya dan menolong Santi untuk bangkit kembali.

"Lalu kenapa bisa jadi merah?" Aydan penasaran.

"Bulan Merah terjadi ketika Planet Merah, Planet Bumi, dan Matahari berada dalam garis sejajar dan Bulan masuk ke dalam bayangan Bumi. Ketika itu pula pintu Dunia Atas, Dunia Tengah atau dunia asal kalian, dan Dunia Bawah Tanah, berada dalam posisi sejajar," ujar Patih Suro menjelaskan.

Kwak!

Kwak!

Kwak!

Suara burung gagak yang melayang di atas kepala mereka langsung membuat Patih Suro langsung menghentikan percakapan.

"Mereka sudah mengetahui keberadaan kita!" seru Pangeran dan Dewi Candrakirana seraya mengeluarkan busur panah dan dengan tangkas membidik burung-burung berwarna hitam pekat itu.

Desing suara anak-anak panah melesat tepat mengenai sasaran. Membuat burung-burung hitam itu berjatuhan dari angkasa. Mati.

"Kita harus lebih cepat!" seru Patih Suro mulai berlari. Mereka semua meluncur ke bawah. Bahkan sampai jatuh terguling-guling. Sakit dan perih; luka-luka pada kulit sudah tak lagi mereka pedulikan. Lari. Lari. Hanya itu yang ada dalam benak mereka. Berlari cepat sekuat tenaga.

"Masih jauh?" Faris terengah-engah.

"Sekitar 1,200 langkah!" teriak Patih Suro.

"Ya, Tuhan!" seru Santi cemas.

Jantung mereka berdebar kencang. Entah karena berlari terlalu kencang atau karena kecemasan yang mulai menghantui. *Apa lagi yang akan menyerang mereka?* Aydan merasa bunyi dengup jantungnya semakin kencang. Matahari pun seakan ikut berlari dan tenggelam. Perjalanan mereka semakin berat. Jalan menanjak memperlambat langkah mereka. Aydan mulai terengah-engah. Kehabisan napas.

"Aydan, cepat naik ke punggungku!" kata Sanca sambil menurunkan badannya untuk memudahkan bocah itu naik. Tanpa perlu ditanya dua kali, Aydan segera memanjat naik ke punggung Sanca. Ia peluk erat leher Sanca dan bulu-bulu halus terasa menyeka pipinya.

"Sedikit lagi! Lekas!" seru Patih Suro menyemangati rombongannya. Suara suitan samar terdengar membuat ia memasang telinga dan mendengak pada langit. Diikuti dengan suara lengkingan dan kepakan sayap yang semakin lama semakin keras. Mereka menengadahkan kepala ke langit untuk melihat asal suara itu.

Beberapa burung elang hitam masih mengitari mereka, dan dari kejauhan tampak beberapa puluh makhluk bersayap kelelawar dengan ekor panjang terbang ke arah mereka. Cakar-cakar yang panjang tampak menggapai-gapai dari kejauhan.

"Sial! Ahool!" seru Faris memberi tahu yang lain.

"Apa!?" ujar Santi dengan nada panik.

"Lari, anak-anak!" seru Pangeran Kusumayunda setelah melihat ke atas.

Santi tergelincir lagi, tapi Faris segera menariknya. Mereka semua berlari. Mata mereka terfokus pada Patih Suro yang berlari di depan.

"Kami akan menghadang mereka!" seru Dewi Candrakirana mengeluarkan busurnya bersiap-siap memanah. Hal serupa dilakukan oleh pasukan elit Ande-Ande Lumut. Panah Dewi Candrakirana kembali melesat ke udara menembus kepala salah satu burung elang. Para pasukan elit pun segera membentangkan busur dan memanah burung-burung elang hitam yang mengitari, penanda keberadaan mereka. Sambil berlari, mereka berusaha menghindari burung-burung yang berjatuhan seperti hujan.

"Sampai!" Patih Suro segera mengeluarkan goloknya dan menebas rumput liar dengan ganas sampai terlihat sebuah sumur batu.

"Ini portal terakhir, tugas saya selesai di sini. Kalian lekas pergi saya akan pastikan tak ada satu pun Ahool yang dapat menghentikan kalian. Semoga berhasil. Cepat-cepat!" serunya.

Tanpa sempat berpamitan, satu per satu mereka melompat turun.

Salah satu Ahool sudah mendarat dan mulai menyerang, namun dihadang oleh pasukan elit Ande-Ande Lumut. Makhluk itu tumbang dengan sepuluh panah bersarang di tubuhnya. Lengkingan suaranya saat menemui ajal sangat memekakkan telinga.

Aydan melompat. Terjun memasuki lorong gelap dan panjang. Kali ini lebih panjang dari sumur-sumur sebelumnya. Setelah beberapa saat meluncur melewati bebatuan berlumut, akhirnya ia terhempas ke tanah keras. Matahari telah menghilang dan bulan bulat putih telah muncul. Satu per satu anggota kelompok kecil mereka mendarat di belakangnya. Satu prajurit Ande-Ande Lumut terbunuh, sedangkan Patih Suro terjatuh ke dalam jurang ketika membunuh seekor Ahool, begitu lapor prajurit terakhir.

Mereka pun terhening berduka.

"Sssttt! Sembunyi!" desis Faris langsung menarik Aydan untuk bersembunyi di balik bebatuan.

Dari celah bebatuan, Aydan mengintip. Tak jauh dari tempat mereka bersembunyi, istana perpaduan antara kayu trembesi dan batu-batu andesit berdiri dengan kokoh, tinggi menjulang. Aura hitam menyelimuti istana itu, membuatnya semakin terkesan angker.

"Kita sudah sampai?" bisik Aydan pada Sanca yang berada di samping.

"Ya. Itu Istana Calon Arang," jawab Sanca menunjuk puri bebatuan itu.

"Sssttt... Diam! Ada yang datang," bisik Dewi Candrakirana sambil merentangkan busurnya ke atas.

Mereka semua mendongak. Gelisah dan kekhawatiran menyelimuti. Jangan-jangan serangan udara lagi? Apakah kedatangan mereka juga sudah diketahui?

Di langit malam, burung berwarna putih tampak membelah langit.

"Tahan!" seru Sanca.

Dewi pun mengurungkan niatnya untuk memanah elang putih yang terbang melandai dan hinggap di bahu Sanca. Elang itu membisikkan Sanca sesuatu. Setelah Sanca menganggukkan kepalanya beberapa kali, burung itu terbang dan menghilang dalam pandangan mereka.

Sanca menjelaskan pada mereka bahwa Prabu Siliwangi dan sepuluh ribu pasukan gajah dan harimau putih telah membuat perkemahan di Barat Daya, jaraknya sama seperti tujuh ribu gajah yang berbaris dari tempat mereka sekarang atau sekitar tiga puluh lima kilometer dalam satuan dunia manusia. Para prajurit Kerajaan Ande-Ande Lumut, prajurit Kerajaan Laut Selatan, dan beberapa kerajaan lain telah bergabung dan tiba di perkemahan. Calon Arang dan pasukannya belum mengetahui keberadaan mereka hingga saat ini, karena Prabu Siliwangi telah memasang aji-aji di sekeliling perkemahan, membuat mereka tak terdeteksi. Jadi Sanca beserta Pangeran Kusumayuda dan Dewi Candrakirana diminta untuk segera bergabung dengan mereka, sementara anak-anak tetap tinggal bersama Lutung Kasarung dan dua prajurit elit Ande-Ande Lumut. Mereka harus menunggu hingga aba-aba penyerbuan—serupa panah api berwarna kebiruan—terlihat, saat itulah mereka mulai menyusup masuk ke Istana Calon Arang.

"Aydan, hanya kamu yang dapat menghentikan penyerbuan Calon Arang ke Dunia Tengah. Kami semua sangat bergantung padamu," ujar Sanca.

Bocah lelaki itu refleks memegang lengan si harimau putih, "Sanca, apa yang harus aku lakukan?" katanya cemas dan takut.

"Buku Mantra Hitam itu sudah dimantrai sehingga hanya anak manusia terpilih yang dapat menghentikan semua ini. Dan kamu adalah yang terpilih, Aydan. Jadi yang harus kamu lakukan adalah mengambil Buku Mantra Hitam dan letakkan Batu Hijau di atas Buku Mantra Hitam itu. Bila kamu berhasil melakukannya sesuai petunjuk, maka Calon Arang tidak akan dapat berbuat apa-apa lagi. Setelah itu, serahkan semuanya pada Dewi Sri, beliau akan mengambil alih."

Walau di dalam hati ia masih meragukan kemampuannya sendiri, Aydan mengangguk. *Makhluk-makhluk legenda ini terlalu banyak berharap*, pikirnya dalam hati. Apakah ia sanggup?

Sanca sedikit mencemaskan Aydan, *apa ia bisa mengingat apa yang harus dilakukan?*

"Ya, ya, ya. Aydan harus memegang Buku Mantra Hitam dan meletakkan Batu Hijau sebelum Bulan Berdarah selesai. Aku rasa ia sudah paham itu," Lutung Kasarung memotong, berusaha membuat Aydan lebih tenang. Bocah itu terlihat terlalu tegang menurutnya.

"Berapa banyak waktu yang kita miliki?" tanya Faris, terdengar risau dari suaranya.

Semua mata memandang Sanca.

Sanca pun menarik napas panjang, "Waktu kalian tidak banyak. Begitu bulan menjadi merah sepenuhnya. Kalian hanya memiliki waktu tidak lebih dari sepuluh menit, jika lewat... semuanya tidak lagi dapat dihentikan. Pintu yang memisahkan Dunia Bawah Tanah dan Dunia Tengah tidak akan dapat ditutup kembali. Bila pembatas ruang antar dunia hilang, maka kekacauan tidak akan dapat dihindari." Sanca lantas tersenyum dan menepuk pundak Aydan. Dengan tatapan tajam dan meyakinkan ia berkata, "Saya percaya Aydan pasti bisa."

Aydan terdiam sesaat. "Aku akan berusaha sebisaku, pasti."

Sanca pun pamit pergi bersama Pangeran Kusumayuda dan Dewi Candrakirana. Dalam sekelebat mereka hilang di pekatnya malam. Meninggalkan mereka berdelapan yang saling merapatkan diri. Bersembunyi di bawah terangnya cahaya bulan.

❖

PERSEKUTUAN KERAJAAN-KERAJAAN

Tiga puluh lima kilometer barat daya dari Istana Calon Arang, Prabu Siliwangi telah mendirikan perkemahan. Ribuan tenda-tenda putih berjajar rapi. Sepuluh ribu tentara tak takut mati Sang Prabu serta ratusan pasukan gajah dan harimau putih telah siap menyerbu. Di setiap sudut tampak kendil-kendil putih kecil, itulah aji-aji yang dipasang oleh Prabu Siliwangi agar mereka tak terdeteksi oleh Calon Arang. Seperti balon transparan besar, melindungi apa pun yang berada di dalamnya. Sehingga secara kasat mata yang terlihat hanyalah hamparan padang rumput luas. Puluhan ribu pasukan Sang Prabu tak dapat terlihat dengan mudah.

Di pusat tenda-tenda putih itu, berdiri sebuah tenda paling besar. Para pemimpin kerajaan di Dunia Bawah Tanah satu per satu mulai memasuki tenda itu.

Suasana semakin memanas sejak kehadiran para ratu dari Kerajaan Laut Selatan. Wajah Prabu Siliwangi semakin memerah menghadapi ratu-ratu berkarakter unik dan bahkan aneh itu. Kumisnya yang lebat tampak naik turun menandakan kesabarannya sudah hampir habis. Raja Siluman Harimau Putih khawatir Prabu Siliwangi akan meledak marah. Untung saja Panglima Nyai Roro Kidul dan makhluk asing yang dihidupkan oleh Ratu Kidul—bernama Komandan Werner Striegler—dapat membaca situasi yang mulai kisruh. Panglima Nyai Roro Kidul meminta keempat puluh ratu untuk menunggu di luar dan suasana menjadi lebih terarah. Meskipun sambil mengomel, ratu-ratu itu akhirnya keluar dari tenda.

Raja Siluman Harimau Putih mengatakan pada Prabu Siliwangi bahwa ia baru saja mendapat berita bahwa Sanca, Aydan, dan kawan-kawan telah tiba di Wilayah Utara.

"Bagus, sesuai rencana," kata Prabu Siliwangi. Dia pun bersiul dan seekor elang putih terbang memasuki tenda dan hinggap di lengannya yang kokoh. Sang Prabu membisikkan pesannya pada elang itu, kemudian burung bermata tajam itu terbang melesat keluar membawa pesan Prabu Siliwangi.

Sebelum pembahasan dimulai kembali, angin berembus kencang membuat tenda berguncang keras. Pintu tenda yang terbuat dari kain terpal tersentak terbuka lebar. Tak lama, Ratu Kidul memasuki tenda dengan anggun. "Ah, sahabatku Prabu Siliwangi dan Raja Siluman Harimau Putih. Sudah lama aku tidak bertemu kalian," ujarnya tersenyum manis.

Prabu Siliwangi dan Raja Siluman Harimau Putih

memberi salam pada perempuan cantik di hadapan mereka.

"Kapan kita akan menyerbu?" tanya Sang Ratu Kidul pada Nyai Roro.

"Kita masih menunggu kedatangan Empu Baradah, dengan harapan ia berhasil mengajak Kerajaan Tengah untuk bergabung," sahut Raja Siluman Harimau Putih.

"Hah! Hahaha!" Sang Ratu tertawa renyah dengan nada sedikit mencemooh. "Aku berani bertaruh Empu Baradah tidak akan berhasil mengajak Kerajaan Tengah. Makhluk-makhluk kuno itu tidak akan membantu, kecuali jika kepentingan mereka terancam. Calon Arang mengetahui itu dengan baik dan dia tidak akan menyentuh Kerajaan Tengah."

"Baiklah... Kita akan memastikan itu setibanya Empu Baradah di sini. Kalau begitu sekarang sebaiknya kita memutuskan siapa yang akan memimpin penyerangan?" ujar Raja Siluman Harimau Putih.

Prabu Siliwangi dan Ratu Kidul menjawab bersamaan.

"Saya!"

Perdebatan antar kedua pimpinan besar ini tak dapat dihindari. Bahkan mereka masih terus beradu mulut ketika Sanca dan kedua pemimpin Kerajaan Ande-Ande Lumut datang bergabung. Perdebatan baru berhenti ketika Dewi Sri dan Empu Baradah muncul.

Dengan getir Empu Baradah melaporkan kegagalannya membujuk Kerajaan Tengah untuk bergabung. Raja Kerajaan Tengah hanya memberikan sebuah tongkat kayu kokka padanya. Selebihnya, mereka tidak akan turut campur.

Wajah Dewi Sri tampak sedih, "Aku tidak menyukai

peperangan ini...."

"Dewi Sri, kami tahu kau sangat menentang ini. Tapi bukankah Dewi Sri sendiri telah berusaha membujuk Calon Arang berkali-kali. Apakah dia membatalkan niatnya setelah memiliki Buku Mantra Hitam? Tidak. Hatinya telah dibutakan oleh kebencian dan dendam. Niatnya jelas ingin menghancurkan Dunia Tengah," tandas Empu Baradah.

Dewi Sri menghela napas panjang, "Kebencian akan berakhir bila Buku Mantra Hitam lenyap selama-lamanya. Baiklah, Empu Baradah, apa rencanamu? Mari kita dengarkan."

Empu Baradah menjelaskan, seperti yang semua makhluk di ruangan itu ketahui, Istana Calon Arang memiliki lima pintu masuk. Pintu Leak, Pintu Angin, Pintu Air, Pintu Api, dan Pintu Darah. Saat ini Aydan dan kawan-kawan sudah berada tak jauh dari bagian belakang Istana Calon Arang atau Pintu Darah. Empu Baradah lantas mempersilakan masing-masing pemimpin kerajaan untuk memilih wilayah penyerbuan mereka. Setelah diskusi cukup panjang, akhirnya para pimpinan menyepakati pembagian wilayah penyerbuan. Pasukan Kerajaan Laut Selatan akan memimpin penyerbuan Pintu Leak, Pasukan Prabu Siliwangi dan sekutunya akan memimpin penyerbuan Pintu Angin, Raja Siluman Harimau Putih akan memimpin penyerbuan Pintu Api, dan Kerajaan Ande-Ande Lumut dibantu pasukan Kerajaan Laut Selatan akan memimpin penyerbuan Pintu Air. Sedangkan Empu Baradah, dibantu Sanca dan tentara sekutu, akan memimpin penyerbuan Pintu Darah.

Seiring para pemimpin bergegas keluar tenda untuk

mengatur pasukan masing-masing, Empu Baradah dengan tegas kembali menandaskan, “Usahakan kalian terus menggempur hingga mencapai menara tertinggi di Istana Calon Arang! Ia dan murid-muridnya akan membuka portal dari atas menara itu!” Tiba-tiba raut wajah Empu Baradah berubah khawatir—firasatnya buruk. “Lekas bergegas! Segera berikan aba-aba penyerbuan akan dimulai! Aydan dan kawan-kawan tak bisa menunggu lebih lama. Mereka dalam bahaya. Kita harus segera menyerbu!”

Dengan gagahnya Dewi Candrakirana berjalan ke pusat lapangan, lalu mengangkat busur dan membidikkan panah api berwarna kebiruan ke udara.

Tanda penyerbuan pun dimulai!

Malam akan mengukir pertempuran terbesar dalam sejarah Dunia Bawah Tanah yang tak dapat lagi terhindari.

Air mata Dewi Sri mengalir, jatuh di tanah dan berubah menjadi tetumbuhan baru di tanah Wilayah Utara. Peperangan baginya adalah akhir dari kehidupan, sedangkan ia adalah pemberi kehidupan. Tangannya membelai tanaman-tanaman yang baru tumbuh di tanah tandus itu. Hatinya yang lembut menyayangkan sikap Calon Arang yang keras kepala. Perempuan tua itu sudah terlalu dibutakan oleh kebencian dan dendam. Buku Mantra Hitam harus dimusnahkan. Selama Buku Mantra Hitam masih ada, Calon Arang tidak akan dapat melupakan ketamakannya untuk menguasai dan menghancurkan Dunia Tengah. Dewi Sri menarik napas panjang. Ia akan melakukan apa pun yang dapat menjaga perdamaian Dunia Bawah Tanah dan Dunia Tengah. Ia pun berdoa agar korban yang jatuh tak banyak dalam pertempuran ini.

Penyerbuan Pintu Leak ~ Pasukan Kerajaan Laut Selatan Dipimpin Panglima Nyai Roro Kidul

Pintu Leak merupakan pintu utama bagian depan Istana Calon Arang. Dari semua pintu yang ada, pintu inilah yang paling ketat penjagaanya. Karena pintu ini merupakan simbol dari kekuatan pertahanan Istana Calon Arang. Penjagaan terdiri dari berbagai lapisan pasukan Calon Arang; ratusan ribu pasukan burung gagak dan Genderuwa, pasukan Ahool, pasukan Rarung, pasukan Raksasa, dan pasukan Leak yang beringas.

Panglima perang Kerajaaan Laut Selatan yang gagah, Nyai Roro Kidul, memimpin penyerbuan bersama keempat puluh ratu Kerajaan Laut Selatan dan prajurit mereka. Sebenarnya menghadapi satu ratu Kerajaan Laut Selatan saja sudah tantangan tersendiri, kali ini mereka semua bersatu padu menyerang bersamaan. Membuat pasukan Leak yang dikenal beringas sedikit ketar-ketir. Bulu babi berwarna hitam, hijau, cokelat, ungu, dan merah tampak beterbangan di udara. Leak-Leak yang terkena sambitan bulu-bulu babi itu langsung menjerit kesakitan dan lumpuh terkena racun.

Jeritan sebelum ajal terdengar riuh rendah seiring hujan anak-anak panah memenuhi angkasa. Beribu-ribu korban mulai berjatuhan. Sebagian besar dari kubu Calon Arang. Siapa pun tak dapat menyangkal kehebatan dan keganasan pasukan Kerajaan Laut Selatan yang dipimpin perempuan cantik bernama Nyai Roro Kidul. Mereka begitu dipenuhi semangat membalas dendam demi saudari mereka, Nyai Rara Kidul, yang hampir menjemput maut. Ratusan ribu Leak, Genderuwa, dan makhluk-makhluk mengerikan lainnya tak bisa menghentikan keganasan serbuan mereka. Mereka melaju terus seperti naga mengamuk. Membinasakan apa pun yang berada di depan mereka.

PENYERBUAN PINTU ANGIN

PASUKAN PRABU SILIWANGI DAN SEKUTUNYA

Suara gemuruh derap kaki ratusan pasukan gajah Prabu Siliwangi melaju menyerbu Pintu Angin Istana Calon Arang, diikuti oleh ribuan prajurit Prabu Siliwangi yang tak kalah menyeramkan. Mereka melaju seperti embusan angin, ringan, dan sangat cepat.

Mendadak, gajah-gajah yang berada di gugusan terdepan jatuh tersungkur. Pagar dari pohon enau yang mengeluarkan bau busuk dan beracun membinasakan puluhan pasukan gajah yang menyerang dalam sekejap. Para prajurit melompat maju ke depan mengayunkan goloknya untuk membabat pohon tanpa daun itu. Namun batang pohon enau menyemburkan api. Golok terpental dan tangan para prajurit pun terbakar. Suara jeritan terdengar di mana-mana.

Prabu Siliwangi melompat turun dari gajahnya. Ia mencabut senjata kujangnya dan mengarahkannya ke pohon-pohon enau itu. Mulutnya merapal mantra, lalu dari senjata kujang itu keluarlah halilintar menggelegar. Kilat membelah langit menghantarkan listrik bertegangan tinggi yang membakar pohon-pohon enau itu. Satu per satu pohon-pohon enau yang terbakar berubah menjadi ribuan Leak, seperti ribuan semut yang keluar dari sarangnya yang terbakar.

Pasukan Prabu Siliwangi langsung melaju dengan goloknya membabat kepala-kepala Leak. Serta-merta datang angin puyuh berputar-putar seperti gasing. Puluhan prajurit terangkat oleh angin puyuh itu, terhempas dan terbanting keras ke tanah. Suara patah tulang dan rintihan kesakitan terdengar di mana-mana.

Prabu Siliwangi memasang kuda-kuda dengan kedua belah tangan bertemu di dadanya. Mulutnya merapal mantra-mantra, lalu ia melompat masuk ke dalam pusaran angin puting beliung itu. Seperti menari-nari dalam putaran angin, ia menghunuskan senjata kujangnya, bertempur dengan sang angin. Dengan gerakan kilat ia memutar-mutarkan senjata kujangnya, menghunus ke berbagai penjuru. Hingga akhirnya kekuatan angin puyuh itu semakin melemah. Sang Prabu melompat berputar-putar di udara, dan mendarat dengan tegak dan gagah di atas sebuah batu besar. Rambutnya yang panjang terurai angin dan berkibar. Senyum sinis menghias wajahnya.

"SERBU!!!" teriaknya, diikuti teriakan semangat prajurit-prajuritnya.

Penyerbuan Pintu Api

Pasukan Harimau Putih

Raja Siluman Harimau Putih dan puluhan harimau lainnya berlari seperti angin menuju Pintu Api. Di depan Pintu Api, mereka dihadang oleh serigala-serigala yang besarnya dua kali tubuh mereka. Dua binatang itu berhadapan dan saling menggeram. Masing-masing memamerkan barisan taring yang tajam dan cakar-cakar yang runcing. Geraman suara mereka semakin menggelegar dan menyeramkan. Raja Siluman Harimau Putih melompat lalu menyerang dengan ganas. Saling gigit dan saling cakar. Tubuh serigala melayang dan terjatuh ke tanah. Debu-debu pasir naik ke udara. Dengan sempoyongan, serigala itu berusaha bangun dan kembali menyerang Raja Harimau Putih dengan giginya yang runcing-runcing dan berbisa. Raja Harimau Putih berkelit lalu menggigit leher serigala hingga putus dari kepalanya. Lolongan jeritan kesakitan sebelum ajal menggoyahkan nyali kawanannya.

Selagi pertarungan sengit tengah terjadi, para penyihir jahat atau Leak menjelma menjadi burung-burung garuda dan menyerang dari udara. Mata mereka menyemburkan api. Dengan paruh dan cakar-cakarnya yang berbisa, mereka telah berhasil melumpuhkan beberapa harimau putih.

Melihat itu Raja Siluman Harimau Putih makin mengamuk. Serigala yang berada di dekatnya langsung disambar, digigit, dan dilemparkan ke arah burung-burung garuda itu. Tubuh serigala melayang dan menghantam beberapa burung garuda, akibatnya mereka terjatuh ke tanah dan langsung menjadi mangsa harimau-harimau putih yang segera mencabik-cabik burung itu tanpa ampun.

"Hahaha! Kita berjumpa lagi!" suara menggelenggar keluar dari serigala yang besarnya tiga kali lipat dari serigala-serigala lain. Bulunya kasar, sebagian sudah botak-botak, guratan-guratan bekas luka cakar memenuhi badan dan mukanya.

Raja Siluman Harimau Putih menggeram.

"Rupanya kau belum puas untuk mati," ujar Raja Siluman Harimau Putih.

"Kau mendorongku ke jurang menuju Dunia Bawah Tanah. Sejak itu hidupku dan anak buahku seperti neraka di sini," ujarnya terkekeh. "Apa yang telah kau perbuat pada anak manusia yang ke-10.000 itu, huh!? Apa kau menjadikannya seperti dirimu sehingga ilmuku tidak bertambah sakti?" lanjutnya.

Raja Siluman Harimau Putih kembali menggeram dan memperlihatkan giginya yang runcing-runcing. "Raja Serigala busuk! Apa kau pikir aku akan membiarkanmu menjadi yang makhluk sakti tak terkalahkan? Mimpi kau!" Ia lalu mengambil ancang-ancang menyerang. "Bersiaplah menemui kematianmu hari ini," geram Sang Raja Siluman Harimau Putih diikuti auman yang memekakkan telinga. Ia melompat dan menerkam pemimpin serigala yang langsung berkelit menghindari serangan. Debu-debu tanah naik menyamarkan bayangan. Malam ini pertarungan ulang dua raja binatang perkasa akan berlangsung hingga salah satu mati.

PENYERBUAN PINTU AIR

PASUKAN ANDE-ANDE LUMUT BERSAMA KERAJAAN LAUT SELATAN

Kapal selam Jerman U-196 diam-diam meluncur menyusuri sungai yang mengalir ke dalam Istana Calon Arang. Sebagian besar permukaan kapal selam sepanjang 87,5 meter itu tertutup terumbu karang dan alga sehingga membuatnya nyaris tidak terlihat. Di dalam kapal selam itu Komandan Werner Striegler bersama 65 awak kapalnya telah bersiap-siap melakukan penyerbuan. Puluhan pasukan elit Kerajaan Ande-Ande Lumut, manusia ikan dari suku Kuluma, berenang tanpa suara mengikuti di belakang kapal selam. Mereka semua membawa senjata berbentuk seperti *sphere gun*.

Satu per satu torpedo melesat dari tubuh bagian depan kapal selam membobol pintu besi yang menghalangi jalan masuk ke istana. Dengan kecepatan penuh 6,9 knot[1] kapal itu melaju menembus pintu besi yang telah dirusak. Namun bunyi ledakan torpedo telah membangunkan para penjaga air istana. Tiga belut listrik sepanjang empat puluh meter meliuk-liuk terbangun. Melihat serangan kapal selam, belut-belut itu langsung menyerang dengan kejutan listrik bertegangan tinggi dan langsung melumpuhkan kapal penyusup itu. Komandan Werner Striegler bersama 65 awaknya pun keluar dari kapal. Wajah para awak Komandan Werner Striegler seluruhnya tertutup topeng gas karet M38 *Kriegsmarine* berwarna hijau yang sudah termakan usia. Hampir seluruh tubuh mereka telah ditumbuhi terumbu karang. Sedangkan, baju seragam para awak yang sudah robek-robek lapuk tertutup oleh alga.

Beberapa awak terpental jauh terkena kejutan listrik yang dilancarkan dengan gencar oleh belut-belut raksasa. Pasukan manusia ikan menembakkan tombak-tombak yang melesat dari *sphere gun* ke tubuh musuh, namun tak mudah untuk melumpuhkan belut-belut raksasa itu. Beberapa prajurit manusia ikan yang terkena kejutan listrik

---

1 Setara dengan 12,8 kilometer/jam.

bertegangan tinggi tewas seketika dengan tubuh hangus. Lain halnya dengan awak kapal U-196 yang hanya terpental jauh ketika terkena sengatan, meskipun meringis kesakitan mereka tetap hidup.

Adrenalin Komandan Striegler dan para awak kapalnya terpacu. Untuk sesaat, pertempuran ini mengingatkan Komandan Striegler akan kenangan masa lalu. Awal dari babak kedua dalam hidupnya.

1944. Ketika itu kapal selam U-196 terkena ranjau dan terhempas di dasar laut. Air laut merembes deras memasuki kapal, baut-baut terpental lepas karena tekanan, dan persediaan udara semakin menipis. Saat itu, mereka hanya bisa berdoa agar kematian yang sudah di depan mata tidak begitu menyakitkan. Di antara detik-detik ajal menjemput, makhluk-makhluk laut yang sangat cantik seperti malaikat datang menolong. Mereka terhipnotis dengan kecantikan makhluk-makhluk yang membawa mereka menghadap penguasa Laut Selatan, Gusti Kanjeng Ratu Kidul. Di istananya nan agung, Sang Gusti Ratu memberikan penawaran yang begitu menggoda, "Para pelaut yang gagah berani, bila kalian mengabdi padaku, akan kuberikan kalian keabadian. Keabadian dari kehidupan yang berbeda dari dunia sebelumnya, dunia yang tentu lebih menyenangkan. Bila kalian memilih kembali ke kapal selam, kematian akan menjemput dan menelan kalian di kegelapan dasar laut yang hampa." Semenjak itu Komandan Werner Striegler bersama 65 awaknya telah menyerahkan nyawa mereka dan menjadi bagian Kerajaan Laut Selatan. Dan mereka mendapatkan hadiah keabadian dari Gusti Kanjeng Ratu Kidul. Tak satu pun makhluk di Dunia Bawah Tanah dapat merenggut nyawa mereka.

Pertempuran pun berlangsung sengit untuk melumpuhkan tiga belut listrik raksasa penjaga Pintu Air Istana Calon Arang. Komandan Werner Striegler menyuruh anak buahnya melemparkan kawat besi yang segera ditangkap oleh prajurit manusia ikan. Suku Kuluma memang dapat berenang jauh lebih cepat dari mereka, namun mereka rentan terhadap serangan listrik.

"Berikan senjata kalian padaku!" seru Komandan Striegler pada tiga prajurit suku Kuluma.

Dengan tangkas Komandan Striegler segera mengikatkan kawat besi pada ujung-ujung tombak. Ia lalu memanggil dua orang awaknya. "Tusukkan tombak ini di antara kedua mata belut itu. Kamu!" instruksi sang komandan sambil menunjuk awak yang bertubuh tinggi kurus. "Serang belut sebelah kiri dan kamu serang sebelah kanan! Saya akan menusuk belut di tengah. Bersiap-siaplah!" Ia lalu menoleh ke arah prajurit-prajurit manusia ikan. "Bantu kami berada sedekat mungkin dengan belut-belut itu!" perintahnya.

Prajurit elit Ande-Ande Lumut segera menganggguk. Dengan kecepatan tinggi mereka mendorong Komandan Striegler dan dua awaknya untuk berada pada titik terdekat musuh. Begitu tinggal beberapa meter mencapai musuh, prajurit-prajurit elit itu terpental hangus terkena sengatan listrik, namun Striegler dan dua awaknya berhasil berada di dekat kepala belut.

"Sekarang!" komandonya sambil melemparkan tombak.

Ketiganya segera melemparkan tombak tepat mengenai sasaran. Membuat tubuh mereka terpental jauh karena tegangan arus listrik yang sangat besar.

Seketika itu juga listrik mengalir dari ujung tombak, secepat kilat menghantarkan arus listrik ke kawat-kawat besi yang telah mengelilingi tubuh belut-belut itu. Ledakan listrik terjadi dengan dahsyatnya. Sontak belut-belut itu lunglai tenggelam ke dasar dalam keadaan gosong.

"MAJU!" teriak Komandan Striegler.

❖❖❖

BAB 17

Lorong Mimpi

Dua jam sudah lewat. Belum ada tanda-tanda dari Prabu Siliwangi dan yang lainnya. Mereka mulai gelisah. Mereka tak berani bergerak sebelum ada tanda penyerbuan. Tiba-tiba prajurit Ande-Ande Lumut mengisyaratkan ada yang datang. Mereka pun hening diam seperti patung.

Di bawah cahaya bulan purnama, dua penyihir cantik, berpakaian hitam dan merah berjalan mendekati tempat persembunyian mereka.

"Makhluk jenis apa itu?" tanya Nasha berbisik sambil memegang erat si Darling.

"Rarung," Lutung Kasarang balas berbisik dan mengisyaratkan mereka untuk diam.

Hidung mereka mengendus-endus seperti mencari bau makanan yang harum.

“Kamu mencium bau anak-anak manusia sampai kemari?” tanya Rarung yang lebih muda.

“Ya! Karena kamu belum pernah memakan anak manusia, jadi kamu tidak bisa mencium bau mereka. Baunya manis sekali. Ah... sudah lama aku ngidam daging mereka.” Ia mengendus semakin kuat. “Hmmm... rezeki kamu hari ini. Sepertinya aku mencium lebih dari satu anak manusia...” kekehnya kesenangan. “Baunya...” Belum sempat ia menyelesaikan kalimat, panah melesat tepat mengenai pusat dahinya.

Badannya terjengkang ke belakang.

Mati di tempat.

Rarung yang masih muda terkejut. Dengan lengkingan nada sangat tinggi ia menjerit sekuat tenaga, “PENYUSUP!” Satu lagi panah melesat dan mendarat tepat mengenai pusat dahi. Sama seperti seniornya, ia pun terjengkang mati.

Prajurit Ande-Ande Lumut masih memegang busurnya dalam keadaan siaga. Mata mereka dengan awas menyusuri bukit bebatuan di sekeliling mereka. *Mungkin yang lain akan segera datang juga*, pikir mereka.

“Gawat! Keberadaan kita sudah diketahui. Kita harus masuk ke istana sekarang juga!” seru Lutung Kasarung. “Anak-anak, bersiap-siaplah!”

Kelima anak manusia itu segera menggenggam senjata masing-masing dengan kuat. Mengumpulkan nyali keberanian yang tersisa. Namun sebelum mulai beraksi, mata mereka menangkap pelesatan panah api berwarna kebiruan melambung tinggi di udara, membuat tanda melengkung di langit. Tanda penyerbuan Istana Calon Arang sudah dimulai!

Lutung Kasarung menarik napas lega. Paling tidak mereka tidak harus sendirian menerobos masuk Istana Calon Arang.

Lutung Kasarung memegang erat senjata kujang dan gadanya. Ia berlari turun menuju bebatuan andesit yang kokoh menjulang tinggi. Kelima anak manusia berlari mengikuti di belakangnya. Sementara dua prajurit Ande-Ande Lumut sibuk memanah para Leak penjaga istana yang menjaga di atas. Akhirnya mereka berhasil memasuki gerbang setinggi tiga meter yang terbuat dari batu andesit itu.

Aneh....

Mereka tidak menemui sesosok makhluk apa pun setelah melampaui pintu gerbang. Meski demikian, bukan berarti mereka boleh merasa lega dan menurunkan tingkat kewaspadaan. Aydan malah merasa semakin waswas. Ia semakin menguatkan genggaman pada keris, tangannya gemetar bukan main. Namun ia tidak sendirian, yang lain pun; Santi, Faris, Dani, dan Nasha, mereka semua juga ketakutan. Ngeri membayangkan makhluk-makhluk yang diperlihatkan ketika mereka dilatih oleh Prabu Siliwangi. Hanya saja yang akan mereka hadapi bukan hologram lagi, tapi makhluk hidup yang nyata.

Mereka berjalan memasuki lorong remang-remang. Suasana hening mencekam. Hanya terdengar suara langkah kaki mereka dan dengup jantung yang berdebar kencang. Suasana aneh membuat bulu kuduk Aydan berdiri. Perasaannya waspada, dengan hati-hati ia memperhatikan lorong dingin yang tampak tak berujung itu.

Aneh... kengerian ini terasa tidak asing baginya....

Serta-merta Aydan mencengkeram tangan Santi. "Kamu pasti nggak percaya...!" desisnya. "Tapi aku sudah pernah kemari...! Ini seperti mimpiku setiap malam!"

Santi menoleh ke arah adik lelakinya. Ia ingat di rumah di dunia mereka, Aydan sering mengeluhkan mimpi yang berulang pada Mama. Santi menatap adiknya, trenyuh, lalu ia sedikit membungkukkan badannya. "Aku percaya padamu—kami semua percaya," ujarnya lantas memegang bahu adiknya dengan yakin, dan tersenyum, "Kamu pasti bisa, Aydan...."

Semuanya menepuk lembut pundak bocah lelaki si pembawa Batu Hijau yang saat ini membutuhkan dukungan. Aydan merasa berterima kasih. Dalam situasi menakutkan ini, keberadaan mereka—keluarga dan sahabat-sahabat barunya—ternyata begitu berarti baginya. Secercah keberanian entah dari mana mulai memasuki dirinya.

Angin dingin berembus sontak membuat bulu kuduk mereka berdiri. Lutung Kasarung mencabut salah satu obor api yang tergantung di dinding. Cahaya api memperjelas keadaan lorong yang mereka telusuri. Kiri dan kanan tembok lorong dipenuhi ratusan stoples kaca buram kecokelatan yang berjejer rapi di atas rak kayu tinggi. Saking tingginya, mereka tidak bisa melihat bagian atasnya berakhir di mana.

Dani menghentikan langkahnya dan memperhatikan salah satu stoples.

"Stoples apa ini?"

Aydan dapat melihat perlahan, amat perlahan, jari Dani menyentuh stoples kaca itu. Bagaikan menekan sakelar lampu, semua stoples tampak hidup mengeluarkan cahaya begitu tersentuh oleh jari Dani.

Lorong menjadi terang.

Memperlihatkan dengan jelas ratusan stoples kaca memenuhi lorong yang panjang. Stoples itu sendiri berisi makhluk kecil berbentuk seperti manusia. Tingginya sekitar sepuluh sampai tujuh belas sentimeter. Berkulit gelap dengan tekstur kasar seperti mumi kecil. Wajahnya tengkorak, bertaring mencuat dengan rambut dan kuku panjang yang melebihi badannya sendiri.

Dani berbisik lirih, "Sial... Jenglot...!"

Terlambat sudah untuk menyesali tindakannya yang gegabah, karena detik itu juga mereka tak dapat menggerakkan kaki.

Seperti tersihir mereka terpesona oleh kehidupan dalam stoples-stoples itu. Badan mereka perlahan terasa lemas karena terkurasnya darah sedikit demi sedikit. Mereka hanya bisa memandangi cairan kusam dalam stoples itu perlahan berubah menjadi merah darah segar. Mumi-mumi kecil itu pun mulai terbangun, mengisap darah segar mereka.

Tanpa dapat melakukan apa-apa, melintas pertanyaan yang selalu Aydan takutkan dalam benaknya; inikah akhir perjalanan petualangan mereka?

❖

Penyerbuan Pintu Darah

Empu Baradah, Sanca, dan Sekutu

Empu Baradah, dibantu Sanca dan sekutu pasukan jin dari Kerajaan Barat Daya, menyerbu masuk wilayah bagian belakang Istana Calon Arang. Mereka dihadang oleh pasukan Rarung dan Leak-Leak yang telah berubah bentuk jadi hyena-hyena belang. Ketika pertempuran sengit tengah berlangsung, tiba-tiba Empu Baradah berteriak ke arah Sanca.

"Sanca! Anak-anak itu dalam bahaya!" seru Empu Baradah khawatir.

Sanca melihat ke arah Empu Baradah dan berseru, "Segera naik ke punggungku!"

Sang panglima harimau putih segera berlari sambil membawa Empu Baradah di punggungnya. Ia mengaum keras dan dengan cakarnya yang tajam menempeleng beberapa Leak yang mencoba menghalangi jalan.

Sanca berlari sekuat tenaga. Gulungan rambut Empu Baradah pun terlepas diterpa oleh serangan angin mematikan yang dilancarkan oleh para Leak. Rambutnya yang panjang putih tergerai. Namun hanya dengan sekali ayun tongkat kokkanya para Leak yang menyerang itu pun terpental.

"Sanca naik ke atas bukit itu! Kita akan temui Aydan dan kawan-kawan dari ujung terowongan!" serunya.

Mereka berlari melewati bukit dan berhenti di depan sebuah gua batu. Dengan sigap Empu Baradah melompat turun dari punggung Sanca. Ia berdiri di depan gua batu. Rambut putihnya tergerai panjang, melambai-lambai tertiup angin kencang. Ia memasang kuda-kuda untuk bertahan. Kedua telapak tangannya diletakkan di depan dada. Mulutnya komat-kamit merapal mantra. Tangannya kemudian melakukan gerakan-gerakan memutar di udara mengarah ke dalam gua. Keringatnya menetes dari dahinya yang penuh kerutan. Tak lama kemudian, terdengar suara ledakan dari dalam gua dan pecahan-pecahan kaca.

Dengan sekuat tenaga Empu Baradah pun berteriak.

"AYDAN LARI! AYDAN! CEPAT LARI!"

❖

BLAAARRR!

Tiba-tiba terdengar suara ledakan keras mengguncang lorong. Semua stoples bergetar keras. Bunyi benturan antara kaca dan rak kayu—

klik,

klik,

klik,

—terdengar semakin keras dan memecah sepi lorong yang saat ini berubah menjadi sangat berisik. Dari kejauhan, suara gelas-gelas pecah menyusul. Ternyata stoples-stoples kaca itu meledak pecah satu per satu. Dan suaranya semakin mendekati tempat mereka berdiri.

Sementara itu dari ujung lorong panggilan samar entah dari siapa perlahan terdengar. Begitu sayup dan lirih, kemudian menyentak telinga dan memanggil nama Aydan dengan tegas. Menyuruhnya berlari!

Seketika itu juga kakinya terlepas dari belengu sihir. Aydan langsung berlari sekuat tenaga menghindari ledakan dan pecahan kaca stoples. Dengan cemas ia berusaha melihat kondisi yang lain. Sama. Seperti terbangun dari mimpi. Lutung Kasarung segera meraih Nasha dan menggendongnya. Mereka berlari sekuat tenaga untuk menghindari ledakan dan pecahan kaca dari stoples-stoples ini. Bau amis darah tercium sangat kuat.

Terengah-engah hampir kehabisan napas; akhirnya mereka semua berhasil keluar dari lorong maut.

Sanca langsung menghampiri mereka, "Kalian tidak apa-apa?"

Mereka hanya mampu menggelengkan kepala, sambil berupaya keras mengatur napas agar kembali normal.

Belum sempat mereka mengucapkan terima kasih karena telah diselamatkan dari lorong maut, entah dari mana, terdengar tawa yang membuat bulu kuduk merinding. Lalu muncullah sepuluh makhluk berwajah mengerikan. Matanya besar, giginya besar-besar dengan bagian depan kepala botak. Celuluk. Jauh lebih mengerikan dari yang mereka lihat ketika latihan. Rasa takut kembali mulai menguasai.

"Waspada! Jangan takut, anak-anak! Lawan rasa takut kalian!" teriak Empu Baradah.

Dalam hati anak-anak itu mengumpat, *enak saja Empu Baradah dengan mudah mengatakan itu!* Ini adalah pengalaman pertama mereka dan semua makhluk di sini begitu jelek dan mengerikan! Rasanya sulit sekali untuk tidak takut. Dengan hampir bersamaan mereka menggumamkan, "Kami tidak takut," berulang-ulang kali hingga terdengar seperti doa.

Kobaran-kobaran api merayap dari atas puncak-pucak bebatuan andesit—yang mereka takutkan akhirnya muncul. Banaspati. Seluruh tubuhnya diselimuti api, dan kobarannya semakin lama semakin besar. Makhluk itu merayap dengan kepala berada di bawah. Beberapa terbang melompat dari tiang andesit ke tiang andesit yang lain, semakin mendekat.

Mereka berdiri saling memunggungi satu sama lain dengan posisi waspada. Sanca menggeram, memamerkan giginya yang tajam, lalu meloncat menerkam salah satu Banasapati.

Sementara Aydan menggunakan mantra andalan, berteriak, "Acirabha!"

Banaspati tersenyum sinis, tidak terjadi apa-apa pada dirinya. Makhluk itu lalu melompat untuk menerjang Aydan namun pisau-pisau kecil Nasha melumpuhkan Banaspati yang melolong kesakitan sebelum mati.

"Fokus Aydan!" Nasha membentak Aydan.

Aydan mengangguk dan kali ini ia mengarahkan keris dengan berteriak "Acirabha!"

Sengatan petir membuat beberapa Banaspati terjengkang. "*Yes*!" Serunya dan rasa percaya dirinya semakin melambung. Faris melempar cakram bajanya dan sesekali menggunakan kapak bila makhluk itu sudah meloncat terlalu dekat ke arah mereka. Dani sibuk memanah Banaspati yang masih berada di atas tiang-tiang.

Selagi mereka sibuk dengan serangan Banaspati, muncul pemimpin pasukan nenek sihir, Rangda. Makhluk itu berusaha memorak-porandakan pertahanan mereka. Perawakan Rangda sangat menyeramkan. Bola-bola api berhamburan keluar dari mulutnya. Santi melemparkan aritnya untuk menangkis bola-bola api itu. Dani membantu dengan memanahkan anak-anak panahnya ke bola-bola api. Sementara Nasha melumpuhkan Banaspati yang terlalu dekat dengan Santi dan Dani menggunakan pisau-pisau kecilnya. Sesekali ia melemparkan bahan peledak pemberian

Putri Kuning. Namun karena lemparan yang kurang kuat, hampir saja mereka yang terkena ledakan.

"Aydan! Waktu kita tinggal sedikit! Aku akan menahan serangan Rangda. Kamu harus segera berlari ke puncak menara tertinggi di istana ini. Ingat! Letakkan Batu Hijau di atas Buku Mantra Hitam. Lalu serahkan pada Dewi Sri!" teriak Empu Baradah.

Kakek tua itu lantas melompat menghadang Rangda dengan tongkat kayu kokkanya. Rangda mendesis melihat tongkat itu. Kain putih Rangda melesat mengarah ke leher Empu Baradah yang segera berkelit ke samping. Ia balik menyerang ke arah Rangda, dari tongkat kayu kokkanya keluar kilatan berwarna putih. Rangda melompat salto ke belakang.

Entah dari mana datangnya, seekor serigala bertubuh sangat besar melompat ke hadapan Aydan. Tubuhnya penuh luka-luka dan darah mulai mengucur dari bagian kepalanya. Sanca mengaum dengan keras, dan maju ke depan menghadang serigala raksasa ini.

Serigala itu tertegun sejenak, memperhatikan Sanca. Lalu ia tertawa terkekeh-kekeh. "Hah! Anak ke-10.000! Jadi benar Raja Siluman itu telah mengubahmu menjadi kaumnya? Sungguh kejam. Hahaha!"

Mereka semua terkejut. Serigala itukah penyebab malapetaka bagi hidup Sanca?

Tak lama kemudian menyusul di belakangnya Raja Siluman Harimau Putih berlari dan melompat menerkam si Raja Serigala dari belakang. Raja Serigala mengibas badannya dan membanting tubuh Raja Siluman Harimau Putih hingga terjatuh.

"Serigala busuk! Kamu tidak bisa lari ke mana-mana lagi kali ini," ujar Raja Siluman Harimau Putih bangkit tak mengenal menyerah, sementara Sanca telah siaga di depannya. Kedua harimau putih itu segera membentuk formasi dan mengelilingi Raja Serigala. Bergantian mereka menyerang makhluk keji itu tanpa ampun.

"Aydan, berpeganglah yang kuat padaku!" perintah Lutung Kasarung.

Aydan segera memanjat punggung Lutung Kasarung dan berpegangan erat pada lehernya. "Apa Sanca akan baik-baik saja?" tanya bocah itu khawatir.

Lutung Kasarung mengangguk. Ada yang lebih ia khawatirkan dibandingkan serigala itu.

❖❖❖

BAB 18

Antaboga

Dengan cekatan Lutung Kasarung memanjat dan melompat dari tiang batu satu ke yang lain. Tangan kanannya memegang senjata kujang. Ia mengayunkan senjata kujangnya setangkas ia melompat dari tiang ke tiang. Kepala-kepala Banaspati yang mencoba menghalangi mereka pun bergulingan jatuh ke bawah.

Mereka semakin dekat dengan lokasi yang harus dituju. Jurang tak berdasar menganga lebar di hadapan mereka. Ada lima jembatan kayu gantung menuju lima menara batu. Untuk sesaat mereka berhenti sejenak. Mata Lutung Kasarung jelalatan mencari-cari jalan mana yang harus ditempuh. Ia memandang bingung pada lima menara batu menjulang tinggi di depan mereka. Kelima menara itu terlihat sama tinggi. Mereka memperhatikan menara-menara itu sambil menggumamkan terus-menerus, "Menara yang lebih tinggi," —hingga terdengar seperti doa.

"Lutung Kasarung, yang itu!" kata Aydan seraya menunjuk menara yang berada paling tengah. Tiang bendera kecil di atas menara itu mencuat hampir tak terlihat, membuat menara yang berada di tengah menjadi lebih tinggi dari menara-menara yang lain. Lutung Kasarung mengangguk dan berlari menyeberangi jembatan kayu gantung, dan dengan cekatan memanjat menara batu.

Setibanya di puncak menara, perlahan bulan bulat putih penuh itu berubah warna menjadi jingga, dan mereka terbelalak kaget melihat empat murid Calon Arang sedang menari-nari mengelilingi Calon Arang yang khusyuk membaca Buku Mantra Hitam di tengah lingkaran.

Tampak Nyi Larung, Nyi Lenda, Nyi Lendi, dan Nyi Sedaksa mengayun-ayunkan selendang merah yang saling terkait seperti gulungan-gulungan ombak melingkar. Sesekali mereka melempar selendang ke atas sehingga membentuk simpul-simpul baru. Mulut mereka menyanyikan mantra-mantra dalam bahasa kuno, nada-nada aneh keluar dari mulut mereka yang belepotan darah. Saling bergantian mereka terbang melompat mengubah posisi formasi. Anehnya, selendang mereka semakin lama semakin bertambah panjang. Nyanyian-nyanyian mereka pun semakin lama semakin cepat seiring dengan gerakan yang juga bertambah gesit. Calon Arang kemudian melompat masuk bergabung dalam tarian bersama murid-muridnya. Membiarkan Buku Mantra Hitam berada persis di bawah naungan bulan dan mengeluarkan cahaya terang. Simpul-simpul selendang mereka kini terjalin membentuk kombinasi bentuk bintang dan prisma segi lima.

Lambat laun, warna bulan berubah dari jingga menjadi merah darah bersamaan dengan berubahnya cahaya yang keluar dari Buku Mantra Hitam. Cahaya merah dari Buku Mantra Hitam memancar lurus hingga menjadi satu garis dengan Bulan. Dan perlahan di angkasa terlihat seperti celah yang perlahan dan sedikit demi sedikit mulai terbuka. Puluhan penyihir mengubah dirinya menjadi burung gagak dan terbang memasuki celah yang mulai terbuka. Beberapa Ahool mengepakkan sayap mereka mengikuti burung-burung gagak itu.

"Oh, tidak! Terlambat. Lutung Kasarung apa yang harus kita lakukan?!" Aydan panik.

"Aydan! Aydan! Tenang!" ujar si manusia kera memegang pundak bocah lelaki itu dengan kedua tangannya. "Aku percaya kamu bisa! Aku akan membantumu. Jangan takut. Ingat, tugasmu hanya meletakkan Batu Hijau di atas Buku Mantra Hitam."

Aydan menganggukkan kepalanya.

Dengan senjata kujang dan gada di masing-masing tangan, Lutung Kasarung berlari sambil melompat salto ke tempat ritual Calon Arang. Ia akan merusak formasi Calon Arang dan murid-muridnya.

Namun tak semudah itu.

Lutung Kasarung terus terpental dan terpelanting ke ubin batu yang dingin bahkan sebelum berhasil menyentuh mereka. Ia tidak berhasil merobek sehelai pun selendang merah, bahkan para makhluk pelaku ritual itu tampak sama sekali tak terganggu.

Aydan tak tega melihat Lutung Kasarung terus terbanting, ia menatap keris pada genggaman tangannya lalu cepat-cepat mengarahkannya ke murid-murid Calon Arang. Ia mengernyitkan matanya dan membidik Nyi Sedaksa yang bertubuh paling kurus. *Semoga berhasil,* doanya dalam hati.

"Acirabha!" serunya lantang.

Cahaya biru seperti sinar laser melesat keluar dari keris. Nyi Sedaksa terpental keluar dari formasi. Lutung Kasarung segera mengarahkan gadanya, namun Nyi Sedaksa menggulingkan badannya menghindari serangan Lutung Kasarung. Pertempuran sengit segera terjadi di antara mereka berdua. Nyi Sedaksa mengeluarkan ilmu sihirnya, ia berubah menjadi seekor burung garuda. Kali ini Lutung Kasarung yang kewalahan menghindari paruh dan cakarnya yang berbisa dan api yang menyulut keluar dari matanya.

Selagi pertempuran sengit berlangsung, seekor elang putih berukuran sangat besar terbang di atas mereka. Prabu Siliwangi bersama pasangan Pangeran Kusumayuda dan Dewi Candrakirana melompat dari atas burung itu dan mendarat di samping Aydan.

Mereka bertiga memberikan isyarat pada bocah lelaki itu. Aydan mengangguk paham, lalu langsung mengarahkan kerisnya pada Nyi Lendi sambil mengucapkan, "Acirabha!" Kemudian target berikut mengarah pada Nyi Lenda dan Nyi Larung. Satu per satu mereka terpental keluar dan langsung disambut serangan Prabu Siliwangi dan pasangan dari Kerajaan Ande-Ande Lumut.

Calon Arang sangat marah. Ritualnya berantakan.

Ia melotot ke si bocah lelaki dengan garang.

Aydan berdiri menggenggam keris dengan kedua tangan yang bergetar hebat. Sambil berusaha berkonsentrasi ia mengarahkan keris ke arah musuhnya lalu berteriak, "Acirabha!" Namun mantra itu tidak mampu menyentuh sehelai pun rambut gimbal Sang Ratu Penyihir.

Calon Arang menyeringai dan segera terbang ke arah bocah lelaki kecil itu dan mulai menyerang. Dari kedua mata dan kedua belah telapak tangannya menyembur jilatan api. Udara di sekitar Aydan menjadi sangat panas. Ia menggencarkan serangan apinya pada Aydan seperti kesurupan. Tubuh Aydan berusaha menghindar; melenting ke kiri dan ke kanan, mengelak panasnya jilatan api yang disemburkan.

Kejadian yang persis sama seperti mimpiku!

Tiba-tiba Aydan teringat mantra yang diajarkan Prabu Siliwangi. "Manganti!" serunya lantang, dan ia berhasil menangkis satu serangan jilatan api. Selanjutnya, Aydan sudah tak dapat lagi menghitung seberapa banyak ia meneriakkan, "Manganti!"

Calon Arang menjadi sangat berang. Kuku-kukunya berubah menjadi cakar-cakar yang sangat panjang. Dengan penuh kekuatan, ia berusaha mengoyak-ngoyak tubuh si bocah kecil tak tahu diri itu.

Keringat membasahi sekujur tubuh Aydan. Ia mulai merasa lelah. Namun tiba-tiba dari atas kepalanya terdengar dengusan berat dan angin yang menyapu sejuk wajahnya. Aydan mendongak ke atas—ia melihat seekor ular naga yang besar sekali terbang meliuk-liuk di udara meluncur ke arah mereka. Ketika kaki-kakinya yang bercakar keras menyentuh lantai, ular naga itu seketika menjelma menjadi perempuan tercantik yang pernah Aydan jumpai. Baju hijaunya yang ketat menonjolkan lekuk tubuhnya yang sempurna. Aydan menarik napas lega. Ratu Kidul tersenyum manis ke arahnya sebelum menghadapi Calon Arang.

"Hahaha! Calon Arang," dengus perempuan cantik itu menatap tajam Calon Arang. "Belum kapok juga kau kuhajar? Berani-beraninya pula kau melukai putriku! Dan lihat sekarang! Hanya bisa melawan anak kecil seperti pengecut. Apa kemampuanmu sudah hilang?" ejek Sang Ratu Kidul.

Kali ini Calon Arang benar-benar murka. Giginya bergemeletuk menahan amarah. Napasnya menjadi pendek-pendek dan berat, seperti banteng marah. Mulutnya komat-kamit mengucap mantra. Seperti balon yang ditiup, badannya tampak membesar dan semakin membesar menjadi raksasa perempuan dengan wajah menyeramkan.

Tak mau kalah, Ratu Kidul segera mengubah bentuknya menjadi raksasa, sama besarnya seperti Calon Arang. Seraya berkata, "Ini! Salam dari Nyai Riya Kidul!" Tangan kanan Sang Ratu Kerajaan Selatan itu langsung meninju perut Calon Arang, membuat nenek sihir itu terpental menghantam dua menara batu lain hingga batu-batu fondasinya retak dan berjatuhan.

Calon Arang mengerang dan berteriak pada Nyi Larung, Nyi Lenda, Nyi Lendi, dan Nyi Sedaksa. "*Layat mangke! Yatna wales paribhawa mami!*—Pergi sekarang! Ingat balaskan kekalahanku!"

Dengan geram, Nyi Sedaksa menggencarkan serangannya dan merobek lengan Lutung Kasarung dengan cakarnya. Gadanya terpental dan terjatuh, ia meringis kesakitan. Nyi Sedaksa segera mengepakkan sayapnya dan keluar dari celah portal. Lalu lenyap dari pandangan. Lutung Kasarung mengumpat kesal.

Nyi Larung, Nyi Lenda, dan Nyi Lendi pun segera mengubah bentuk mereka menjadi gagak. Dengan garang mereka menyerang Prabu Siliwangi, Pangeran Kusumayuda, dan Dewi Candrakirana dengan semburan api. Kemudian mereka melesat kabur mengikuti jejak Nyi Sedaksa. Pangeran Kusumayuda dan Dewi Candrakirana melepaskan anak-anak panahnya. Salah satu panah Dewi Candrakirana mengenai sayap Nyi Lendi, namun tak cukup untuk menahan mereka kabur.

"Aydan! Cepat lakukan sekarang!" teriak Prabu Siliwangi menyadarkan Aydan pada misinya.

Aydan tersentak kaget, lalu segera berlari ke arah Buku Mantra Hitam sambil melepas Batu Hijau yang tergantung di lehernya. Calon Arang yang menangkap sosok bocah mendekati bukunya menggeram lalu mencecarkan bola api bertubi-tubi ke arahnya. Namun bola-bola api itu berhasil dilumpuhkan oleh anak-anak panah dari pasangan Kerajaan Ande-Ande Lumut, sementara Ratu Kidul kembali melancarkan serangan ke arah punggung Calon Arang sehingga membuatnya terpental jatuh. Calon Arang lantas mengubah dirinya menjadi garuda berbulu emas dan berupaya terbang, namun kakinya digigit oleh Ratu Kidul yang telah mengubah tubuhnya menjadi ular naga.

Di tengah kesibukan itu Aydan berusaha mengangkat Buku Mantra Hitam tapi terlalu berat, seperti tertindih oleh sesuatu yang tak terlihat. Bahkan menutup buku itu pun Aydan tak mampu. Panik. Aydan memutuskan untuk langsung menaruh saja Batu Hijau di atas Buku Mantra Hitam.

Setelah itu, cahaya yang dikeluarkan oleh buku hilang.

Gerbang ke Dunia Tengah pun perlahan tertutup.

Beberapa penyihir yang hendak masuk ke celah portal mental seperti menabrak tembok. Penyihir-penyihir yang tidak berhasil ke Dunia Tengah beterbangan di udara. Terdengar suara-suara makian penuh amarah dan mereka mengambil ancang-ancang untuk menyerang kembali.

Entah dari mana Dewi Sri muncul begitu saja, melayang tanpa gravitasi di hadapan Aydan. "Berikan padaku, Aydan," tutur suaranya lembut. Kali ini Aydan bisa mengangkat Buku Mantra Hitam dan menyerahkan kedua benda itu padanya.

"Dewi," panggil Empu Baradah mendekat. "Apakah Dewi yakin?"

Dewi Sri hanya tersenyum manis dengan tenang dan berucap, "Demi perdamaian dan keseimbangan alam ..." Ia pun memeluk Buku Mantra Hitam dan Batu Hijau di dadanya sambil mulai membaca doa. Penyihir-penyihir jahat yang akan menyerang mereka menjadi terdiam membeku.

Di sisi lain, seekor elang besar datang menurunkan Faris, Santi, Dani, dan Nasha. Mereka mendarat tak jauh dari Aydan dan segera menghampirinya.

"Apa misi berhasil?" tanya Faris.

Aydan mengangguk.

"Apa yang terjadi?" tanya Dani.

Aydan tak menjawab, ia hanya mengarahkan

pandangannya pada Dewi Sri. Mata mereka semua terpana melihat Dewi Sri yang semakin lama semakin terang bercahaya hingga menyilaukan mata.

"TIDAK!!!"

Suara menggelegar Calon Arang memecah kesunyian.

Tanah tempat berpijak bergetar semakin lama semakin hebat, membuat pecahan pada permukaannya. Tiba-tiba suara keras menghantam tanah terdengar, dan seketika itu tanah menjadi retak, terbelah menciptakan lubang kawah yang besar. Keluarlah dari lubang itu—mengoyak lapisan bawah tanah—makhluk serupa ular raksasa yang sangat besar. Makhluk itu mengenakan mahkota emas bertakhtakan batu intan dan rantai kalung emas yang menggantung di lehernya yang panjang.

"Naga Antaboga!" seru Lutung Kasarung.

Selama ini ia hanya pernah mendengar kisah-kisah tentang Naga Antaboga, Penguasa lapisan terbawah Dunia Bawah Tanah. Ia tak pernah menyangka dirinya bisa bertemu dengan sosok tertua di Dunia Bawah Tanah itu.

Naga Antaboga memberi salam pada Dewi Sri dengan gerakan yang tampak begitu agung, kemudian tanpa menunda-nunda tubuhnya yang panjang dan besar itu melilit tubuh Calon Arang yang terus-menerus menjerit. Ia menggulung Calon Arang dengan mudah sehingga tak dapat berkutik lagi, dan mereka berdua pun menghilang tertelan lubang kawah yang besar.

Bebatuan di menara mulai berjatuhan.

Tempat mereka berpijak pun semakin bergetar hebat.

Cahaya dari Dewi Sri membuat mereka tidak sanggup

melihatnya lagi. Ia menjadi terlalu terang sehingga kilauannya begitu menyakitkan mata. Tak lama, ledakan keras terdengar membahana. Tubuh Sang Dewi Sri hancur menjadi cahaya-cahaya kecil. Seperti bintang-bintang di langit yang bertaburan. Cahaya-cahaya kecil itu terus membumbung menuju langit... terus dan terus naik hingga hilang dari pandangan.

Batu Hijau terpental dan menggelinding di dekat kaki Aydan—seakan mengenal bocah yang telah memunggutnya di Dunia Tengah untuk pertama kalinya. Dengan getir, bocah lelaki itu kembali mengambilnya. Rasa kesedihan menyelimuti hati mereka. Pengorbanan diri Dewi Sri untuk menghancurkan Buku Mantra Hitam sama sekali tak mereka duga.

Goncangan seperti gempa terasa semakin keras.

Prabu Siliwangi segera memanggil elang besar dan Empu Baradah tampak merapal mantra. Tanpa mereka sadari, setiap orang sudah berada di atas burung elang besar dengan aman. Sementara itu Ratu Kidul telah mengubah dirinya kembali menjadi naga dan terbang menghindari menara-menara yang akan segera runtuh.

Satu per satu menara batu itu roboh. Bongkahan batu-batu jatuh menimbun kawah besar. Menutup jalan yang dilalui oleh Naga Antaboga hingga rata. Dari kejauhan, mereka melihat Istana Calon Arang yang tumbang hancur. Menyisakan puing-puing bebatuan.

Lolong tangis pengikut-pengikut Calon Arang yang tersisa samar-samar terdengar memilukan dan menghilang. Mereka memilih jalan masing-masing. Memisahkan diri dari kekuatan yang telah susah payah digalang oleh Ratu Penyihir, Calon Arang. Mencari aman bagi diri masing-masing.

❖❖❖

BAB 19

Perpisahan

Para makhluk Dunia Bawah Tanah bersedih dengan pengorbanan Dewi Sri. Nasha tak hentinya bertanya apa yang terjadi pada Dewi Sri. Tak ada yang tahu, selain Dunia Bawah Tanah telah kehilangan salah satu pemimpin besar mereka. Sosok yang selalu menginginkan perdamaian di antara keberagaman. Sosok yang selalu rela berkorban demi kepentingan lain.

Meski dalam suasana berduka, perayaan kemenangan mewarnai tiap pelosok Dunia Bawah Tanah. Mereka yang membantu memenangkan peperangan, diberikan hadiah oleh pimpinannya masing-masing.

Kelima anak manusia akhirnya kembali berkumpul di Istana Kuning. Putri Kuning dan saudari-saudarinya menjamu mereka dengan hidangan yang sungguh luar biasa nikmat dan berlimpah.

Prabu Siliwangi dan Empu Baradah mengucapkan terima kasih pada kelimanya. Tak hanya mereka, tapi semua makhluk yang ada di sana mengucapkan terima kasihnya. Mereka telah menjadi pahlawan.

Aydan menyerahkan kembali Batu Hijau pada Putri Kuning. Putri Kuning berjalan dengan anggunnya menuju mimbar kecil yang terletak di tengah ruangan. Putri-putri yang lain berdiri mengelilingi mimbar kecil itu. Mereka melantunkan doa-doa yang terdengar asing di telinga. Ia kemudian meletakkan Batu Hijau ke dalam kotak kecil yang terbuat dari pualam kuning. Sambil tersenyum, ia berkata, "Akhirnya Batu Hijau telah kembali pada tempatnya. Semoga perdamaian di Dunia Bawah Tanah terus berlangsung abadi." Ia pun bergabung bersama saudari-saudarinya yang lain memanjatkan doa.

"Apa artinya kita bisa pulang sekarang? Aku kangen Mama..." kata Nasha pada Aydan.

Santi memeluk Nasha. "Kita akan pulang segera," katanya.

Faris dan Dani juga menganggguk membenarkan.

Aydan pun memberanikan diri untuk bertanya pada Empu Baradah, "Kapan kami bisa pulang ke dunia kami?"

"Saya rasa tidak lama lagi, Aydan," ujarnya.

Tak lama berselang, terjadi fenomena alam yang aneh. Langit di Dunia Bawah Tanah penuh dengan kilatan petir berwarna putih, kuning, dan merah. Saling bergantian kilatan-kilatan petir itu menyambar tanpa diikuti suara halilintar.

Empu Baradah mendongakkan kepalanya membaca

tanda-tanda alam. Ia kemudian berkata pada Prabu Siliwangi, "Anak-anak ini harus segera kembali ke dunia mereka. Mereka telah pergi cukup lama. Bila tidak segera, akan sulit bagi mereka untuk dapat kembali," ujar Empu Baradah. Ia pun memberi tanda pada Prabu Siliwangi dan Ratu Kidul.

"Jangan-jangan kita sudah nggak bisa kembali?" ujar Santi panik.

"Tenang, Santi. Kita akan pulang, jangan khawatir," Faris berusaha menenangkan.

"Apa kalian yakin ingin kembali ke Dunia Tengah? Kalian selalu bisa tinggal bersama kami. Pintu Kerajaan Laut Selatan selalu terbuka lebar untuk kalian," ujar Ratu Kidul tersenyum cantik sekali.

"Terima kasih Gusti Kanjeng Ratu Kidul, tapi kami rindu ayah dan ibu kami," kata Dani dengan cepat.

"Aku mau pulang! Aku kangen Opa, Oma, dan Mama!" rengek Nasha menambahkan sambil memeluk Darling. Wajahnya tampak cemberut menatap Ratu Kidul yang malah menawarkan mereka untuk tinggal.

Lutung Kasarung membelai rambut Nasha, "Seandainya kami memiliki putra dan putri seperti kalian...."

Di sisi lain, Sanca hanya terdiam. Dia tidak pernah berada terlalu dekat dengan manusia, namun entah perasaan aneh apa yang sedang merasuki dirinya. Ia sendiri bingung harus bertindak seperti apa. Aydan mengelus lembut kepala Sanca. Setelah berpetualangan bersama, Aydan memahami perasaaan Sanca tanpa perlu mengucapkan kata-kata.

"Sudah waktunya," ujar Empu Baradah.

"Kami berterima kasih dan sangat menghargai

keberanian kalian selama ini. Kalian memang anak-anak manusia yang terpilih untuk menjadi Pengawal Dunia Bawah Tanah dan Dunia Tengah. Semoga kalian dapat mengemban terus tanggung jawab yang telah diberikan. Sekarang perlihatkan lengan kanan kalian!" perintah Prabu Siliwangi sementara mulut Empu Baradah sibuk berkomat-kamit merapal mantra.

Meskipun bingung dengan apa yang dikatakan Sang Prabu, kelima anak itu hanya bisa mematuhi perintahnya dan menyingsingkan lengan baju mereka. Tiba-tiba, senjata mereka terbang melayang begitu saja. Di hadapan kelimanya, senjata-senjata itu mengecil hingga menjadi sebesar kepalan tangan saja. Empu Baradah lalu menggerakkan tangannya dengan gerakan melingkar. Tanpa bisa menolak, senjata-senjata itu lantas masuk ke dalam lengan kelimanya. Anehnya, mereka tidak merasakan sakit sama sekali ketika senjata-senjata itu tertanam di dalam tubuh.

"Senjata-senjata telah tertanam dalam tubuh kalian. Sewaktu-waktu bila diperlukan, senjata kalian dapat digunakan," jelas Empu Baradah.

"Apa maksudnya bila diperlukan? Bukankah tugas kami sudah selesai?" tanya Aydan bingung.

Empu Baradah hanya tersenyum. "Bila tiba saatnya, Aydan, bila tiba saatnya...."

"Ini belum berakhir?" bisik Santi dengan nada ngeri.

Aydan hanya bisa mengangkat bahu karena sama sekali tidak memahami apa maksud Empu Baradah.

"Pulanglah dengan selamat, anak-anak manusia. Keluarga kalian pasti sangat merindukan kalian," ujar Lutung

Kasarung.

Nasha segera menghambur ke dalam pelukan si manusia kera, dan dengan sedih berkata, "Aku juga akan kangen sekali padamu," ujarnya. Mereka berlima memeluk Lutung Kasarung dan Sanca bersamaan.

Dada mereka terasa sesak.

Mata kelimanya menjadi merah dan berair. Bahkan Dani dan Nasha mulai terisak-isak. Mereka pun memeluk Lutung Kasarung dan Sanca semakin erat.

Sanca mendengus seolah mengatakan pada anak-anak itu untuk tidak melupakan dirinya. Lalu menyentuh bahu anak-anak itu dengan hidungnya. Anak-anak itu pun seperti paham apa yang dikatakan Sanca dan mengelus bulu-bulu Sanca yang halus.

"Gusti Kanjeng Ratu Kidul, silakan mengembalikan anak-anak ini ke dunia mereka. Sebelum terlambat," ujar Empu Baradah.

"Baiklah. Merupakan kehormatan bagi kami dapat mengenal kalian; Aydan, Nasha, Dani, Santi, dan Faris. Terima kasih untuk semua bantuan yang telah diberikan. Ingatlah pintu Kerajaan Laut Selatan selalu terbuka untuk kalian," ucapnya sambil tersenyum. "Sekarang kembalilah ke dunia kalian!" seru Ratu Kidul. Dengan gerakan yang indah sekali, perempuan cantik itu meraih sebuah tongkat emas dari belakang tubuhnya. Tongkat emas sepanjang lengan itu bertakhtakan batu-batu permata pada ujungnya. Ia lalu mengayunkan dan menyentuh pundak anak-anak manusia itu dengan tongkat emasnya satu per satu.

Bumi yang mereka pijak terasa berguncang.

Semakin lama guncangannya semakin terasa hebat.

Gelap seketika menyergap.

Mereka berputar-putar lalu terhempas. Rasa yang hampir sama seperti yang mereka rasakan ketika kali pertama terdampar di Dunia Bawah Tanah. Seketika itu pula mereka tersentak dan sadar.

❖❖❖

BAB 20

Mirror, Mirror On The Wall

Aydan membuka matanya perlahan.

Putih.

Semua serba putih dan begitu terang.

Ia harus menyesuaikan matanya dengan cahaya yang terlalu menyilaukan di sekitarnya. Sedikit demi sedikit, cahaya terang itu meredup. Gorden putih di kanan kirinya terbuka, menyekat tempat-tempat tidur yang berjajar rapi.

Ah, lengan kanannya terasa kaku. Ia melihat selang jernih berujungkan jarum infus menusuk pembuluh darahnya. Dan di samping tempat tidurnya, ada tiang besi yang digunakan untuk menggantung kantong infus.

Sejenak bocah lelaki itu memperhatikan tetesan-tetesan air dari kantong infus yang menetes perlahan ke dalam selang yang terhubung pada lengannya.

"Aydan..." suara lemah kakak sulungnya memanggil namanya. Ia menoleh ke asal suara, dan melihat Santi tergeletak di atas tempat tidur dengan infus pada tangan kanannya.

"Dani... *are you okay*?" suara Faris menyusul, terdengar sangat cemas meskipun sangat lemah.

"Di mana kita?" lirih Dani dari tempat tidur paling ujung.

Tiba-tiba pintu ruangan terbuka dengan keras. Tante Melati berlari masuk. Rambutnya berantakan. Dia mengenakan blus bercorak bunga-bunga besar berwarna-warni cerah dengan celana capri berwarna hijau limau. Ah, perpaduan yang begitu anak-anak itu rindukan.

"Oh, *thank God! My babies... are you okay*?" ujarnya dengan suara tinggi seraya mendatangi tempat tidur Dani dan Faris. Di belakangnya, Om Bagus berjalan terburu-buru dengan keringat membasahi wajah.

Mereka kelihatan lega, walau tampak lelah. Kantung mata di bawah mata mereka tampak membengkak akibat kurang tidur. Begitu pula lingkaran gelap di bawah mata yang membuat keduanya tampak jauh lebih tua dari sebelumnya. Tak lama kemudian, Aydan merasakan pijatan lembut di kakinya dan suara tangis kecil Bibi Narsih. Rambutnya berantakan dan matanya merah. Ternyata selama ini Bibi Narsi tidur di kursi samping tempat tidurnya.

"Bibi Narsih..." ucap Aydan dengan lemah.

"*Alhamdullilah*, kamu sudah sadar, Nak... Ada yang sakit? Mana yang sakit? Bilang ke bibi, ya."

Lalu ia mendengar suara Mama dari arah tempat tidur Nasha. “Iya ini mama, sayang. Nasha baik-baik saja?” ucap Mama lirih sambil mengelus-elus kepala Nasha sementara tangan kanannya menarik kertas tisu untuk menyeka air mata yang mengalir.

Nasha tersenyum sambil memegang tangan Mama.

“Lutung Kasarung mana?” tanya Nasha.

Mama terlihat kebingungan. “Nasha ingin buku cerita Lutung Kasarung?”

Nasha hanya menganguk lemah.

Setelah menenang-nenangkan Nasha, Mama menghampiri Santi dan Aydan. Suara tangisnya semakin menjadi. “Syukurlah kalian tidak apa-apa. Terima kasih, ya Allah,” isaknya dengan air mata semakin deras.

Setelah Mama dan Bibi Narsih mulai tenang, Mama segera mengeluarkan telepon genggam dan menghubungi Oma dan Opa.

“Ya, ya. Anak-anak sudah sadar. Mereka baik-baik dan—*alhamdullilah*—menurut dokter mereka tidak apa-apa. Oke...” ujar Mama sambil menganggukkan kepalanya. “Sampai ketemu di rumah sakit.” Ia lantas menutup telepon genggamnya.

“Apa yang sebenarnya terjadi?” tanya Santi.

“Itu yang seharusnya kami tanyakan. Bibi Narsih menemukan kalian sudah dalam keadaan pingsan ketika datang menjenguk. Langsung kalian dibawa ke rumah sakit dan tidak sadarkan diri selama beberapa hari di rumah sakit. Apa yang kalian lakukan? Kalian bikin mama sangat khawatir....”

Mama pun kembali menangis.

Sementara Tante Melati sibuk menceramahi Faris dan Dani, "Apa kalian tahu betapa khawatirnya kita semua! Sudah mama bilang, kan, tidak boleh main ke loteng! Kenapa masih ke sana!? Dan kalian membahayakan nyawa orang lain juga...!"

"Sudahlah, yang penting mereka semua sudah sadar. Dokter juga bilang tidak ada yang perlu dikhawatirkan," kata Om Bagus mencoba menenangkan istrinya. Dani memeluk eratnya Maminya, sambil mengatakan betapa rindunya dia. Tante Melati pun luluh dan mulai menangis.

Setelah menambah satu hari dalam observasi rumah sakit, akhirnya dokter mengizinkan mereka pulang. Oma dan Opa bergegas pulang lebih awal dari India begitu mereka mendengar kejadian yang menimpa cucu-cucunya. Sedangkan Tante Melati dan Om Bagus merasa sangat bersalah atas kejadian yang menimpa anak-anak. Tak hentinya mereka mengucapkan maaf pada semua pihak.

Meski demikian, tidak ada yang berubah. Mereka tetap sering bermain ke rumah Tante Melati. Tapi mereka tak bisa lagi masuk ke loteng, Tante Melati telah memasang palang-palang kayu di pintu loteng. Untuk memastikan mereka aman dan tidak lagi masuk ke ruangan itu.

❖

Hari-hari mereka lalui seperti biasa, seolah kejadian itu tak pernah terjadi. Terkadang bila hanya berlima, mereka baru bisa membicarakan tentang Lutung Kasarung dan Sanca.

Mereka merindukan makhluk-makhluk legenda itu.

Pada suatu hari sehabis makan siang bersama di rumah Tante Melati, mereka berencana untuk berjalan-jalan di sekitar rumah. Kebetulan cuaca sangat cerah dan pasti sangat menyenangkan berada di luar.

Di ruang tamu, keanehan itu pun muncul tanpa disangka-sangka—sesuatu yang aneh pada cermin oval yang digantung di dekat pintu. Sebuah bayangan tampak berkelebat di dalamnya. Hanya Aydan dan Dani yang melihat dan merasakan keanehan itu.

"Kamu lihat itu tadi? Ada yang aneh dari dalam kaca ini?" ujar Dani, matanya meneliti cermin oval itu dengan saksama. Aydan menganggukkan kepalanya. Ia lantas mengikuti Dani, memperhatikan benda itu dengan lebih dekat.

"*Oh my, God!"* seru Dani tiba-tiba, menutup mulutnya dengan kedua tangan. Terkejut dengan apa yang baru saja ia temukan. "Ini seperti portal ke...."

Faris segera menarik lengan Dani dan menyeretnya menuju pintu keluar.

"Sudah, jangan dilihat. Kita baru saja kembali ke rumah. Kamu nggak berencana balik lagi ke sana, kan?" tanya Faris tegas. Ia dapat menduga apa yang kira-kira hendak dikatakan adiknya. Dalam hatinya, ia berharap dugaannya salah.

"Nggak! Je-jelas nggak," jawab Aydan gugup sambil melangkah cepat mengikuti Faris meninggalkan kaca itu, ngeri membayangkan makhluk-makhluk sihir yang ingin merebut nyawanya di dunia lain sana. Dan ia tidak ingin memandang cermin itu terlalu lama... ada sesuatu yang membuat bulu kuduknya berdiri.

"Nggak," sahut Dani. "Nggak untuk saat ini," tambahnya yakin.

Semua menatap Dani dengan pandangan curiga.

"Hei, siapa yang tahu! Nggak ada yang bisa meramalkan masa depan, kan?" ujar Dani nakal sambil mengedipkan matanya.

"Ha-ha! *Nge-lucu!* " Faris pun mengacak-ngacak rambut adiknya dengan kesal.

Mereka menertawakan rambut Dani yang jadi berantakan.

"Hei! Jangan berani-beraninya kalian menertawai 'Pengawal Dunia Bawah Tanah dan Dunia Tengah', ya!" ucap Dani berpura-pura memasang muka serius sambil bertolak pinggang dengan gagah.

"Yang waras saja, Dani..." sahut Santi melengos pergi.

"Jangan mimpi di siang bolong," tambah Faris.

Mereka pun melangkahkan kaki menuju taman umum yang tak begitu jauh dari rumah.

"Aku nggak sabar mau buru-buru kembali ke sekolah dengan cerita-cerita luar biasa," ujar Dani bersemangat.

"Memangnya bakal ada yang percaya?" tanya Aydan.

"Nggak tahu, tapi tetap saja ini cerita yang seru!"

"Paling nggak, orang-orang yang mendengar cerita kamu pasti akan berpikir kamu sudah gila," sahut Santi.

"Enak saja!"

"Ah, seandainya ada Sanca, aku pasti sudah duduk manis di atas punggungnya," gumam Aydan merindukan Sanca dan si manusia kera.

"Dasar pemalas! Ayo jalan, jangan suruh aku gendong

kamu, ya. Aku bukan Lutung Kasarung!" ujar Santi sebel.

"Gendong... Ayo gendong, dong..." pinta Nasha dengan tangan terentang sambil memegang si Darling.

Mereka pun tertawa-tawa. Menikmati persahabatan yang tumbuh semakin erat karena petualangan yang tak akan pernah mereka lupakan seumur hidup. Meskipun masih banyak pertanyaan dalam benak mereka, seperti; mengapa senjata-senjata dari Dunia Bawah Tanah harus tertanam dalam tubuh mereka? Apakah mereka akan kembali...? Tapi mereka tidak mau pusing-pusing mencari jawabannya. Kelima anak itu hanya ingin menikmati hangatnya matahari dan indahnya bunga-bunga yang bermekaran di taman—tanpa harus khawatir dengan serangan Ahool atau makhluk-makhluk mengerikan lainnya.

Tak ada satu pun dari mereka menyadari apa yang tadi terjadi di dalam rumah. Ketika mereka keluar dari pintu rumah, cermin oval itu memancarkan warna kehijauan yang terang sekali untuk beberapa detik.

Kemudian padam.

Tiba-tiba muncul wajah seorang perempuan paruh baya dari dalam kaca oval itu. Rambutnya gimbal berwarna merah. Mata perempuan itu mengamati keadaan rumah. Menyelidik dari sudut ke sudut. Kemudian dia menghilang.

Menunggu.

Menunggu waktu yang tepat.

❖❖❖

Ucapan Terima Kasih

Sungguh suatu perjalanan yang sangat panjang dengan segudang terima kasih selama perjalanan penerbitan novel fantasi pertama Petualangan Aydan K. Mungkin tidak semuanya dapat disebut satu persatu, tapi saya selalu mensyukuri keberadaan mereka dalam merealisasikan sebuah mimpi.

Terima kasih kepada Tuhan YME yang selama ini selalu menjadi lampu penerang dalam perjalanan hidup saya. Buku ini saya dedikasikan pada makhluk-makhluk luar biasa yang selalu menjadi inspirasi saya, Andra dan Ravi. Mereka adalah tanda baca dalam kisah perjalanan hidupku.

Saya sangat beruntung bertemu dan memiliki editor yang luar biasa: terima kasih mbak Nana dan ilustrator yang tabah, mbak Her, matur nuhun telah mewujudkan tokoh-tokoh imajinasi dalam novel ini. Tanpa mereka novel ini hanya menjadi konsumsi terbatas, meskipun harus menunggu lebih dari satu dekade.

Saya sangat bersyukur memiliki orang tua, keluarga dan teman-teman yang selalu sangat mendukung di manapun kalian berada. *I love you, all!* Kalian telah mewarnai hidup saya dengan warna-warna *glitters* kalian!

Terima kasih juga saya ucapkan pada orang-orang yang telah memberikan masukkan yang berharga sehingga menambah makna bagi apa yang saya kerjakan.

Saya selalu percaya suatu saat huruf-huruf itu akan berhenti melompat, menjadi kata-kata yang secara bersama menjelma menjadi kalimat yang dapat dimengerti. Hanya ketika itulah buku menjadi kunci untuk masuk ke dunia fantasi yang seru. Semoga novel ini bisa menjadi inspirasi bagi penderita dsylexia; suatu hari kalian juga bisa menjadi penulis. Terima kasih pada para pembaca atas dukungannya, semoga novel ini cukup menghibur dan memperkaya tulisan fantasi anak di Indonesia. Semoga tidak harus menunggu satu dekade lagi untuk diterbitkannya buku kedua yaitu Serangan di Hari Tanpa Bayangan.

Mohon dukungannya terus ya ;-)

Salam hangat,

Mira Maruto

Wawancara Tanya Jawab

Hasil wawancara dengan Lutung Kasarung atau juga dikenal dengan nama Pangeran Minda dan Sanca, karakter dari Petualangan Aydan K dan para makhluk legenda: Rahasia Batu Hijau dan Buku Mantra Hitam, penulis: Mira Maruto.

T: Apakah bisa memperkenalkan diri kalian masing-masing?

LK: Perkenalkan saya Pangeran Minda tapi mungkin lebih nge-top dengan nama Lutung Kasarung dan di sebelah saya, '*bro*' Sanca.

Sanca: (memberikan salam dengan menganggukkan kepala seperti terpaksa, muka nampak seperti sangat menyesal).

T: Wah, sebaiknya saya memanggil Anda dengan Pangeran Minda atau Lutung Kasarung, nih?

LK: Lutung Kasarung artinya tuh Lutung yang Tersesat. Tapi sebagian besar tentunya lebih kenal saya dengan nama Lutung Kasarung, jadi panggil saja Lutung Kasarung, *bro*. (sok asik)

T: Mungkin bisa dijelaskan sedikit asal usul untuk adik-adik yang belum kenal?

LK: Hmm. Boleh dong. Mungkin sebagian besar adik-adik

sudah kenal saya ya. (super pe-de) Karena saya sudah ada sejak lama sekali, bahkan dari sebelum novel ini dibuat. Saya lahir dari cerita mulut ke mulut asal Tanah Pasundan atau Sunda, Jawa Barat. Dari cerita rakyat Sunda, saya adalah Sanghyang Guruminda dari Kahyangan atau penulis novel menggunakan istilah Dunia Atas, yang turun ke Bumi. Ketika saya berada di Bumi saya bertemu dengan putri yang cantik jelita, tapi sayang karena kedengkian saudarinya ia dijahati sehingga menderita penyakit aneh dan dibuang. Kalian masih ingat ceritanya? Kalau pun lupa juga ngak apa sih. Namanya Putri Purbasari Ayuwangi dari Kerajaan Pasir Batang. Ia adalah seorang putri yang sangatlah amatlah cantik. Karena ia mencintai saya meskipun wujud saya belum seganteng seperti sekarang ini. I LOVE YOU PURBASARI! (teriak kencang sekali)

Sanca: hhkkk (hampir keselek minum air putih) (Yang bertanya juga kaget)

T: Wah, terima kasih untuk penjelasan yang cukup panjang. Kalau Sanca bagaimana nih?

LK: Maaf, saya potong ya. Boleh saya bercerita tentang Sanca?

Sanca: (Mukanya terlihat pasrah dan hanya mengganggukkan kepala. Dalam hati masih terus menyesali mengapa dia setuju untuk ikutan diwawancarai).

LK: Kalau saya memang sudah ada sejak lama. Tapi, Sanca ini adalah kreasi dari penulis novel.

T: Oh, begitu ya? Bisa jelaskan.

LK: Tentu dong. Ceritanya begini. Ketika penulis lagi riset tentang Prabu Siliwangi. Dia akhirnya frustasi sendiri, karena tidak menemukan banyak hal tentang makhluk-makhluk di sekitar Prabu Siliwangi. Buat adik-adik yang belum begitu kenal, Prabu Siliwangi ini sangat dikenal dalam sejarah Sunda sebagai Raja Padjajaran. Seorang Raja yang hebat jamannya. Sebelum ia menjadi raja, ia dikenal sebagai Raden Pamanah Rasa. Bahkan pengikut setianya, hanya dikenal sebagai Raja siluman Harimau Putih. Pertemuan Raden Pamanah Rasa dengan Raja siluman Harimau Putih berawal dari duel yang dimenangkan oleh Raden Pamanah Rasa. Raden Pamanah Rasa ini sangatlah sakti. Jadi kalau tidak salah ingat, ada juga ilustrasi dimana Raden Pamanah Rasa bergulat dengan ular. Nah, penulis yang sudah kehabisan ide untuk nama akhirnya terinspirasi dari ular yang dikalahkan itu. Ia membuat karakter Sanca. Pahamkan, ular sanca = Sanca.

Sanca: (Hanya bisa memandang Lutung Kasarung. Dalam hati ia berkata, harusnya tadi tidur aja di rumah)

T: Kalau melihat di novel, karakter anda seperti kalem tapi ternyata suka sekali bicara ya (tidak sampai hati untuk bilang bawel)

LK: Ya (tersenyum). Gimana ya. Di novel kan saya baru pertama kali bertemu dengan adik-adik seperti Aydan, Santi, Faris, Dani, dan Nasha yang lucu. Tentunya saya harus JAIM – Jaga Image, dong. Betul nggak, Sanca? (sambil menyikut Sanca yang hampir ketiduran)

Sanca: (Hanya mengganggukkan kepalanya).

T: Kalau tadi kita sudah tahu bahwa Lutung Kasarung sudah memiliki istri dan saling mencintai. Kalau Sanca sendiri bagaimana? Apakah juga sudah ada dambaan hati nih?

Sanca: (muka memerah seperti kepiting rebus)

LK: Wah, boleh saya jawab?

Sanca: (melotot ke arah Lutung Kasarung. Sambil mikir apa digigit saja kepalanya ya biar diam)

T: (muka bingung) **Sebenarnya pertanyaannya sih ke Sanca, tapi kalau tidak keberatan** (berhenti sejenak ragu), **silahkan dijawab** (menyerah juga akhirnya).

Sanca: Silahkan, deh. (lebih pasrah lagi)

LK: Mau tau bener nih? Jawabannya ada di novel berikutnya: Serangan Hari Tanpa Bayangan. Jadi kalau ingin tau jangan lupa untuk ikuti terus seri novel ini. Sebenarnya saya mau protes dengan penulis, mengenai peran saya di buku ke-dua...

Q: (buru-buru memotong) **Wah, sayang sekali waktunya sudah habis. Saya mengucapkan terima kasih banyak atas kesediaan Lutung Kasarung atau juga dikenal dengan Pangeran Minda dan Sanca untuk diwawancara hari ini. Silahkan baca novel pertama dari seri Petualangan Aydan K dan para makhluk legenda: Rahasia Batu Hijau dan Buku Mantra Hitam untuk mengenal lebih jauh karakter-karakter ini.**

LK: Terima kasih juga. Sampai jumpa adik-adik dan mohon dukungannya untuk kami, ya. (membentuk tanda hati dengan jari tangannya)

Sanca: (memberi salam hormat dengan menundukkan kepalanya. Pingin menghilang rasanya)

######

Mira Maruto

Memiliki hasrat untuk membangunkan kembali entitas fantasi dan mitologi yang selama ini melekat erat dengan budaya Indonesia. Rahasia Batu Hijau dan Buku Mantra Hitam, novel fantasi pertama dari seri Petualangan Aydan K. dan para makhluk legenda, merupakan novel muda-dewasa pertama yang ia tulis. Ia mulai menulis novel ini diantara kesibukannya bekerja dipertengahan 2010 dan selesai di tahun 2016. Namun proses publikasi terhenti ketika ia pindah ke Melbourne dan baru merealisasikan novel ini di tahun 2025. Ibu dari dua anak ini pernah tinggal di Boston, Amerika Serikat, Melbourne, Australia, dan saat ini hidup di Jakarta, Indonesia, meskipun terkadang terlihat berada di Bali.

Serangan di Hari Tanpa Bayangan

Sekembali Aydan dan kawan-kawan dari perjalanan tak terduga ke Dunia Bawah Tanah, tanpa mereka sadari, empat murid Calon Arang menghimpun kekuatan di Dunia Tengah. Pasukan Leak mereka mulai bertambah besar dengan semakin banyak manusia yang bergabung.

Empat murid Calon Arang bersekutu dengan beberapa kerajaan Jin dengan tujuan mempengaruhi Kerajaan Tengah agar dapat membebaskan pimpinan mereka. Mereka juga menculik Nasha dengan pertolongan mahluk-mahluk gelap dari pedalaman jantung hutan Kalimantan untuk menambah tekanan pada Pimpinan Dunia Bawah Tanah.

Dengan kesaktian mereka, perlahan memori akan keberadaan Nasha hilang. Bila Aydan dan Kawan-kawan tidak dapat menemukan Nasha hingga hari Tanpa Bayangan tiba, maka Nasha tidak dapat kembali ke Dunia Tengah selamanya. Mampukah Aydan dan kawan-kawan menemukan Nasha? Dan kembali menggagalkan pasukan Calon Arang untuk bangkit kembali?

www.ingramcontent.com/pod-product-compliance
Lightning Source LLC
LaVergne TN
LVHW040415051026
849517LV00002B/323
* 9 7 9 8 2 3 1 2 3 3 0 2 1 *